Isso
é coisa
da
sua
cabeça

Suzanne O'Sullivan

Isso é coisa da sua cabeça

Histórias verdadeiras sobre doenças imaginárias

Tradução de
Lourdes Sette

2ª edição

Rio de Janeiro | 2025

CIP-BRASIL. CATALOGAÇÃO NA PUBLICAÇÃO
SINDICATO NACIONAL DOS EDITORES DE LIVROS, RJ

O'Sullivan, Suzanne

Isso é coisa da sua cabeça : Histórias verdadeiras sobre doenças imaginárias / Suzanne O'Sullivan ; tradução Lourdes Sette. - 2. ed. - Rio de Janeiro: Best*Seller*, 2025.
308 p.

Tradução de: It's All in Your Head
Inclui índice
ISBN 978-85-7684-974-2

1. Psiquiatria. 2. Neurologia. 3. Transtornos psicossomáticos. I. Título.

16-30075   CDD: 150.1952
                                    CDU: 159.964.2

Texto revisado segundo o novo Acordo Ortográfico da Língua Portuguesa.

Título original
IT'S ALL IN YOUR HEAD

Copyright © 2015 by Suzanne O'Sullivan
Copyright da tradução © 2016 by Editora Best Seller Ltda.

Primeira publicação como IT'S ALL IN YOUR HEAD por Chatto & Windus, um selo da Vintage Publishing. Vintage Publishing é parte da Penguin Random House. Suzanne O'Sullivan declarou que seus direitos sejam identificados como a autora deste trabalho de acordo com o Copyright, Designs e Patents Acts 1988.

Capa adaptada da original da Chatto & Windus, Vintage Publishing
Foto de capa: Graeme Montgomery / Trunk Archive
Foto da autora: Jonathan Greet, 2015
Editoração eletrônica: Guilherme Peres

Todos os direitos reservados. Proibida a reprodução, no todo ou em parte, sem autorização prévia por escrito da editora, sejam quais forem os meios empregados.

Direitos exclusivos de publicação em língua portuguesa para o Brasil adquiridos pela
EDITORA RECORD LTDA.
Rua Argentina, 171 - Rio de Janeiro, RJ - 20921-380 - Tel.: 2585-2000, que se reserva a propriedade literária desta tradução.

Impresso no Brasil

ISBN 978-85-7684-974-2

Seja um leitor preferencial Record.
Cadastre-se e receba informações sobre nossos lançamentos e nossas promoções.

Atendimento e venda direta ao leitor:
ac@record.com.br

Para E.H.

SUMÁRIO

1. Lágrimas   9
2. Pauline   29
3. Matthew   61
4. Shahina   97
5. Yvonne   125
6. Alice   171
7. Rachel   209
8. Camilla   247
9. Riso   287

Agradecimentos   301
Índice   303

1
LÁGRIMAS

Embora eu estivesse convencido de que a mulher estava atormentada não por uma doença física, e sim por um problema emocional, ocorreu que, no momento exato em que a examinava, isso foi confirmado. Alguém vindo do teatro mencionou que havia visto Pilades dançando. Na verdade, naquele instante, sua expressão e cor faciais se alteraram muito. Preocupado, posicionei minha mão no pulso da mulher e observei que sua pulsação estava irregular, violentamente agitada de forma repentina, o que indicava uma mente perturbada.

Galeno, *c.* 150 d.C.

Graduei-me em medicina em 1991. Para médicos que estão começando, os maiores dilemas surgem quando precisam escolher sua especialidade. Partes da decisão são fáceis. Você deseja operar pessoas ou não. Você consegue reagir rapidamente em uma emergência ou não. Alguns desejam ser pesquisadores em laboratório. Outros preferem dedicar tempo a pacientes. A medicina tem espaço para todo tipo de pessoa. Já as outras decisões profissionais, na maioria das vezes, são mais complexas. Você sabe que quer ser cirurgião, mas qual órgão do corpo deseja operar? Você tem fascínio pelo coração, cuja falta de um simples batimento pode colocar uma vida imediatamente em perigo? Ou você deseja experimentar os altos e baixos da luta contra as células cancerígenas?

Apesar de todas as possibilidades, desde o início, eu sabia qual seria minha decisão. Queria ser neurologista. Quando fiz essa escolha, achava que sabia o que significava e onde ela me levaria. Desejava imitar as pessoas com quem havia aprendido, os indivíduos que me inspiraram. Gostava da carga investigativa da tarefa, que busca esclarecer os mistérios de como o sistema nervoso comunica suas mensagens e averiguar as possibilidades de onde vem o erro. Imaginem um homem que não consegue mexer a perna direita nem sentir a esquerda — onde está a lesão? Qual é a doença? Ou uma mulher que aparentemente está bem, mas descobre que não consegue escrever nem identificar os dedos da mão. Quando pedem para reconhecer o dedo indicador, ela erra. Qual parte do cérebro, quando lesada, causa isso? A doença neurológica se manifesta de maneiras sorrateiras e estranhas. Por exemplo, há certo tipo de ataque epiléptico que é provocado ao se escovar os dentes, e existem estranhos distúrbios de paralisia temporários que ocorrem após a ingestão de comida salgada.

Iniciei meu primeiro estágio em neurologia em 1995, esperando cuidar de pessoas com doenças do cérebro, nervos e músculos; doenças como esclerose múltipla, derrame cerebral, enxaqueca e epilepsia. Jamais teria previsto o quanto me atrairia cuidar de pessoas cujas doenças se originaram não no corpo, mas na mente.

Exemplos de como a mente afeta o corpo estão em todos os lugares. Alguns são tão clichês que não são considerados algo fora do comum. Lágrimas são apenas água salgada produzida por canais nos olhos: uma resposta fisiológica a um sentimento. Choro se me sinto triste, mas a felicidade pode produzir exatamente o mesmo efeito. Às vezes, as lágrimas são provocadas por uma memória, uma música ou um quadro. Elas ocorrem em resposta à tristeza ou à alegria. A instantaneidade de tudo isso sempre me impressionou.

O corpo tem inúmeras formas de expressar emoção. O enrubescimento ocorre quando os vasos sanguíneos da cabeça e do pescoço se dilatam e se tornam repletos de sangue. Trata-se de uma mudança física instantânea que é vista na superfície, mas que reflete um sentimento de constrangimento ou de felicidade não expresso. Quando acontece, é impossível controlá-lo. Esse ponto é importante. Os rubores denunciam um sentimento e, mesmo quando aumentam o constrangimento de alguém, não é possível contê-los.

Às vezes, as reações corporais são mais drásticas do que um rubor breve ou uma lágrima ocasional. Até mesmo as respostas corporais bastante exageradas à emoção são fáceis de aceitar nas circunstâncias adequadas. No início do século XIX, em *Naples and Florence: A journey from Milan to Reggio*, o romancista francês Stendhal descreveu como se sentiu quando viu pela primeira vez os afrescos de Florença. "Fui dominado por uma palpitação violenta, a nascente da vida se secou em mim e andei com um medo constante de cair." O que Stendhal descreveu pode parecer exagero para alguns, mas para outros pode ser absolutamente óbvio que, no dia em que uma pessoa se depara pela primeira vez com os afrescos de Giotto, suas pernas enfraquecem e o coração para.

Há muitos exemplos modernos da tendência a desmaiar em resposta à excitação. Pense nos jovens que desmaiam em shows de música, por exemplo. Sem dúvida, muitos desses desmaios podem ser facilmente explicados pela fisiologia do corpo. Uma jovem em um ambiente superlotado e extremamente quente tem os vasos sanguíneos dilatados para resfriá-la, a combinação venosa conduz a circulação para baixo, para longe da cabeça e, por apenas um momento, seu cérebro fica privado de oxigênio, ela cai e perde a consciência. Ela desmaiou apenas em razão de uma resposta física do corpo a um estímulo físico.

No entanto, ao examinarem apenas esse fenômeno, os especialistas demonstraram que nem toda adolescente desfalecida e cambaleante poderia ser considerada assim. Em 1995, o *New England Journal of Medicine* publicou um artigo que apresentava entrevistas com jovens que desmaiaram em shows de música. Dos quatrocentos observados na clínica, quarenta foram examinados. Dezesseis dos quarenta jovens perderam a consciência em um desmaio totalmente explicado como consequência de estímulos físicos — o calor e a desidratação que conduziram à queda da pressão arterial, à diminuição da circulação no cérebro e ao consequente desmaio. Outros entraram em pânico em meio à multidão, tiveram uma hiperventilação — que contrai os vasos sanguíneos que levam ao cérebro — e uma breve perda de consciência. Entretanto, os médicos também observaram que nem todo desmaio poderia ser atribuído ao calor, à desidratação ou à aglomeração; alguns haviam ocorrido no contexto de apenas um estímulo: uma onda incontrolável de emoção, sem relação com nenhuma causa física.

A maioria de nós aceita facilmente esses fenômenos comuns. Estamos acostumados com o tremor das mãos quando pegamos a caneta para assinar a certidão de casamento ou com as gotas de suor que escorrem da testa quando levantamos para fazer uma apresentação complicada. Essas são reações fisiológicas ao estresse e atendem a um propósito, mesmo que esse propósito nem sempre seja evidente. Pertencem ao estímulo responsável pela aceleração dos batimentos cardíacos do homem das cavernas para que ele pudesse fugir do mamute-lanoso. Mas e se esse tipo de reação física normal à emoção parar de funcionar apropriadamente? Afinal, qualquer função do nosso corpo pode funcionar de maneira errada. Qualquer célula viva pode crescer demais e formar tumores. Ou podem parar de crescer — é o caso da perda de cabelo, por exemplo. Qualquer produção química pode ser gerada em excesso ou com insuficiência, como acontece com o hipertireoidismo ou com o hipotireoidismo. Exatamente da mesma forma, às vezes a reação física de nossos órgãos ao estresse ultrapassa os limites. Quando isso ocorre, algo que era normal passa a não ser mais e a doença se manifesta.

Lágrimas

A palavra "psicossomático" se refere aos sintomas físicos que ocorrem por razões psicológicas. Lágrimas e enrubescimentos são bons exemplos, embora sejam reações normais que não representam doença. Somente quando os sintomas psicossomáticos ultrapassam os limites do normal, prejudicam nossa capacidade de funcionar ou ameaçam nossa saúde é que se tornam uma doença. A sociedade moderna aprecia a ideia de que podemos orientar melhor nossos pensamentos. Quando ficamos indispostos, dizemos a nós mesmos que, se adotarmos um pensamento positivo, teremos uma chance maior de recuperação. Tenho certeza de que isso está correto. Contudo, a sociedade ainda não acordou completamente para a frequência com que as pessoas fazem o contrário — pensam inconscientemente que estão doentes. Claro, há vários distúrbios comumente associados ao estresse. A maioria de nós tem consciência de que o estresse aumenta a pressão arterial e nos torna mais vulneráveis a úlceras estomacais. No entanto, quantos sabem da frequência com que nossas emoções podem produzir deficiência grave onde não existe nenhum tipo de doença física?

Transtornos psicossomáticos são doenças nas quais uma pessoa sofre com sintomas físicos expressivos — que causam sofrimento e deficiência reais — fora da proporção explicável pelos exames clínicos ou físicos. São distúrbios clínicos singulares, que não obedecem a nenhuma regra e podem afetar qualquer parte do corpo. Em algumas pessoas, é provável que causem dor. Pense em uma criança que sente dor de barriga quando é intimidada na escola. Em outras pessoas, tais distúrbios podem afetar o coração. Não é raro que alguém que passe por um período de estresse seja perturbado por palpitações. Sintomas desse tipo são muito comuns, mas doenças psicossomáticas também podem se manifestar de maneiras mais drásticas: como paralisia, convulsões ou quase qualquer tipo de incapacidade. São distúrbios da imaginação controlados apenas pelos limites da imaginação. Pense agora em qualquer sintoma físico que — em dado momento, em certa pessoa — a mente produziu.

Em um dia comum, é possível que até um terço das pessoas que consultam um clínico geral apresentem sintomas considerados inexplicáveis do ponto de vista clínico. Sem dúvida, um sintoma inexplicável do ponto de vista clínico não é, necessariamente, psicossomático. Algumas dessas pessoas têm doenças passageiras que não se revelam em investigações comuns. Muitas infecções virais, por exemplo, não aparecem em exames de rotina: vêm e vão sem que nunca saibamos exatamente o que são, mas, assim que nos sentimos melhor, a causa já não tem mais importância. Outras pessoas estão visivelmente doentes, o que é demonstrado nos resultados anormais de exames físicos ou laboratoriais, mas ainda assim a causa não é determinada. Sempre existirão doenças que ultrapassam os limites do conhecimento científico. Todos os anos, cientistas descobrem a causa de patologias até então inexplicáveis. No entanto, entre pessoas com sintomas físicos evidentes, porém sem diagnóstico conhecido, está um grande grupo no qual nenhuma doença é identificada porque não há doença a ser detectada. Nessas pessoas, os sintomas inexplicáveis do ponto de vista clínico estão presentes, total ou parcialmente, por razões psicológicas ou comportamentais.

Doenças psicossomáticas são um fenômeno mundial que recebem pouca atenção por parte de qualquer cultura ou sistema de saúde. Em 1997, a Organização Mundial de Saúde realizou um estudo colaborativo para examinar a frequência dos sintomas psicossomáticos na medicina de família e comunidade em 15 cidades no mundo, incluindo países como Estados Unidos, Nigéria, Alemanha, Chile, Japão, Itália, Brasil e Índia. Em cada cidade, a frequência dos "sintomas inexplicáveis do ponto de vista clínico" (isto é, em que se suspeita de causa psicossomática) foi quantificada. O estudo mostrou que, embora a forma mais severa dos transtornos psicossomáticos seja rara, as formas mais brandas não são. A conclusão foi a de que até 20% das pessoas que consultam médicos tinham pelo menos seis sintomas inexplicáveis do ponto de vista clínico, um número suficiente para prejudicar sua qualidade de vida. Curiosamente, nesse estudo, as taxas de sintomas inexplicáveis do ponto de vista clínico eram semelhantes tanto em países desenvolvidos quanto nos em desenvolvimento. As diferenças na disponibilidade de assistência médica não afetavam a prevalência do distúrbio. Os afetados em cada país eram usuários dos sistemas de saúde e tinham uma alta taxa de deficiências, que resultavam em perda de horas de trabalho.

Distúrbios comuns assim — que ocorrem em 20% dos pacientes no mundo — devem ter um impacto financeiro no sistema de saúde. Isso é muito difícil de mensurar, e os que se aventuraram a fazê-lo apresentaram alguns números bem impressionantes. Em 2005, um estudo realizado em Boston revelou que pessoas com tendência a desenvolver sintomas psicossomáticos custam ao sistema de saúde duas vezes o que custam as que não apresentam tais sintomas. Esses resultados foram extrapolados para estimar o custo anual dos transtornos psicossomáticos nos Estados Unidos — 256 bilhões de dólares. Para se ter uma ideia, em 2002, a diabetes, uma doença comum com diversas complicações potencialmente letais, tinha um custo anual de 132 bilhões de dólares.

Transtornos psicossomáticos não são distúrbios neurológicos. Pertencem aos campos da psicologia e da psiquiatria. Não sou psiquiatra, sou neurologista. Inicialmente, meu interesse pelos transtornos psicossomáticos e minha experiência com eles parecem fazer pouco sentido. Até você perceber que é precisamente porque não sou psiquiatra que cheguei a atender tantos pacientes que sofrem dessa forma. Afinal, se você desmaiou ou teve uma grande dor de cabeça, por que pediria ajuda a um psiquiatra? Os transtornos psicossomáticos são sintomas físicos que mascaram o sofrimento emocional. A própria natureza da apresentação física dos sintomas esconde o sofrimento na sua raiz; logo, é natural que os afetados pensem automaticamente em uma doença clínica para explicar seu sofrimento. Eles procuram um médico, e não um psiquiatra, para fornecer-lhes um diagnóstico. Os que sentem dor abdominal consultam um gastroenterologista; os que sofrem de palpitações, um cardiologista; os que sentem a visão embaçada, um oftalmologista; e assim por diante. E como cada tipo de especialista vê, rotula e trata de maneira diferente cada forma de doença psicossomática, fica muito difícil avaliar totalmente a extensão do problema.

Os dois sintomas psicossomáticos mais comuns são fadiga e dor. São sintomas de difícil avaliação porque não podem ser medidos objetivamente — só podem ser descritos. Para um neurologista, no entanto, doenças psicossomáticas sempre se manifestarão como uma perda de função, tal como a paralisia ou a perda de audição. Déficits dessa natureza são subjetivamente sentidos pelo paciente, mas há formas nas quais eles podem ser verificados e quantificados de maneira objetiva, pelo menos em parte. O neurologista pode distinguir com clareza e segurança uma deficiência decorrente de uma doença física orgânica da que tem uma causa psicológica. Por isso, o neurologista se vê diante de um diagnóstico de doença psicossomática com mais frequência do que outros especialistas, e essa é a origem do meu interesse no assunto.

Em uma clínica geral de neurologia, até um terço das pessoas observadas apresenta sintomas neurológicos que não são explicados e, em tais casos, suspeita-se de uma causa emocional. É muito difícil para um paciente receber a notícia de que sua doença física pode ter uma causa psicológica. É um diagnóstico difícil de ser entendido, e mais ainda de ser aceito. Os médicos podem ficar relutantes em apresentá-lo, em parte por medo de enfurecer os pacientes, mas também por receio do que podem não ter entendido. Muitas vezes os pacientes se encontram presos em uma zona entre os universos da medicina e da psiquiatria, em que nenhuma comunidade científica assume a responsabilidade total. É possível que as pessoas que não aceitem o diagnóstico busquem a opinião de outros médicos na esperança de encontrar uma explicação diferente — e a validação de seu sofrimento. Resultados iguais de diagnóstico começam a gerar frustração, de tanto que o paciente está desesperado para encontrar outra resposta. Alguns se veem encurralados e aceitam o diagnóstico desconhecido, a impossibilidade de receber ajuda, porque qualquer coisa é melhor do que a humilhação de um distúrbio psicológico. A sociedade é muito crítica com relação a doenças psicológicas, e os pacientes sabem disso.

Quando comecei a trilhar a carreira médica, minhas opiniões sobre doenças psicossomáticas eram um pouco diferentes. Comparados com indivíduos com doenças *reais,* esses pacientes não se encaixavam no que se esperava. Meu interesse cresceu aos poucos: no início, por meio da exposição gradual; depois, mais depressa, quando me vi no fundo do poço, em um novo emprego.

Como a maioria dos médicos, minha primeira experiência com doenças psicossomáticas aconteceu quando eu era estudante de medicina. Quando você se depara com o primeiro paciente que está doente fisicamente, mas sem doença justificável, ele é dispensado. Você está lá para aprender sobre doenças e ele não tem nada a lhe ensinar sobre isso. Em seguida, você se forma e se torna médico-residente, agindo como uma espécie de serviço de triagem. Muitas vezes, você fica na linha de frente, tenta fazer um diagnóstico e o apresenta para a aprovação do médico supervisor. Você prioriza o paciente que mais sofre. A pessoa na sala de espera com dor crônica inexplicável passa para o final da lista. Se ninguém mais tiver conseguido explicar a dor, é improvável que você consiga. Você avalia a doença não por quanto sofrimento o paciente diz que tem, mas por suas próprias ideias sobre o que constitui uma doença grave. Nessa questão, nem sempre o médico e o paciente concordam.

Assim que iniciei a residência em neurologia, minha afinidade com transtornos psicossomáticos começou a aumentar. Conscientizei-me cada vez mais de que um grande número de pessoas que vinha à clínica apresentava sintomas que, muito provavelmente, estavam mais relacionados com o estresse do que com qualquer doença do cérebro ou dos nervos. Porém, igual a muitos colegas, eu me limitava a rejeitar a presença de doenças neurológicas e me isentava de quaisquer responsabilidades futuras. A natureza diversificada dos trabalhos de residência ditava que eu deveria atender um paciente apenas uma vez; assim, essa era uma posição fácil de assumir. *Notícias boas, não encontramos um tumor cerebral, sua dor de cabeça não tem uma causa grave.* E adeus.

Então conheci Brenda. Ela estava inconsciente nessa primeira vez e na maioria dos nossos outros encontros. Brenda chegara à emergência após diversos ataques. Depois de examiná-la, o médico de plantão providenciara seu internamento. Estávamos na enfermaria do hospital quando ela chegou. Todos se afastaram assustados ao verem uma maca sendo conduzida às pressas pelo corredor em nossa direção. Brenda apresentava um quadro estável na emergência, mas, quando foi transportada para a ala, seu ataque seguinte começou. O homem que levava a maca e a enfermeira que o acompanhava começaram a correr. Na enfermaria, uma máscara de oxigênio foi rapidamente colocada sobre o rosto de Brenda, enquanto duas enfermeiras tentavam, sem sucesso, virá-la de lado. A maca parou no posto de enfermagem, e todos os demais pacientes e seus familiares se esticaram para ver o que estava acontecendo. Uma enfermeira apareceu com uma seringa cheia de Diazepam e me deu para que eu aplicasse em Brenda. Tentei pegar o braço descontrolado de Brenda, mas ele escapava da minha mão.

Outro médico veio para ajudar e conseguimos imobilizar o braço, embora continuasse se debatendo. Lentamente apliquei a injeção. Depois nos afastamos e esperamos que a medicação fizesse efeito, mas nada aconteceu. Eu podia sentir todos aqueles olhares atrás de mim, e foi um grande alívio quando o especialista gritou para que o anestesista fosse chamado. Brenda teve convulsões por dez minutos até a equipe de terapia intensiva chegar; a única medicação que poderia ser ministrada com segurança na enfermaria fora dada duas vezes sem resultado. A enfermaria toda respirou aliviada ao ver o homem e o anestesista virarem a maca de Brenda e levá-la rapidamente dali.

Eu quase não reconheci Brenda no dia seguinte. Ela estava na unidade de terapia intensiva, intubada, com a respiração controlada por aparelhos. Um segundo tubo saía do nariz e ia até o estômago. Os olhos estavam fechados com gaze e o cabelo penteado para trás, com firmeza. Como os ataques epilépticos não tinham sido controlados, ela fora colocada em coma induzido. Todas as vezes que o médico da terapia intensiva tentava retirar a sedação e acordar Brenda, os ataques recomeçavam imediatamente. Nos dois dias seguintes, as medicações foram dadas em doses gradativas. Nesses dois dias, Brenda foi ficando cada vez mais irreconhecível. A pele ficou pálida, o estômago muito distendido, mas os ataques não melhoravam.

No quinto dia, todos nos reunimos em torno do leito de Brenda para observá-la. A neurologista pedira para estar presente no momento em que a sedação fosse retirada. Bastaram apenas dez minutos para que Brenda desse os primeiros sinais de despertar. Ela tossiu pelo tubo de respiração, e suas mãos começaram a segurar o que estava ao seu alcance.

"Brenda, como você está se sentindo? Você está no hospital, mas está tudo bem", disse a enfermeira, apertando a mão de Brenda.

Os olhos de Brenda tremeram ao se abrirem, e ela puxou o tubo de respiração novamente.

"Podemos retirá-lo?", perguntou a enfermeira, mas o médico da terapia intensiva disse que o tubo ainda não poderia ser retirado.

Brenda olhou fixamente nos olhos da enfermeira, reconhecendo de imediato a pessoa mais bondosa no quarto. Ela tossiu e lágrimas começaram a escorrer por seu rosto.

"Você teve um ataque epiléptico, mas está bem agora."

A perna esquerda de Brenda começou a tremer.

"O ataque está começando novamente. Devemos sedar a paciente de novo?", alguém perguntou.

"Não", respondeu a médica.

Àquela altura, o tremor passara para a outra perna e ficara mais violento. Os olhos de Brenda, que tinham estado abertos e alertas, se fecharam lentamente outra vez. À medida que o tremor se alastrava pelo corpo, o aparelho que media os níveis de oxigênio começou a soar.

"Agora?", pediu uma voz tensa, seringa cheia e preparada.

"Não é um ataque", disse a médica.

Todos trocaram olhares.

"Retire o tubo de oxigênio", acrescentou a médica.

"A saturação de oxigênio caiu."

"Eu sei, porque sua respiração está suspensa. Ela vai respirar novamente em um instante."

O rosto de Brenda ficou vermelho, o corpo arqueou para trás e os membros se agitaram violentamente. Ficamos todos em volta da cama, nossa respiração também suspensa, repletos de compaixão.

"Não é um ataque epiléptico, é um pseudoataque", comentou a médica e, enquanto ela falava, para nosso imenso alívio, Brenda respirou profundamente.

Meia hora depois, Brenda estava acordada e sentada na cama com muitas lágrimas escorrendo pelo rosto. Essa foi a última vez em que a vi, e a única ocasião em que a vi totalmente acordada. Brenda e eu nunca conversamos.

Mais tarde naquele mesmo dia, na lanchonete do hospital com outros médicos-residentes, contei a eles sobre Brenda.

"Sabe aquela mulher que ficou anestesiada na terapia intensiva durante quase a semana toda? Ela não tem epilepsia. Não havia nada de errado com ela!"

Foram necessários vários anos até que eu percebesse por completo o perigo que Brenda enfrentara. Demoraria ainda mais para que eu realmente pudesse compreender o desserviço que prestara a ela com minhas palavras. Durante meu treinamento subsequente, me especializei mais em transtornos psicossomáticos. No entanto, precisaria terminar o treinamento para amadurecer como médica.

Em 2004, fui nomeada ao meu primeiro cargo, e com isso veio a maior chance na minha prática profissional. Como especialista sênior, acreditei que havia aprendido sobre responsabilidade, mas, quando a decisão final era a minha, vi que isso não passava de ilusão. O peso de uma decisão é muito diferente quando não há ninguém acima de você para dizer que o que você fez foi certo ou errado. Apenas a recuperação ou a piora do paciente lhe dirá isso.

O trabalho específico que escolhi ajudou também, embora no início eu não soubesse completamente o que havia assumido. Fui treinada em duas especialidades: neurologia e neurofisiologia clínica. A neurologia me qualificou para cuidar de pacientes com doenças do sistema nervoso, e a neurofisiologia clínica me ensinou a realizar investigações especializadas em nervos e no cérebro. Meu primeiro cargo como médica ampliou essas duas áreas, e me vi realizando um serviço cujo principal objetivo era investigar pessoas com epilepsia que não estavam melhorando com o tratamento padrão. Aproximadamente 70%

das pessoas que me consultavam com ataques epilépticos insuficientemente controlados não estavam respondendo ao tratamento de epilepsia porque não tinham a doença: os ataques ocorriam por razões puramente psicológicas.

De repente, eu estava atendendo um número imenso de pacientes cuja doença poderia ser mais corretamente classificada como psicológica do que como neurológica. Cada pessoa que eu encontrava tinha uma história para contar e, com muita frequência, essa história era o relato de uma internação hospitalar que não levou a nenhum diagnóstico satisfatório do problema. Poucos recebiam tratamento e poucos se recuperavam. Testemunhando o sofrimento que se alastrava havia anos, ficou claro para mim que não seria mais aceitável dizer aos meus pacientes quais hipóteses de doenças haviam sido excluídas e considerar o meu trabalho encerrado. Se eu tivesse alguma oportunidade de fazer alguém melhorar, teria que começar sendo mais proativa. Pela primeira vez entendi com clareza a seriedade desse distúrbio, a luta das pessoas para se recuperar — e raramente com sucesso.

Desde aqueles primeiros dias, conheci muitas pessoas cuja tristeza é tão avassaladora que não toleram senti-la. Em seu lugar, desenvolvem deficiências físicas. Contra qualquer lógica, o próprio subconsciente dessas pessoas escolhe que elas fiquem incapacitadas por convulsões ou presas a uma cadeira de rodas em vez de experimentar a angústia que existe dentro delas. Aprendi muito trabalhando com pessoas que lutavam apesar do sofrimento e do julgamento feito pelo mundo. Ficava impressionada com o grau de incapacidade que pode surgir como resultado de uma doença psicossomática. No início, às vezes lutava contra a suspeita que sentia com relação aos meus pacientes, contra a vontade de perguntar sobre as percepções e os motivos deles. Tão drásticas eram algumas das incapacidades que nem sempre era fácil me agarrar à crença da natureza subconsciente delas. Presenciei a luta de meus pacientes para aceitar o poder da mente sobre o corpo. Senti a frustração deles com o abandono do sistema e a raiva pelo modo como são percebidos. Neste livro, contarei as histórias de algumas das pessoas corajosas que conheci. Tenho sido muito cuidadosa para preservar a identidade dos pacientes. Todos os nomes e detalhes pessoais foram substituídos completamente, sem alteração dos componentes dos relatos. Espero passar adiante o que meus pacientes me ensinaram. Quem sabe assim os futuros pacientes — pessoas como você e eu, nossos amigos, familiares e colegas — não se encontrarão tão desnorteados e sozinhos.

Antes de começar, preciso esclarecer algumas terminologias. Até agora, para simplificar, usei o termo *psicossomático* para me referir a qualquer sintoma físico que não pode ser explicado por uma doença e cuja suspeita recai sobre uma causa psicológica. No entanto, dizer que alguém tem um transtorno psicossomático não é um diagnóstico distinto, é um termo genérico que abrange vários diagnósticos diferentes. Esse também é o caso para o termo *sintomas inexplicáveis do ponto de vista clínico* — forma abreviada que a comunidade médica usa para se referir a sintomas que supostamente estejam relacionados ao estresse e não possam ser responsáveis por qualquer doença física. Continuarei utilizando os termos psicossomático e sintomas inexplicáveis do ponto de vista clínico nesse sentido genérico ao longo deste livro. Usarei também o termo *psicogênico* ao me referir aos sintomas quando houver uma forte convicção de que surgiram na mente, como resultado do estresse ou da frustração psicológica.

No entanto, os termos psicossomático e psicogênico nem sempre serão apropriados. Esses rótulos trazem especulações. Cada um contém o prefixo *psico*, que pressupõe que um sintoma surge na mente, geralmente por meio do sofrimento emocional ou mental. No caso de alguns pacientes, particularmente os que não percebem totalmente um desencadeador psicológico, esses termos são alienantes e potencialmente incorretos. No lugar deles, ocasionalmente usarei o termo *funcional*. Trata-se de um termo puramente descritivo, que indica que um sintoma é inexplicável do ponto de vista clínico, mas que não faz nenhum julgamento sobre qualquer causa particular.

Para esclarecer melhor a diferença desses rótulos, imagine uma mulher que sofre um estupro e logo em seguida desenvolve uma paralisia inexplicável nas pernas. À luz do trauma conhecido, uma vez que a hipótese de doença clínica tenha sido excluída, a paralisia poderia razoavelmente ser descrita como psicossomática ou psicogênica. Por outro lado, se uma mulher desenvolve paralisia inexplicável sem nenhum trauma anterior conhecido, sua paralisia seria inicialmente considerada funcional. Esse termo diz que seu sistema neurológico não está funcionando como devia, que nenhuma doença foi descoberta, mas não arrisca dizer por quê. Muitos médicos usam esses rótulos de maneira quase intercambiável, mas para o paciente a distinção significa muito.

No *Manual Diagnóstico e Estatístico de Transtornos Mentais* [*DSM* na sigla em inglês], que é a bíblia com a qual os psiquiatras diagnosticam doenças psicológicas e psiquiátricas, o termo *transtorno psicossomático* não aparece. Já as condições que descrevo neste livro com mais precisão aparecem no *DSM*, na classificação de *sintomas somáticos e transtornos relacionados*. Nessa categoria, há várias subclassificações. Cada uma delas é esboçada para ajudar o médico a fazer o diagnóstico, mas são rótulos que não podem ser oferecidos facilmente a um paciente. Nessa seção, o *DSM* descreve as seguintes condições: transtorno somatoforme, transtorno de conversão, fatores psicológicos que afetam a saúde e transtornos somáticos não específicos.

Um *transtorno somatoforme* é definido pela presença manifesta de sintomas (corporais) somáticos que causam sofrimento significativo e interrupção da vida normal. Há pouca ou praticamente nenhuma explicação médica para esse tipo de transtorno, que apresenta a dor como sintoma mais recorrente. Ela pode vir acompanhada por quase qualquer outro tipo de sintoma, cansaço ou diarreia ou qualquer outra queixa. O comportamento que envolve o sintoma é a chave, não o sintoma em si. Há uma aflição e uma ansiedade desproporcionais e uma energia excessiva gasta em preocupações com a saúde. Não é suficiente apenas ter a dor, o que importa é como a pessoa fica incapacitada por aquela dor. Ela pode começar parando de se exercitar. Quando a dor continua, ela para de trabalhar. Em seguida, começa a evitar as atividades normais do dia a dia.

Há uma distinção importante a ser feita aqui entre os termos *somatização* e *transtorno somatoforme*. Somatização se refere à tendência de uma pessoa a ter sintomas físicos em resposta ao estresse ou a emoções. Por exemplo, se tenho dor de cabeça quando estou sob pressão, então é possível dizer que estou *somatizando* ou sou *uma pessoa que somatiza*. No entanto, a somatização não leva necessariamente a um transtorno somatoforme. Somatizar é uma característica comum, quase normal da vida. É um mecanismo básico por meio do qual o corpo demonstra sofrimento mental. Se os sintomas forem transitórios e não excessivamente incapacitantes, não indicam doença nem constituem um transtorno somatoforme. Esse diagnóstico só pode ser feito quando os sintomas são crônicos e incapacitantes.

Um transtorno somatoforme é um problema clínico raro e devastador, que representa um dos extremos de um espectro de diagnósticos. Ele descreve a pessoa que está incapacitada crônica e severamente por sintomas múltiplos e tem poucas chances de recuperação. No outro extremo do espectro estão os *transtornos somatoformes não específicos e breves*, que entram e saem da vida da pessoa, causando destruição por períodos mais curtos e em um grau menor. Doenças desse tipo são comuns. Um exemplo disso seria alguém que desenvolvesse uma dor inexplicável nas articulações: essa dor causaria incapacidade, interferiria na vida, mas não viria acompanhada de outros sintomas e com o tempo desaparecia.

Um *transtorno de conversão* é uma forma neurológica de um transtorno somatoforme. Quase todas as mesmas regras se aplicam — é ainda uma condição na qual a incapacidade supera qualquer doença que possa ser descoberta — mas, nesse caso específico, os sintomas são neurológicos. Então, em vez da dor ser o sintoma mais incapacitante, há perda de força em um membro, convulsões ou perda de sensação.

Transtornos de conversão também são conhecidos como *transtornos neurológicos funcionais* e, em um número pequeno de casos, como *transtornos dissociativos*. Transtornos de conversão já foram chamados de *conversão histérica* ou *histeria*. Quando eu utilizar o termo histeria, estarei empregando-o no sentido histórico, não da forma como o usamos hoje. Atualmente, o termo histeria é usado para descrever uma explosão de emoção irracional, mas no passado era um diagnóstico médico de sintomas predominantemente neurológicos inexplicáveis. Neste livro, as palavras histeria e transtorno de conversão serão usadas para se referir à mesma doença em épocas diferentes.

É importante ressaltar que, em um transtorno somático ou de conversão, uma doença física orgânica pode ou não estar presente. Tais transtornos não pressupõem *nenhuma* doença. Às vezes, há um diagnóstico médico de uma doença, mas a incapacidade não se enquadra. É quando a classificação de *fatores psicológicos que afetam a saúde* entra em jogo. Por exemplo, imagine alguém que sofre de asma. Essa asma é bem tratada e estável e, por isso, os exames da função pulmonar apresentam resultados normais. Quando o médico ausculta o peito dessa pessoa, não há respiração ofegante, e o ar pode ser ouvido entrando nos pulmões. Há uma doença presente que é considerada sob controle, mas a pessoa ainda se sente incapacitada por deficiência respiratória. Se a asma é bem controlada e deixa de ser a explicação para os sintomas existentes, então tais sintomas podem ser considerados potencialmente psicossomáticos ou funcionais. Outro exemplo: imagine alguém que tenha hipotireoidismo, uma doença que causa fadiga. Essa pessoa está fazendo reposição hormonal e os exames de sangue mostram que o tratamento retornou os níveis do hormônio da tireoide para as taxas normais. É de se esperar que essa pessoa tenha sintomas mínimos da tireoide. Se essa pessoa sofrer de um constante cansaço incapacitante não explicado totalmente pela doença da tireoide, então esse cansaço poderia ser chamado psicossomático, embora haja um problema subjacente conhecido.

Na prática clínica atual, todos esses termos diagnósticos são usados de uma forma bastante indiscriminada. Não seria incomum se um paciente consultasse diversos profissionais e recebesse um diagnóstico diferente de cada um deles: transtorno de conversão de um, transtorno neurológico funcional ou transtorno psicossomático de outro. Às vezes, um médico utiliza o termo que sente ser o menos pejorativo ou o que o paciente tem mais possibilidade de entender e aceitar. De certa maneira, refletirei essa prática nas histórias que conto.

Por fim, preciso esclarecer os termos *doença*, *orgânico* e *enfermidade*. Uma doença é uma disfunção biológica do corpo. Ela significa uma anormalidade fisiológica ou uma anormalidade estrutural anatômica. Os termos *doença* e *orgânico* se referem a distúrbios patológicos do corpo, em oposição a distúrbios da mente.

Doença não é o mesmo que enfermidade. Enfermidade é a resposta humana à doença. Ela se refere à experiência subjetiva da pessoa, de como se sente, mas não assume qualquer patologia subjacente. A enfermidade pode ser tanto orgânica quanto fisiológica. Uma pessoa pode ter uma doença, e não estar doente. Por exemplo, uma menina com epilepsia tem uma doença, mas, se ela não tem ataques e a epilepsia é assintomática, ela não está doente. Uma pessoa com um transtorno psicossomático, por outro lado, está doente, mas não necessariamente tem uma doença.

A experiência de doença de cada um de nós é única, e é aí que a enfermidade se torna distinta da doença. Lembro-me de um amigo médico que desejava saber por que não era possível definir todas as características de uma única doença. Então, um mapa ou uma fórmula poderia ser criada para todas as indisposições comuns, e os médicos poderiam até se tornar obsoletos — digite seus sintomas em um computador e um diagnóstico surgirá na tela. Meu amigo fracassou em compreender a condição humana. Ele não conseguiu ver as maneiras com que cada paciente afeta sua própria doença: a personalidade de uma pessoa e sua experiência de vida moldam o quadro clínico, a resposta e o resultado de qualquer contato indesejado com a enfermidade. Se você analisar cem pessoas saudáveis e sujeitá-las a exatamente o mesmo ferimento, obterá cem respostas diferentes. É por isso que a medicina é uma arte.

Muitas das pessoas sobre as quais falarei neste livro padecem de enfermidades tão graves que suas vidas foram destruídas. Porém, a maioria delas não sofre de uma doença. Essa distinção provará ser muito importante para elas e decidirá como sua incapacidade é percebida, tanto por elas mesmas quanto por aqueles ao seu redor. Isso, por sua vez, será determinante para tudo que acontece desse ponto em diante.

Para a maioria dos pacientes, a aceitação do diagnóstico depende de como a enfermidade é vista. Os que conseguem aceitá-la têm mais chances de recuperação. Contudo, para isso acontecer, é preciso que haja uma mudança quanto a alguns dos preconceitos e julgamentos comuns relacionados a quem apresenta enfermidade psicossomática. Esses preconceitos e julgamentos comuns moldam a história de cada paciente e formam uma parte importante deste livro.

2
PAULINE

> Em algum momento, tentaremos silenciar as emoções dolorosas. Mas, quando tivermos êxito em não sentir nada, perderemos os únicos meios de saber o que nos fere e por quê.
>
> Stephen Grosz, *A vida em análise: histórias de amor, mentiras, sofrimento e transformação* (2013)

Pauline foi fácil de diagnosticar. Ela tinha metade da idade ou era mais nova do que os demais pacientes na ala. As grades laterais de seu leito estavam suspensas e cada uma coberta com uma camada de proteção acolchoada. À direita, havia uma cadeira de rodas. Em uma poltrona à esquerda, uma mulher sentada olhava fixa e atentamente para mim. Eu a vi murmurando algo para Pauline e, então, dois rostos parecidos se viraram na minha direção. Parecidos, mas diferentes: no rosto de Pauline vi apenas medo; no outro, esperança. As cortinas estavam parcialmente fechadas ao redor da cama, separando as mulheres dos pacientes vizinhos ou o contrário.

Eu recebera um telefonema na noite anterior pedindo que visse Pauline o mais rápido possível. Ela tinha sido internada na enfermaria com dor e inchaço nas pernas. Fora submetida a uma série de exames, sem que nenhuma explicação fosse encontrada. Aquela era a terceira internação com o mesmo problema. Naquela manhã, os integrantes da equipe que cuidavam dela lhe disseram que tinham feito todos os exames possíveis na busca por uma causa. Pauline foi informada de que nada mais precisava ser feito e que poderia ir para casa.

"Nem sempre dá para encontrar uma explicação para tudo. Não há mais nada que eu possa fazer por você", dissera o médico.

Uma hora mais tarde, no banheiro do hospital, Pauline perdeu a consciência. Uma enfermeira, ao ouvir um barulho, entrou correndo e encontrou Pauline deitada no chão, tendo uma convulsão. A equipe de emergência foi chamada, e Pauline foi ressuscitada e carregada outra vez para um leito. Durante a hora seguinte, ela teve mais duas convulsões. Depois de o neurologista de plantão examinar Pauline e ouvir sua história, foi a minha vez.

Antes de ir conversar com ela, fui buscar os registros médicos, que encontrei na parte de baixo do carrinho, onde arquivos muito volumosos são guardados. Os prontuários de Pauline estavam em dois volumes grandes. Normalmente, prontuários desse tipo pertenciam aos idosos ou a pessoas afetadas por uma doença crônica incurável ou grave. No entanto, os registros de Pauline eram diferentes: falavam de uma vida inteira no hospital, mas não continham nenhum diagnóstico definitivo nem qualquer explicação satisfatória.

Li todos os documentos, desde a primeira internação no hospital até aquele momento. Saber como uma enfermidade se desenvolve é de grande importância se você deseja descobrir a causa. Somente quando me familiarizei com a versão da história que existia nos registros fui abordar Pauline. Depois de me apresentar, comecei como sempre fazia.

"Quantos anos você tem e quando foi a última vez que esteve totalmente bem?"

"Tenho 27 anos, e se você realmente quer saber tudo desde o início, não tenho me sentido bem desde os 15 anos", respondeu Pauline.

Então, pedi que ela começasse desse ponto, do momento em que uma vida terminou e a outra começou. Esta é a história que ela me contou.

"Eu era exatamente como todo mundo... normal."

"Você era muito mais do que apenas normal, querida." A mãe de Pauline colocou a mão no braço da filha. "Ela era muito alegre, boa em tudo, estava entre as mais inteligentes da escola. Poderia ter sido o que quisesse."

"Isso foi há muito tempo. Olhe só para mim..."

No decorrer do ensino médio, Pauline começara a se queixar de que não estava se sentindo muito bem. Estava cansada e com muitas dores. O médico pedira alguns exames, dissera que havia possibilidade de que ela estivesse com uma infecção no trato urinário e prescreveu um tratamento com antibióticos. Isso pareceu ajudar por um tempo, mas o problema logo retornou. Em apenas três meses, Pauline se submeteu a quatro tratamentos com antibióticos; em cada um deles, melhorava por um breve período, mas em seguida piorava de novo.

"Após a primeira infecção, comecei a sentir uma dor ardente todas as vezes que usava o banheiro. Os antibióticos só ajudavam por uma semana ou duas. E, quando a infeção voltava, mal conseguia me levantar da cama. Eu me sentia muito fraca."

Pauline acabou sendo encaminhada para um urologista, um especialista em bexiga. Muitos exames foram feitos, mas todos os resultados estavam normais. Uma microcâmera foi introduzida em sua bexiga na esperança de se encontrar uma explicação, mas não havia nada de anormal. Ao final, o urologista prescreveu para Pauline uma dose baixa de antibiótico, que deveria ser tomada todos os dias para evitar futuras infecções. Ela vinha tomando o antibiótico quase continuamente desde então.

"Fiquei um pouco melhor depois disso", disse ela.

Embora Pauline tivesse melhorado, havia faltado tanto à escola que não conseguiu prestar os exames e foi forçada a repetir o ano. Por isso, teve que ficar na mesma sala da irmã mais nova. Seus antigos colegas de turma seguiram em frente. Foi difícil, mas Pauline era talentosa e capaz de fazer novos amigos e parecia focada novamente nos estudos. Ela logo chegou aos primeiros lugares da turma.

"Eu não me sentia a mesma como antes das infecções, mas agia como se estivesse bem para que ninguém notasse."

"Ela era uma menina motivada", disse sua mãe.

Por um semestre inteiro, Pauline permaneceu na escola sem faltar a uma única aula.

"Eu estava sempre cansada, mas lutava. Eu até conseguia jogar *netball*. Assim, as coisas ficaram boas por um tempo."

A recuperação de Pauline foi incompleta e de pouca duração. Durante as festas de fim de ano, ela começou a perceber que as articulações estavam cada vez mais doloridas e inchadas. Consultou seu médico, que supôs que isso poderia ser um efeito colateral do antibiótico. Pauline parou de tomá-lo por orientação profissional. Quase imediatamente, contraiu outra infeção urinária, recomeçou a usar antibiótico e foi encaminhada para um reumatologista.

"Quando viram o quanto as coisas estavam complicadas para mim, pensaram que eu poderia ter artrite juvenil e me passaram um tratamento com esteroides. Porém, quando chegou o resultado dos exames, tudo estava normal, nada estava errado", relatou Pauline.

"Tenho certeza de que disseram que tudo estava normal porque não queriam dizer que algo estava errado", arrisquei.

"Você tem *certeza*?", perguntou Pauline.

Não, eu não tinha.

O tratamento com esteroides fez Pauline ganhar muito peso, mas a dor nas articulações não melhorou. Ela tinha dificuldade para andar e passava a maior parte do tempo em casa. Isolada, com dor, preocupada com sua aparência, ela ficou deprimida.

"A depressão foi uma oportunidade magnífica para que os médicos dissessem que a enfermidade toda se devia a isso", contou a mãe. "Mas ela não estava deprimida quando tudo começou. Isso veio depois."

Pauline parou de usar esteroides, também parou de comer e perdeu peso rapidamente. Simultaneamente, a dor nas articulações melhorou um pouco.

"Foi estranho", disse a mãe. "Quando ela parou de comer parecia que melhorava de outras maneiras. Até houve umas semanas em que pensamos que ela voltaria para a escola."

Entretanto, não demorou muito para ficar claro que a perda de peso de Pauline era em si um problema. Ela ficou muito abaixo do peso. A menstruação parou. O cabelo começou a cair. Ainda assim, era difícil para Pauline começar a comer de novo, já que não vinha sentindo dor havia mais de um ano. Vendo como Pauline melhorara precisamente por conta de uma mudança na dieta, a mãe passou a se perguntar se a filha não teria uma intolerância alimentar. Ela levou Pauline para fazer um teste de alergias. Após uma série de exames, Pauline soube que não podia comer trigo, laticínios nem uma variedade de frutas e alimentos processados.

"Fiquei um pouco em dúvida", comentou Pauline. "Comi a maioria dos alimentos que eles listaram a vida toda. Mas não tive muita escolha, então segui a dieta passada e ganhei peso, o que foi bom. A dor voltou, mas não era tão ruim quanto antes."

Embora tivesse ganhado peso, Pauline nunca voltou totalmente a ser como era. Como já havia perdido muitas aulas àquela altura, a mãe ficou com medo de que a filha pudesse ter dificuldades para acompanhar os outros alunos e contratou um professor particular. Pauline estudou em casa e só voltou para a escola para fazer as provas. Ela se saiu bem, suas notas a colocaram entre as dez primeiras da turma.

Pauline seguiu com a dieta restritiva e tomava analgésicos regularmente. Não conseguia mais praticar esportes, mas conseguia andar com normalidade. Também havia recomeçado a sair com os amigos e até teve seu primeiro namorado. Foi um romance breve e morno, mas Pauline estava feliz por ter tido seu primeiro relacionamento, o que a fez se sentir normal de novo por um tempo.

Pauline gostava muito de tirar notas máximas, mas também tinha medo: ela não queria ficar presa naquele ciclo de faltar às aulas, se atrasar e correr para colocar as lições em dia, situação vivenciada nos dois anos anteriores. Então, ficou combinado que ela continuaria a ter aulas em casa, decisão que a deixou feliz nos anos seguintes. As dores nas articulações iam e viam em crises. De vez em quando, ela achava que havia um padrão, mas este, quando era descoberto, desaparecia.

Às vezes, a dor era tanta que Pauline não conseguia andar. Ela descreveu como se rastejava com o auxílio das mãos e dos joelhos até o banheiro, se não houvesse alguém naquele momento para ajudá-la.

"Às vezes, não bebia nada o dia todo só para não precisar fazer o trajeto até o banheiro."

Com o tempo, a mãe de Pauline precisou abandonar o trabalho para cuidar da filha.

"Não suportava ficar longe dela naquele momento. Se eu ficava longe de casa por muito tempo, tinha visões de que chegaria e a encontraria morta na cama ou desmaiada no chão. Era como ela parecia, fraca e pálida, como uma menina que morreria a qualquer momento. E ela tinha só 18 anos."

Pauline vivia com a mãe e as duas irmãs mais novas. Os pais tinham se divorciado quando ela tinha 12 anos. Após o divórcio, inicialmente ela manteve contato regular com o pai. Os encontros só foram diminuindo à medida que ficava mais velha e desejava passar os fins de semana com os amigos, em vez de ficar com as irmãs mais novas e com o pai. O pai havia começado um relacionamento e se casara pouco antes da primeira enfermidade de Pauline. A mãe permaneceu solteira. Quando Pauline foi internada pela primeira vez com infecção urinária, o pai correu para ficar ao lado dela. Quando a mãe de Pauline desistira de trabalhar, o pai sustentou a família e pagou os professores particulares. Porém, à medida que a vida do pai seguia em frente e a enfermidade de Pauline se tornava cada vez mais normal para a família toda, as visitas dele se tornaram menos frequentes também.

"Todos se esqueceram da dor que eu sentia depois de um tempo. Eu não queria ser a menina que estava sempre reclamando, então eles começaram a pensar que eu estava melhor. Minha irmã me viu tomando analgésicos um dia e me perguntou por quê."

A dieta e o descanso haviam controlado apenas parcialmente a dor de Pauline. Com o passar do tempo as dores ficaram mais intensas e, como os analgésicos comuns não eram mais eficazes, a morfina foi receitada. Nem isso aplacou completamente a dor, mas para Pauline isso havia se tornado uma parte normal da vida.

"Eu conseguiria ter vivido com a dor se não fosse pelo que aconteceu em seguida."

Durante as férias de verão, no fim do ano em que tirou notas máximas, a enfermidade seguinte afetou Pauline. A mãe ouviu a filha gritar por ela do quarto, correu e a encontrou deitada no chão, curvada e apertando o estômago. Uma ambulância foi chamada, e Pauline foi levada às pressas para o hospital local. O médico diagnosticou uma apendicite aguda, e ela foi encaminhada às pressas para a sala de operações. A mãe e as irmãs andavam de um lado para o outro no hospital, esperando o fim da cirurgia. Eles estavam ao lado do leito quando Pauline acordou da anestesia e nos momentos em que ela gritava que a dor não tinha diminuído. Dois dias depois, o cirurgião lhe disse que tinham errado o diagnóstico. Ao examinarem detalhadamente o apêndice removido, descobriram que não apresentava nenhum sinal de inflamação nem qualquer evidência de apendicite.

Esse foi o começo de uma série de acontecimentos que duraria mais de um ano. Uma investigação contínua e infrutífera em busca da causa de suas dores abdominais começara. Inicialmente, como os médicos pensaram que ela pudesse ter uma úlcera estomacal causada por anos de ingestão de analgésicos, uma microcâmera acoplada a um longo tubo flexível foi introduzida até o estômago dela. Nenhuma úlcera foi descoberta, mas o revestimento do estômago parecia inflamado, de modo que Pauline recebeu antibióticos e antiácidos. Eles ajudaram, mas apenas um pouco e não por muito tempo. Em seguida, os médicos pensaram que a dor poderia vir de uma constipação crônica causada pela morfina e pela dieta restrita. Depois de uma lavagem intestinal não resultar em nada, uma câmera foi passada pelo ânus até o intestino. Pólipos foram encontrados, pequenas bolsas na parede intestinal. Pauline foi informada de que era improvável que fossem os pólipos a causa de sua dor, mas eles poderiam gerar câncer de intestino e precisariam ser monitorados para o resto da vida.

Se não havia percebido a constipação antes, agora Pauline a percebia, e a constipação se alternava com dores abdominais incapacitantes e com diarreia. Por isso, ela foi submetida a múltiplos exames: na vesícula biliar, no fígado e, em seguida, nos ovários. Quando pensava que os médicos tinham esgotado a necessidade de novas cirurgias, sempre vinha outra. Pauline concordou com cada uma delas, pensando que faria tudo para ficar melhor e acreditando que não era possível que a situação piorasse ainda mais. Estava enganada. No dia em que a irmã mais nova fez as últimas provas tirando nota máxima, Pauline acordou de sua intervenção cirúrgica exploratória mais recente e descobriu o quanto a situação poderia piorar.

"Minha mãe estava lá quando acordei. Não percebi nada de errado no início. Depois de um tempo, a enfermeira veio e me perguntou se eu tinha ido ao banheiro desde a operação. Eu não tinha, então ela me disse para tentar ir. Mamãe puxou as roupas de cama para o lado e mexeu em meu corpo de uma forma que achava que minhas pernas acompanhariam. No entanto, elas não se mexeram. Mamãe e eu começamos a rir de tão ridículo que era aquela situação. Pensávamos que a anestesia não tinha passado totalmente. Paramos de rir quando vimos a expressão do rosto da enfermeira."

Desse dia em diante, Pauline ficara em uma cadeira de rodas. Ela perdera toda a força nas pernas. Um neurologista foi chamado e providenciou nova bateria de exames.

"Qual foi o resultado?", perguntei a Pauline.

"Ele não conseguiu explicar. Eu era um mistério médico mais uma vez."

"Ele sugeriu alguma causa? Algum tratamento?"

"Não, ele apenas a deixou dessa forma", a mãe de Pauline respondeu. Sua voz estava impaciente por conta da frustração. Quando Pauline falou, foi mais impassível. Às vezes, parecia que ela estava me contando a história de outra pessoa.

Depois disso, as investigações pararam por um tempo. Pauline se consultou com um fisioterapeuta e aprendeu a mexer um pouco as pernas, mas nunca conseguia ficar de pé ou andar. As dores nas articulações e no estômago continuavam, e Pauline sobrevivia à base de um coquetel de medicamentos. A casa da família foi transformada para que Pauline tivesse um quarto e um banheiro no primeiro andar.

A vida seguiu em frente de muitas formas. Como os esportes e outras atividades não eram mais possíveis, ela encontrou novas formas de se socializar e fazer amigos. Como sempre fora uma leitora voraz, fundou um clube de leitura na internet específico para pessoas com deficiências que não poderiam viajar para encontros presenciais. Começou a escrever e manteve um diário de suas experiências, que compartilhava on-line. Com o tempo, tirou notas máximas e se qualificou facilmente para estudar literatura inglesa na universidade de sua cidade. E conheceu seu segundo namorado.

Mark era estudante de fisioterapia no hospital que Pauline frequentava. Eles tornaram-se amigos durante os tratamentos dela. Um dia, Mark apareceu quando Pauline esperava a mãe chegar para pegá-la do lado de fora do hospital. Eles começaram a conversar e descobriram que dividiam o mesmo amor por livros e filmes. Quando a mãe de

Pauline chegou, haviam combinado de se encontrar naquele fim de semana para ver um filme. Estavam juntos desde então.

Pauline tinha 21 anos quando conheceu Mark e começou a faculdade. Ela estivera doente por seis anos, mas finalmente sentia que estava vivendo algumas das experiências perdidas. Embora a dor e a deficiência continuassem, tudo mais havia melhorado.

"Enquanto eu estava na universidade, quase não precisava consultar meu médico. Sabia que ele tinha feito tudo que podia e era como se o problema, seja lá qual fosse, tivesse desaparecido."

Pauline passou quatro anos estudando. Precisava de pouca ajuda com sua deficiência: recebia tempo extra para fazer as provas porque não conseguia escrever por períodos prolongados, e os amigos lhe levavam as anotações de classe quando ela não conseguia assistir a uma aula. No entanto, Pauline não permitia que os problemas de saúde a detivessem. Ela se tornou um membro essencial para sua universidade — era a secretária da associação dos estudantes, e no campus todos a reconheciam. Por razões práticas, permaneceu morando com a mãe, mas socializava regularmente e aproveitava a vida como qualquer outro estudante. Como Pauline não era mais dependente da mãe, esta podia voltar a trabalhar. Ambas as irmãs haviam saído de casa para ingressar em universidades de outras cidades. Mark se formou em fisioterapia e, após dois anos de relacionamento, mudou-se para a casa da família de Pauline. Eles planejavam comprar o próprio apartamento e se casar quando Pauline terminasse os estudos e os dois tivessem empregados.

"Acho que ter tido quase tudo tornou as coisas piores quando comecei a perder tudo de novo."

Pauline passou com facilidade nas provas finais e conseguiu um emprego como assistente em uma editora. Mark e ela começaram a procurar um apartamento e estavam perto de atingir muitos de seus objetivos quando Pauline adoeceu novamente. Aquilo ocorreu quando muitas pessoas de sua sala pegaram uma gripe. Pauline também foi afetada, mas de uma maneira mais grave do que a maioria.

"Sempre tive um sistema imunológico fraco. Pego qualquer vírus que passar."

Ela tirou alguns dias de licença no trabalho e ficou de cama. Um dia antes de voltar a trabalhar, sentiu que uma das pernas estava excepcionalmente dolorida.

"Sempre tenho dor nas articulações, mas aquela era uma dor nova."

Os médicos temiam que a imobilidade tivesse desencadeado uma formação de coágulo na perna e aconselharam Pauline a ir ao pronto-socorro local para fazer alguns exames. Ela foi internada e, enquanto aguardava as investigações para explicar a dor na perna, desenvolveu os sintomas familiares de infecção urinária. Urinar tornara-se tão difícil que as enfermeiras introduziram um cateter que esvaziaria a bexiga dela até ela se sentir melhor. Pauline sofrera infecções urinárias o ano todo, apesar de tomar antibióticos todos os dias, mas nunca havia usado um cateter antes. Os exames iniciais não revelaram nenhuma infecção específica, mas três dias depois ela apresentou febre alta, e seu estado de saúde havia piorado bastante. Exames de microbiologia adicionais revelaram que ela tinha adquirido no hospital uma infecção resistente aos antibióticos normais. Ela foi transferida para a área de isolamento e submetida a doses altas de medicamentos tóxicos. Foi preciso uma semana para fazer sua temperatura voltar ao normal.

Pauline e sua família sentiram um imenso alívio quando ela se recuperou. Ela foi transferida de volta para a enfermaria e teve o cateter retirado. Quatro horas depois, Pauline estava chorando de dor. A bexiga estava cheia a ponto de estourar, mas nenhum esforço no banheiro a esvaziara. As enfermeiras reintroduziram o cateter. O mesmo aconteceu no dia seguinte. Diversos exames foram solicitados, mas ficou claro que se tratava de outro problema sem explicação. Por fim, Pauline conheceu uma enfermeira que cuidava de doenças urinárias que removeu o cateter e a ensinou a esvaziar a bexiga usando um tubo de borracha pequeno. Depois disso, Pauline nunca mais usou o banheiro de forma convencional novamente.

Nos seis meses que precederam meu encontro com Pauline, seu estado de saúde havia mais uma vez estabilizado, antes de declinar lentamente. Pauline sentia que estava prestes a perder tudo por que havia lutado tanto.

"Por anos, sentia limitação nas pernas. Era tudo tão cruel, a única sensação que eu tinha vivido era a dor. Não dor externa. Você podia me queimar com um fósforo e eu nem piscaria. A dor vinha de dentro."

Pauline foi parar no pronto-socorro outras duas vezes, com dores na panturrilha que nem doses elevadas de morfina aplacavam. Cada vez mais, ela se curvava à dor. Nessas duas vezes, recebeu alta e não foi internada. "Seus exames estão normais. Não há nada que possamos fazer."

"Algo precisava estar errado. Tinha que haver algo que estivesse causando a dor, mas eu tinha a sensação de que os médicos achavam que era coisa da minha imaginação", disse Pauline.

Concordo com ela. Sentir dor não é normal e há sempre uma razão.

A terceira vez que apresentou dor na panturrilha, Pauline foi finalmente internada. O médico desejava lhe dar alta novamente, mas a mãe se recusava a levá-la para casa.

"Se eu precisar trazer minha filha de volta ao hospital nesse estado mais uma vez e nada for feito, vou encaminhar uma reclamação."

Quatro dias depois, o médico disse que Pauline não tinha escolha a não ser ir para casa: ele já tinha feito por ela tudo que estava a seu alcance. Esse foi o dia em que suas convulsões começaram.

"Eu sabia que não estava pronta para voltar para casa", disse ela.

Pauline tinha arrumado seus pertences e estava no banheiro quando desmaiou. Estava sentada na cadeira de rodas escovando os dentes no momento em que começou a se sentir mal. Repentinamente tudo começou a girar e ela se sentou de volta na cadeira, para se estabilizar.

"De repente, minha visão sumiu como se eu estivesse entrando em um túnel escuro. Sabia que algo terrível ia acontecer. Tentei gritar, mas não consegui."

Depois disso, Pauline não se lembrou de mais nada e permaneceu desacordada por um tempo. Ao despertar, ainda estava no banheiro, mas não mais na cadeira de rodas, e sim no chão, cercada por pessoas estranhas. Alguém havia aberto a blusa de seu pijama e ela sabia que não estava usando nada por baixo, pois sentiu mãos quentes a tocando e aplicando algo pegajoso. Sentiu uma dor no braço quando um médico que ela nunca vira antes enfiou uma agulha. Sentiu o chão ficar molhado. Só depois perceberia que estava deitada na própria urina, que a bexiga — que tão sistematicamente desobedecia seus comandos conscientes — se esvaziara enquanto ela estava inconsciente. No meio das pessoas, procurou um rosto familiar e encontrou uma enfermeira que já havia cuidado dela. Por reflexo, tentou afastar toda aquela gente e implorou para que a enfermeira a ajudasse a se cobrir.

Assim que ficou totalmente acordada, Pauline foi levada de volta para a cama. No entanto, tão logo chegou ao leito, sentiu que tudo recomeçava.

"Senti que estava sendo sugada pela cama. Era como se minha vida estivesse sendo drenada. Assim que a visão começou a ficar escura, eu soube que estava perdendo a consciência e queria parar o processo. Tentei dizer à enfermeira, mas não emiti nenhum som. Conseguia sentir o corpo endurecendo. Alguém colocou uma máscara de oxigênio no meu rosto. Doeu. Sabia que os médicos achavam que eu estava inconsciente, mas conseguia sentir tudo que eles faziam e ouvir tudo que diziam. Uma enfermeira falou que não conseguia sentir o pulso. Com o tempo, meu corpo todo começou a tremer e, então, desmaiei. Não sei quanto tempo durou, mas, quando acordei, minha mãe estava comigo. Fiquei muito aliviada quando a vi."

A mãe de Pauline fora buscá-la para levar a filha para casa. Ela estava lá quando a terceira convulsão ocorreu.

"Ela simplesmente ficou muito pálida e muito calada. Em seguida, de certa forma, ela desabou na cama como uma boneca de pano. Começou a tremer. No início os tremores eram apenas nos braços, mas logo se espalharam e ficaram mais violentos. Ela não respirava. Tive a impressão de que aquilo durou uns dez minutos, mas provavelmente deve ter sido bem menos do que isso. No fim, ela soltou um suspiro horrível. Quando o tremor parou, ela simplesmente ficou lá deitada. Era como se estivesse dormindo, mas não era um sono normal. Nada que eu ou as enfermeiras fizéssemos a acordava."

Pauline não conseguia se lembrar daquele ataque, nem de nada do que se seguiu durante a tarde e a noite antes de nosso encontro.

"Esqueci tudo depois do terceiro ataque", relatou Pauline. "Minha mãe estava comigo a noite passada? Não sei."

Só então forcei Pauline a relembrar tudo, a me contar em detalhes o que a levara até ali. E todas as perguntas foram respondidas. Não, não há nenhuma história familiar de epilepsia. "Sim, meus pais são divorciados, mas já faz bastante tempo. Amo meu emprego, não vejo a hora de voltar."

Às vezes, a mãe ficava preocupada.

"Você não pode ler tudo isso no prontuário dela? O meu divórcio é tão importante assim? A infecção que ela teve aos 16 anos é de fato tão relevante para entender o que está acontecendo agora?"

"Acredito que tudo que aconteceu é de suma importância e conseguirei entender melhor quando souber tudo da boca da própria Pauline e não da leitura dos prontuários."

Há sempre duas realidades: uma que existe nos registros e outra que reside na memória do paciente. Precisava conhecer ambas e sabia que nenhuma das versões seria totalmente confiável.

"Este será mais um daqueles problemas sem diagnóstico com o qual terei que conviver?", questionou Pauline.

"Não. Acredito que desta vez haja uma chance muito boa de que seja diferente. Existem exames muito sofisticados para diagnosticar a causa dos ataques. Tenho a esperança de que seja algo diagnosticável e com grande possibilidade de recuperação."

Ao final da conversa, expliquei a Pauline que era muito cedo para dizer com certeza o que estava errado, mas que pediria sua transferência para a ala de neurologia da qual sou responsável. Lá ela seria submetida a mais alguns exames. Terminei a conversa como sempre fazia:

"Há algo mais que você gostaria de perguntar ou que ache que eu deixei de mencionar?"

Pauline disse que não havia mais nada a dizer, mas, enquanto eu saía, ela me chamou.

"Você já atendeu alguém igual a mim?"

Tantos que já perdi a conta, pensei. Porém, naquele momento, as histórias dos outros não ajudariam em nada no caso de Pauline.

"Atendi pessoas com problemas semelhantes aos seus, mas nenhuma pessoa é igual a outra."

Ao ir embora, senti a culpa que sempre sinto quando não fui totalmente honesta. Tinha a certeza de que sabia o que estava errado com Pauline, mas precisava guardar aquela informação para mim, assim como a de que eu já havia passado por aquilo antes e a de que nem sempre o caso terminava bem. No entanto, também sabia que não era a única pessoa com segredos: a história de Pauline não estava completa. Foi nosso primeiro encontro, e ainda precisaríamos ver se encontraríamos um lugar em que nós duas pudéssemos ser totalmente honestas uma com a outra.

Há somente uma forma de saber com absoluta certeza por que uma pessoa perde a consciência e essa forma é presenciando o fato. De outra maneira, um diagnóstico será baseado totalmente na interpretação da história fornecida pelo paciente e por quem presenciou o acontecimento. Por isso, o relato contém muitos erros, na medida em que pessoas não são boas testemunhas. Pessoas angustiadas e amedrontadas são ainda menos confiáveis. As descrições dos ataques são influenciadas pelo que as pessoas esperam e pelo que realmente presenciaram. Na imaginação de uma mãe que vê a filha ter uma convulsão, a criança fica pálida como um cadáver, moribunda e espumando pela boca. Um minuto parece uma hora sempre. No entanto, na maioria das vezes, essa descrição é tudo que os médicos têm para se basear.

É raro um médico ter a oportunidade de presenciar os ataques de um paciente. A maioria deles não ocorre com frequência; muitas vezes, apenas uma vez no mês ou até uma vez no ano, e cada ataque não dura mais de um ou dois minutos. Interne a pessoa no hospital para presenciar seus ataques e você terá que esperar muito e, quando finalmente acontecer, se piscar, terá perdido sua oportunidade.

Contudo, há circunstâncias em que é possível assistir a uma perda de consciência e fazer uma afirmação definitiva sobre o caso. Por exemplo, às vezes, a perda de consciência tem um desencadeador. Na epilepsia, ele pode ser luzes berrantes ou falta de sono. Se esse for o caso e um diagnóstico for necessário, o paciente pode ser levado a um hospital e exposto ao desencadeador para que um ataque aconteça em um ambiente controlado e na frente de equipes especializadas. Da mesma forma, pessoas que desmaiam podem observar que mudanças bruscas na postura provocam os sintomas; assim, são colocadas em uma mesa inclinada para induzir o ataque. Exercícios controlados e monitorados podem ser usados para provocar sintomas cardíacos se essa for a possível causa para o desmaio. Em um número menor de pessoas desafortunadas, os desmaios são tão frequentes que até uma curta internação hospitalar permitirá ver os ataques.

Quando os desencadeadores não são muito evidentes, unidades de videotelemetria são um meio inestimável para observar ataques. Nelas, os pacientes ficam sentados, sem fazer nada, apenas esperando pelo desmaio, assim como os profissionais, que também ficam sentados e sem fazer nada, esperando os pacientes desmaiarem. Naturalmente, trata-se de algo mais sofisticado do que apenas esperar e observar, e tudo graças a um recém-formado médico alemão chamado Hans Berger.

No final do século XIX, enquanto Berger cavalgava durante um exercício militar, por uma razão desconhecida, o cavalo empinou e lançou Berger ao chão. Ele caiu muito próximo das rodas em movimento de um canhão de artilharia. O cavalo que puxava esse canhão parou bem a tempo de evitar que Berger tivesse um fim pavoroso. Berger ficou extremamente aliviado por ter sido salvo e, naquela tarde, recebeu de sua irmã um telegrama desejando saúde. Ela contava que naquele dia, ao pensar nele, ficara muito preocupada e sentira necessidade de enviar uma mensagem perguntando sobre o irmão e desejando que tudo estivesse bem. Berger não conseguia acreditar que o impulso da irmã para enviar um telegrama tivesse sido apenas uma questão de coincidência. Parecia-lhe claro que, no momento de maior risco, ele tinha de alguma forma comunicado seu sofrimento à irmã, que morava há muitos quilômetros dali. Berger faria disso o trabalho de sua vida para entender como essa telepatia ocorrera.

No século XIX, já era amplamente conhecido que os órgãos do corpo produzem atividade elétrica. Com esse conhecimento, Berger tentou aplicar uma descarga elétrica na cabeça na esperança de que ela revelasse o mecanismo da energia psíquica. Como isso não resultou em nenhuma informação útil, tentou medir a eletricidade animal natural existente na superfície da cabeça usando um galvanômetro. Ele fez uma descoberta impressionante: mesmo através do crânio, conseguia fazer registros reproduzíveis de atividade elétrica que, como supunha corretamente, devia vir diretamente do cérebro. Ele nunca conseguiu provar a existência de telepatia, mas em 1929 publicou seu primeiro artigo científico sobre o registro de correntes elétricas cerebrais em um ser humano, via crânio, e inventou o eletroencefalograma, ou EEG.

Compreender as características da atividade elétrica do cérebro acabaria sendo muito útil. Mais importante: Berger demonstrou que as correntes elétricas cerebrais eram sempre renovadas e que cada mudança no padrão refletia uma alteração no estado de consciência do sujeito sendo examinado. Sonolência, sono leve, sono profundo e despertar, tudo tinha um padrão próprio. Por essa razão, correntes elétricas cerebrais, como as medidas por um eletroencefalograma, poderiam determinar se uma pessoa estava acordada ou dormindo, consciente ou inconsciente, em qualquer momento. O eletroencefalograma veio a ser o meio definitivo de avaliar a consciência e é usado até hoje como um dos primeiros recursos para compreender por que uma pessoa sofreu perda da consciência ou está em coma.

Em uma unidade de videotelemetria, os pacientes ficam limitados a um ambiente sob constante vigilância de câmeras de vídeo. Pequenos discos de metal indolores são fixados com cola à cabeça e registram durante 24 horas as correntes elétricas cerebrais, ou padrão EEG. Um eletrodo cardíaco capta um registro semelhante dos batimentos cardíacos. Um grupo de enfermeiras se reveza para observar as séries de vídeo do paciente a cada momento de cada dia, e apenas as idas ao banheiro não são registradas. Quando a convulsão ou a perda da consciência sob investigação finalmente ocorre, a enfermeira fica pronta para entrar correndo no ambiente e avaliar o paciente, verificar a pressão arterial e o nível de açúcar no sangue, além de mantê-lo em segurança e calmo até que se recupere.

Por meio desse tipo de monitoramento, baseado nos princípios de que todo o nosso cérebro gera um padrão elétrico e de que o padrão de onda cerebral reflete o nível de consciência de alguém, é possível determinar a causa de grande número de ataques com um nível alto de segurança. Há muitas razões para que uma pessoa possa ter um ataque ou uma perda de consciência, e o monitoramento por videotelemetria diferencia uma causa da outra.

Se uma pessoa saudável desmaia, por estar desidratada ou superaquecida, por exemplo, a primeira mudança fisiológica será uma queda na pressão arterial. Seu coração detecta o problema e tenta compensar com um aumento nos batimentos cardíacos. A pessoa se sente fraca e atordoada e sabe que algo está errado. Ela pode perceber o aumento dos batimentos cardíacos, e o rosto começa a empalidecer. Se o aumento nos batimentos cardíacos não for suficiente para compensar a queda da pressão arterial, então, apenas por um momento, sangue vital é drenado do cérebro. Quando o cérebro fica privado de oxigênio, as correntes elétricas cerebrais diminuem muito e o paciente perde a consciência. Em uma pessoa saudável, em geral, a pressão arterial se restaura rapidamente e, quando isso ocorre, a oxigenação é restabelecida no cérebro. O padrão normal das correntes elétricas cerebrais para despertar é imediatamente restabelecido, o paciente acorda e não há sequelas.

No entanto, nem todos os desmaios ocorrem em pessoas saudáveis por razões simples. Alguns ocorrem em pessoas com problemas cardíacos. Nesses desmaios, a primeira mudança pode ser a perigosa diminuição dos batimentos cardíacos. Então, primeiro o coração sofre uma alteração e, se não estiver batendo suficientemente para manter a pressão arterial, esta cai. Com a queda da pressão arterial, as correntes elétricas cerebrais diminuem e com isso o paciente perde a consciência. Somente quando o coração começa a bater novamente no ritmo normal o paciente e suas correntes elétricas cerebrais se recuperam.

A causa de uma perda de consciência pode residir não no coração ou na pressão arterial, mas no próprio cérebro. Esse é o caso em doenças como a epilepsia, cuja sequência é diferente. Primeiro o ataque epiléptico produz um surto de atividade elétrica indesejada no cérebro. O paciente só perde a consciência quando essa descarga elétrica se espalha e toma conta do cérebro. O batimento cardíaco e a pressão arterial podem ou não ser afetados quando o paciente perde a consciência.

A pressão arterial cai, os batimentos cardíacos aumentam, as correntes elétricas cerebrais diminuem; o coração diminui os batimentos cardíacos, a pressão arterial cai, as correntes elétricas cerebrais diminuem; as correntes elétricas cerebrais sofrem mudança, perde-se a consciência. Cada um desses padrões combinados com um registro de vídeo do desmaio sugere um diagnóstico específico que é, em geral, confiável. O princípio dominante no qual cada diagnóstico se apoia é sempre o de que não se pode ficar inconsciente — nem adormecido, nem anestesiado, nem durante um ataque — se as correntes elétricas cerebrais não sofrem mudanças.

Esses são os princípios que usarei para determinar a causa dos ataques de Pauline.

Três dias depois de nosso encontro, ela foi transferida para a ala de neurologia. Em todos esses dias, ela teve múltiplos ataques/múltiplas crises. No primeiro dia e à noite, na unidade de videotelemetria, ela teve mais seis. Na manhã seguinte, revi o vídeo e observei cada um deles. Todos eram iguais.

Pauline está deitada na cama conversando com a mãe quando, de repente, para de falar. A mãe não percebe de imediato e continua falando. Pauline está sentada muito empertigada, olhando fixo para a frente, quando a mãe se dá conta de que algo está errado. Ela tenta alcançar a campainha para chamar a enfermeira e, nesse momento, Pauline se contorce e cai para trás sobre o travesseiro. Assim que as enfermeiras entram no quarto, Pauline começa a tremer. No início, trata-se de um tremor, mas rapidamente aumenta de intensidade tornando-se mais e mais violento a cada segundo. Logo os braços desabam com tanto descontrole que as enfermeiras não conseguem se aproximar a tempo de ajudar. Eles batem nos protetores laterais do leito. A mãe de Pauline está a alguns passos da filha, com as mãos cobrindo o rosto.

Em um minuto, o tremor cessa. O corpo todo de Pauline se afunda outra vez na cama como se estivesse vazio. As enfermeiras aproveitam a oportunidade para virar Pauline de lado mas, antes que tenham tempo de terminar, o tremor começa novamente e tão violento quanto antes. Outra enfermeira entra e leva a mãe de Pauline para fora do quarto. O tremor recomeça e para cinco vezes antes de cessar. Ao final, Pauline está deitada de lado, imóvel, na posição em que as enfermeiras a colocaram. Os olhos estão fechados e a respiração acelerada. As enfermeiras tentam acordá-la para verificar se está bem, mas por dez minutos não conseguem despertá-la. Quando ela enfim acorda, a mãe está mais uma vez a seu lado. Pauline não diz nada, apenas começa a chorar. A mãe a conforta.

Assisti ao vídeo de cada um dos ataques, revi os sinais do cérebro e do coração em cada um e, em seguida, agendei um encontro com Pauline e sua família.

Quando nos encontramos de novo, a mãe de Pauline estava presente, assim como, desta vez, Mark. Eles se sentaram como sentinelas — um de cada lado —, cada um segurando uma de suas mãos. Pedi a Mark que se mudasse para o lado da mãe de Pauline. Não queria minha atenção dividida.

Antes de Pauline ser levada para a sala de videotelemetria, eu explicara o objetivo do exame em detalhes. Pauline compreendeu a natureza da mudança das correntes elétricas cerebrais, mas expliquei outra vez porque era de suma importância o que eu diria em seguida.

"Revi cada um de seus ataques com todo o cuidado. Analisei o vídeo e acompanhei as correntes elétricas cerebrais e os batimentos cardíacos em cada um deles. A primeira coisa é que não vi nenhum padrão que pudesse me levar a suspeitar de ataque epiléptico, portanto você definitivamente não sofre de epilepsia. Os sinais cardíacos estão normais, portanto o coração parece saudável, o que também espero que seja um alívio para você."

"Essas são ótimas notícias, não são, querida?" A mãe de Pauline apertou a mão da filha. Pauline e Mark olharam fixa e inexpressivamente para mim. Não vi nenhum sinal de alívio.

"Quando analisei as correntes elétricas cerebrais durante seus ataques, vi que elas apresentam um padrão que se espera ver em alguém que está consciente, um padrão de uma pessoa acordada."

Mark tentou interromper, mas me ouvi falando mais alto e mais rápido.

"Isso é algo muito difícil de entender, então por favor me deixe terminar antes de fazer qualquer pergunta. O padrão de correntes elétricas cerebrais pareceu normal e só existe uma razão para uma pessoa ficar inconsciente, totalmente alheia às coisas ao redor, com as correntes elétricas cerebrais ainda parecendo normais: isso só ocorre se a perda de consciência for causada por algo psicológico, e não por uma doença cerebral física."

Mark confirmou e apertou bem os lábios. Eu tinha consciência de que minha voz havia ficado mais enfática.

"Deixe-me começar explicando que o nosso corpo produz sintomas físicos em resposta ao sofrimento emocional. No entanto, como estamos muito acostumados com as formas comuns em que isso acontece, paramos de perceber. Se estou nervosa, minhas mãos tremem. Essa mudança física é a resposta de meu corpo a uma emoção. Quando estamos com medo, nosso coração dispara. Quando sentimos angústia, lágrimas brotam de nossos olhos. Esses são exemplos de como cada um de nós vivencia os sintomas físicos quando não há nada fisicamente errado. Respostas físicas desse tipo ao sofrimento emocional são respostas normais aos medos e aflições do dia a dia. Porém, para algumas pessoas, as reações físicas à emoção podem ser mais drásticas e mais incapacitantes do que exemplos simples como esses. Formas extremas de resposta corporal a uma aflição são a perda de consciência e as convulsões. Esse tipo de convulsão é conhecido como uma crise dissociativa."

Não consegui impedir as perguntas de Mark por muito tempo.

"Você está dizendo que ela não está realmente inconsciente."

"Não. A falta de consciência de Pauline é real. Pense no exemplo que dei do coração que acelera em resposta ao medo. Os batimentos cardíacos realmente dobram. É possível sentir no peito e constatar. Não é imaginário. No entanto, isso não está acontecendo porque eu tenho uma doença cardíaca. Meu coração é saudável. Meu coração está apenas respondendo ao sofrimento."

"Você acha que é tudo coisa da minha cabeça." Enquanto falava, Pauline olhava para trás de mim, vidrada.

"Não, Pauline, sei que seus ataques são reais. Eles são reais, mas se originam no subconsciente e não em uma doença cerebral. Dissociação significa que um tipo de divisão ocorreu na mente. Sua mente consciente se separou do que está acontecendo ao seu redor. Essa separação significa que uma parte de você não sabe o que a outra está fazendo. No entanto, não é deliberado. Você não consegue ficar deliberadamente inconsciente assim como eu não consigo deliberadamente corar ou produzir lágrimas."

Queria que Pauline olhasse para mim, mas ela evitava. Não conseguia ler sua resposta.

"Pauline, o que estou dizendo faz algum sentido para você? Como você se sente com relação ao que eu disse?"

Ela deu de ombros.

"Só me sinto cansada."

"Você entende o que estou tentando explicar?"

"Entendo. Eu só não vejo como isso se aplica a mim. Não estou estressada. Minha vida nunca esteve melhor."

Pauline está certa, claro.

"Eu sei. Os exemplos que dei são todos relacionados com o estresse, assim como os sintomas físicos. Ataques dissociativos com frequência são diferentes. Às vezes, o sintoma físico está lá no lugar da aflição emocional. Então, por exemplo, se há uma memória ou uma emoção que é muito dolorosa para a pessoa sentir, essa emoção se transforma em uma incapacidade física como espécie de mecanismo de defesa. Em uma convulsão, é como se o cérebro desligasse por um minuto para manter a pessoa segura."

"Segura do quê?"

"Não sei a resposta para isso. Porém, mesmo que não seja possível saber a resposta hoje, é possível que possamos revelá-la no futuro."

Por um momento, pensei em como a doença de Pauline se comportava. Como a atingia quando ela enfrentava um desafio ou estava prestes a mudar de vida.

"Então, prefiro ter uma convulsão do que enfrentar algo desagradável na vida? Por que eu faria isso comigo?"

"Isso é ridículo." Mark estava furioso agora.

"Sei que isso tudo é muito difícil. Você não está fazendo isso consigo mesma, Pauline. Se tudo que eu disse parece ridículo, então lembre-se apenas de uma coisa: os ataques são reais, seja lá do que se constituem. São reais, incapacitantes, incontroláveis e devem ser considerados com muita seriedade. A causa contribui apenas para indicar um tratamento e não deverá de forma alguma diminuir o quão terríveis esses ataques têm sido para você."

"Qual é o tratamento?"

"Eu gostaria de encaminhá-la a uma psiquiatra."

"Depois de tudo que você disse, agora está simplesmente dizendo que estou maluca."

"Não. Esses ataques são seu corpo dizendo que algo está errado. A psiquiatra poderá ajudá-la a descobrir o que é isso. Acredito que esses ataques sejam curáveis, Pauline. Acredito que uma psiquiatra poderá ajudá-la a ver isso."

"Não há uma medicação que possa ajudar?", questionou Mark.

Eu sabia que Pauline já estava tomando sete remédios. Nenhum provocara uma melhora considerável em sua vida, e dois tinham apenas

Pauline

a função de contra-atacar os efeitos colaterais dos outros cinco. Pauline estava com 27 anos. Eu precisava fazer com que ela reconhecesse um padrão que não estava funcionando e encontrasse um novo.

"Medicação não ajudará contra os ataques dissociativos."

"Você acha que eles são curáveis." A mãe de Pauline interrompeu dessa vez.

"Tenho plena convicção de que esses ataques podem ser totalmente curados e espero que a psiquiatra ajude a acelerar esse processo."

Ficamos em silêncio por um tempo e, quando parecia que todas as perguntas tinham sido feitas, terminei a consulta como sempre faço.

"Há algo mais que vocês gostariam de perguntar ou que acham que deixei de mencionar?"

"Não, nada."

Ao me despedir, sentia que havia deixado de me conectar com Pauline. Ela concordara em consultar a psiquiatra, mas seu consentimento me parecera vazio. Fiquei aliviada quando, dois dias depois, Pauline obteve a avaliação da psiquiatra.

Poucas pessoas suportarão o exame minucioso que Pauline suportou. A maioria chega a esconder a infância, mas Pauline fora solicitada a recontar sua história várias vezes, não apenas a história da doença dela, como também de sua vida. A psiquiatra foi detalhista. Pauline contara mais de sua história. Algumas informações eram novas, mas muitas eu já tinha lido nas anotações de Pauline antes de nosso primeiro encontro. É possível que, em uma vida inteira de doença, em 12 anos, esqueçamos alguma parte de nossa história. Ou talvez Pauline tenha ocultado alguma informação porque temia que eu tivesse algum preconceito com relação a coisas que ocorreram em seu passado. Ou pode ser que o subconsciente estivesse atuando novamente, escolhendo o que me contar e o que esconder.

Pauline tivera uma infância feliz, mas passara pelos traumas que qualquer pessoa pode passar. Aos 9 anos, desenvolvera um distúrbio alimentar. Naquela ocasião, uma briga dividiu a família e Pauline se viu afastada dos familiares por parte de pai — avós, tios e tias. Ela não aceitou bem esse fato, parou de comer e só se recuperou com o apoio da família e com a ajuda de um psicólogo infantil. Foi uma enfermidade que durou pouco.

Os problemas ressurgiram aos 12 anos, com o divórcio dos pais. Pauline parou de comer outra vez, por um curto espaço de tempo. Na época, o psiquiatra achava que Pauline temera perder o pai, assim como acontecera antes com os avós, tios e tias paternos. A mãe lhe prometeu que aquilo nunca aconteceria, e Pauline pareceu ter se recuperado quando viu que era verdade.

Outra omissão impressionante da história de Pauline foi a de que eu não tinha sido a primeira médica a levantar a questão dos sintomas psicossomáticos. Quando aos 21 anos ela ficou com as pernas paralisadas, um diagnóstico de paralisia histérica foi apresentado como explicação. Pauline o rejeitou categoricamente. Ela chegou a consultar um psiquiatra uma vez, mas nunca mais retornou nem aceitou a recomendação dada nessa única sessão. Soube disso quando Pauline e eu nos conhecemos, mas não toquei no assunto. Para que Pauline e eu trabalhássemos juntas, precisava dar a ela espaço e tempo para decidir o que desejava discutir e quando.

A psiquiatra de Pauline achava que ela precisava de ajuda, mas estava preocupada se ela aceitaria o tratamento. De forma mais específica, ela imaginava como os círculos sociais de Pauline poderiam atrapalhar na recuperação. Seria possível que ela estivesse sendo cuidada demais? As outras pessoas sentiriam sua falta se ela nem sempre dependesse delas?

A psiquiatra também descobrira que, embora o relacionamento de Mark e Pauline fosse afetuoso, nunca tinha sido consumado.

"Imagino que ela esteja tão focada no próprio corpo e tão em controle dele que possivelmente não consegue permitir outra pessoa dentro dele de forma tão íntima. Ela controla sua ingestão de comida da mesma forma. Esse tipo de controle é difícil de ceder a outros", contou-me a psiquiatra.

Fui me encontrar com Pauline após sua sessão. Pela primeira vez, a mãe não estava com ela. Vê-la sozinha me fez sentir um vazio que não compreendi totalmente.

"Como foi com a psiquiatra?"

"Foi bem."

"Espero que tenha feito algum sentido para você", disse, inutilmente. "Há algo novo que você gostaria de me perguntar? Ela falou algo que não ficou claro?"

"Não."

Precisava fazer Pauline avançar, mas sem aliená-la.

"Você conversou com ela sobre a fraqueza nas pernas?"

"Sim. Como você, ela acha que é imaginária."

"Espero que você saiba que eu não acho que tudo é imaginário."

Houve uma pausa. Fiquei imaginando o que ela poderia estar pensando.

"A psiquiatra contou a você o que aconteceu quando eu tinha 9 anos de idade?"

"Ela me disse que você ficou adoentada por um tempo, mas não conversamos sobre os detalhes."

Ela virou o rosto e desviou o olhar para a janela.

"Ela disse por que fiquei doente?"

"Apenas que houve alguns problemas na família."

A conversa tornara-se artificial. Eu não tinha certeza para onde nos levaria.

"Agora que sou oficialmente maluca, todos pensarão que sofri abuso, mas não sofri."

Isso era uma afirmação? Ou uma pergunta? Ou um apelo?

"Por que você acha que pensaríamos isso?"

"Li isso na internet. Ataques dissociativos acontecem com garotas que sofreram abuso quando crianças."

"Às vezes, sim. Mas com frequência não tem nada a ver com algo parecido com isso."

"Não é assim para mim."

"Eu sei."

Acompanhei seu olhar fixo na janela, mas não havia nada para se ver lá, a não ser um céu cinza.

"Meu tio foi acusado de abusar sexualmente de uma vizinha dele. Papai não nos deixou mais vê-lo depois disso, embora nada tivesse sido provado. A família de papai ficou furiosa. Eles disseram que papai deveria ter ficado do lado do irmão, não do lado de estranhos."

"Isso deve ter sido muito difícil para você."

"Ele nunca me tocou."

"Que bom."

Esperei um pouco, sem ter certeza se nossa conversa tinha terminado.

"Você acha que meus outros problemas médicos são como as convulsões?"

Como estava esperando por essa pergunta, fiquei feliz de ela ter surgido.

"Acho que há uma grande possibilidade de que seus outros sintomas sejam psicossomáticos, sim."

"Mas você não é gastroenterologista nem reumatologista. Você é qualificada para dizer isso?"

"Não, não sou. Mas li os resultados dos exames e o que os outros médicos escreveram em seu prontuário. Nenhum dos outros sintomas foi explicado, o que já seria uma explicação. E, se eu estiver certa, algo poderia ser feito com relação a esses sintomas também."

Pauline olhou diretamente para mim outra vez. Ela estava chorando.

"Por 12 anos, Pauline, você foi internada algumas vezes e submetida a exames invasivos. Tomou medicamentos novos que nunca funcionaram. Todas as vezes em que foi operada, em vez de ficar melhor, acabou com um novo problema. Você foi internada no hospital com uma dor no estômago e saiu em uma cadeira de rodas. Estou pedindo que experimente uma nova abordagem porque as antigas não estão funcionando. O mínimo que posso prometer é que isso não piorará sua situação."

"Quero falar com Mark."

Não conseguia afastar o pensamento de que Mark inadvertidamente ligava Pauline à doença, e isso me fez temer que ela se recusasse a consultar a psiquiatra de novo. Se você tem asma e o primeiro inalador não funciona, você não descarta o diagnóstico, você pede algo mais forte. Apesar disso, os psiquiatras parecem ter apenas uma chance. Era difícil ignorar a ideia de que há seis anos Pauline poderia ter escolhido um diagnóstico psiquiátrico em vez de uma cadeira de rodas. Sabia que esse pensamento era injusto com Pauline — se tal escolha tivesse sido feita, não teria sido consciente. Pauline estava certa, ninguém escolheria o que ela sofrera. Essa era uma enfermidade fora do controle de qualquer um.

Pauline estava pronta para receber alta. A bateria de exames havia terminado. Tínhamos um diagnóstico. Ela se consultara com uma psiquiatra. Não havia nenhuma razão para ficar. Teria apenas que concordar com o próximo passo. Disse-lhe que poderia ir para casa no dia seguinte e que, então, seria vista pela psiquiatra e por alguns psicólogos e fisioterapeutas que a ajudariam a ir em frente.

No entanto, Pauline e eu teríamos mais uma noite movimentada antes disso acontecer. Logo depois da meia-noite, meu telefone tocou. Era o neurologista recém-formado.

"Estou ligando apenas para informá-la de que Pauline ameaçou tentar se matar. Colocamos os remédios em lugar seguro, uma enfermeira só para ela e telefonamos para o psiquiatra de plantão, mas achamos que você gostaria de saber."

"Obrigada." Eu queria saber. No entanto, como não havia nada que pudesse fazer, voltei para a cama, sem conseguir dormir.

Na manhã seguinte, Mark me cumprimentou na entrada da enfermaria do hospital. Não houve preâmbulo.

"Ela tem pólipos, gastrite e infecções urinárias recorrentes. Você está dizendo que ela está inventando isso também?"

Sugeri que conversássemos mais uma vez, já que eu havia acompanhado Pauline e falado com os médicos que prestaram o atendimento na noite anterior. Mark consentiu entredentes. Quando recebi o resultado das consultas da noite anterior, fiquei aliviada em saber que o desespero de Pauline não fora considerado intencional, ou seja, ela não pretendia realmente se ferir. Eu pediria ao psiquiatra daquele dia para vê-la novamente antes de autorizar a alta. Porém, antes disso, fui encontrar Pauline. Mark e a mãe dela estavam presentes, posicionados como sentinelas mais uma vez.

"Como se atreve a dizer que todos os problemas médicos são psicológicos? O único sofrimento que Pauline já teve na vida foi por causa de sua enfermidade. Se essas convulsões são decorrentes da loucura, é tudo causado pela dor que tem sofrido. Você alguma vez pensou nisso?", questionou Mark.

Pela primeira vez me ocorreu que poderia haver coisas que Mark não soubesse.

"Sinto muito se tudo isso tem sido bem difícil. Sei que há detalhes com os quais não concordamos. Por isso, acho que seria mais proveitoso para Pauline se nos detivéssemos nos detalhes que são mais claros e nítidos."

"Pauline precisa colocar um cateter para esvaziar a bexiga. Isso está claro. Como isso poderia ser psicológico?" Pequenas gotículas de saliva acompanharam as palavras de Mark. Pauline e sua mãe olhavam para baixo.

"Não temos como resolver tudo isso aqui e agora." Virei-me para Pauline. "*Pauline*, não tenho todas as respostas, mas sei uma coisa: suas convulsões não ocorrem como resultado de uma doença cerebral. Isso sei com certeza e é aí que acho que deveríamos concentrar nossa atenção."

O quarto ficou em silêncio absoluto. Pauline não olhava para mim. Os olhos estavam fixos em Mark, que segurava sua mão. Observei o quanto seus dedos se entrelaçavam. Eu quase não conseguia identificar de quem eram as mãos e pensei nas conversas que tive com a psiquiatra. Diante de mim estava uma moça que, em certo sentido, tinha perdido um lado da família, e agora a doença a ligava estreitamente aos que restaram. Pensei em sua tentativa de se ferir e vislumbrei uma moça que só conhecia uma forma de ser ouvida.

"Se você estiver se sentindo melhor, será possível ir para casa. Você acha que poderá voltar para se consultar com a psiquiatra e fazer o tratamento sugerido por ela?"

Agora, os três rostos viraram em minha direção: um inexpressivo como sempre; um contrariado; mas achei que vi esperança em um terceiro, no rosto da mãe.

"Acho que pelo menos parte do que vocês estão sofrendo pode ser aliviada. Peço apenas que dediquem um pouco de atenção ao tratamento."

Teria a mãe dela feito um aceno quase imperceptível?

Foi tentando tratar pessoas como Pauline que percebi que nem todo sofrimento é igual. Não é necessariamente o maior sofrimento que recebe a maior atenção e compaixão. Enfermidades não são classificadas dessa forma. Enfermidades fatais obviamente têm prioridade total sobre as outras. Depois, há um sistema de classificação não oficial para enfermidades nos quais os distúrbios psiquiátricos são os grandes perdedores. Distúrbios psiquiátricos que se manifestam como doenças físicas ficam no último lugar dessa lista. São os charlatões das enfermidades, motivo de chacota. Se todos os problemas de Pauline tivessem de fato origem psicossomática, então pouco importava o quanto eu tentasse convencê-la, ela sabia que seria criticada e estava certa. Pauline e sua família estavam lutando para preservar a dignidade dela.

Tentei fazer Pauline ver que as manifestações físicas de infelicidade são algo que todos experimentamos, que não se trata de uma defeito de personalidade ou de um sinal de fraqueza, mas de uma parte da vida. A vida é difícil algumas vezes. É mais difícil para uns do que para outros. Todos manifestamos essa dificuldade de formas diferentes: há os que choram, os que reclamam, os que dormem, os que têm insônia, os que bebem, os que comem, os que ficam com raiva, e os que sofrem como Pauline. No entanto, cometi um erro com relação a Pauline. Com o tempo, quanto mais pacientes como ela eu atendia, mais chegava a compreender que não era Pauline ou sua família que precisava ser convencida da realidade e da legitimidade de seu sofrimento — era o mundo lá fora.

Após conversar com a psiquiatra novamente, Pauline foi liberada para voltar para casa. Eu estava na enfermaria quando ela saiu. Mark fora pegar o carro, e Pauline e a mãe fizeram apenas um sinal com a cabeça em minha direção ao saírem. No entanto, justamente quando achei que não voltaria a ver mais nenhuma delas, de repente a mãe de Pauline se virou e veio até mim.

"Ela não teve um único ataque desde que você deu o diagnóstico, sabe. Acho que ela ainda não percebeu isso."

Após a primeira noite na ala de neurologia, realmente os ataques de Pauline tinham desaparecido por completo. Porém, o que a mãe de Pauline ainda não notara era que a dor na perna, pela qual a filha fora internada, também havia desaparecido sem que ninguém percebesse. Vendo as duas indo embora, de repente senti esperança com relação à Pauline. Espero que ela consiga chegar ao próximo estágio.

3
MATTHEW

> Sabemos que, a cada movimento voluntário, é a ideia do resultado a ser alcançado que dá início à contração muscular pertinente, e não é muito difícil ver que a ideia de que essa contração é impossível impedirá o movimento.
>
> Josef Breuer, *Estudos sobre a histeria* (1895)

No sistema jurídico, o ônus da prova exige comprovação para apoiar a verdade. Porém, no caso de transtornos psicossomáticos, o diagnóstico frequentemente reside na falta de comprovação. O diagnóstico é feito quando a doença é investigada, mas não encontrada. Pode ser muito difícil para um paciente aceitar que sofre de um distúrbio de conversão — um sintoma neurológico sem explicação médica — quando essa hipótese está baseada quase totalmente no que está faltando. Isso exige muita confiança do paciente no médico. Toda semana, informo a alguém que sua incapacidade tem uma causa psicológica. Quando perguntam como cheguei a essa conclusão, tudo que posso fornecer é uma lista de exames com resultados normais, provas de possibilidades de doenças que descartei. Quando uma pessoa está paralisada, cega ou sofrendo de convulsões, não é difícil ver por que ela considera esse tipo de explicação insatisfatória.

"Tenho certeza absoluta de que você não tem esclerose múltipla."

"Tem mesmo?"

"Todos os exames deram negativo. Você não tem esclerose múltipla."

"Qual o grau de sua certeza?"

"Absoluta."

"Você não pode estar 100% certa. Nada jamais é cem por cento certo."

Eu sentia o profundo desespero de Matthew. Ele desejava que eu dissesse qualquer número abaixo de cem. Percebi que mesmo que dissesse que estava 95% certa, eu o teria deixado com uma dúvida, por menor que fosse. Uma parte de seu cérebro esperava apenas isso. E, diante de sua contestação, fui obrigada a me questionar. Eu tinha mesmo certeza absoluta de que Matthew não tinha uma doença? Ou deveria ter concordado com ele de que nada jamais era 100% certo? Eu estava bem convencida de que sua incapacidade era *funcional*, que não havia uma causa orgânica oculta, mas estaria eu 100% convencida? Certamente sei o que me impedia de transmitir a Matthew quaisquer de minhas incertezas: ele lutava contra o diagnóstico. Qualquer ínfima possibilidade de uma doença física ter sido omitida lhe daria a esperança de que sua enfermidade não era psicológica, algo a que poderia se agarrar. Se eu permitisse um único vestígio de dúvida, isso poderia fazer Matthew começar uma busca por uma doença, busca que poderia ocupar com facilidade uma vida inteira.

Matthew era um produto da era digital. Quando veio me consultar, depois de fazer uma minuciosa pesquisa na internet, estava totalmente convencido de que tinha esclerose múltipla. Durante a primeira consulta, ele ficou usando as palavras "minha esclerose múltipla".

"Minha esclerose múltipla é mais grave do que a de outras pessoas?"

"Meu seguro-saúde cobre minha esclerose múltipla?"

O problema de Matthew começou com uma sensação de formigamento em um dos pés. Inicialmente, esse sintoma o afetava apenas se ele se sentasse por longos períodos. Sentado em seu escritório, ele sentia o formigamento e precisava se levantar e se movimentar para fazer essa sensação parar. À noite, o formigamento passava, mas no dia seguinte, em horário de expediente, ele retornava.

Após sentir os sintomas por aproximadamente duas semanas, Matthew consultou um médico. Ele tinha certeza de que esse tipo de sintoma não era incomum e raramente significava algo preocupante. O médico que o examinou lhe disse que estava tudo bem e o aconselhou a fazer intervalos regulares no trabalho, para evitar ficar sentado por muito tempo.

Matthew seguiu as orientações médicas, mas achou que foram de pouca ajuda. Mais inquietante ainda, passou a observar que os sintomas tinham mudado e se espalhado. A sensação de formigamento agora atingia todo o corpo: um dia no braço, outro na ponta do nariz, um dia atrás da cabeça, outro no lábio inferior. Já não precisava mais estar sentado para sentir o formigamento, que podia atacar a qualquer momento e em qualquer parte do corpo. Matthew fez nova consulta ao médico. Novamente o médico lhe disse que não conseguira encontrar nada errado.

"Com frequência ouço as pessoas descreverem sintomas como esses e nunca vi evoluírem para nada mais sério. Pare de pensar nisso e isso desaparecerá", disse o médico.

Matthew não ficou satisfeito e se encarregou de procurar por conta própria as possibilidades. Em uma pesquisa na internet ficou sabendo que a diabetes poderia prejudicar os nervos e levar a sintomas como formigamento. Matthew parou de comer alimentos com açúcar, mas não melhorou. Mais uma vez dividiu a preocupação com o médico, que lhe informou que sua taxa de açúcar no sangue estava normal. Ele não tinha diabetes.

Matthew leu que nervos imobilizados eram uma causa comum de seus sintomas. Cansado da dissuasão do médico, foi consultar um quiroprático. O quiroprático desconfiou de que Matthew poderia estar com um disco da coluna cervical fora do lugar e sugeriu uma série de tratamentos. Isso ajudou apenas por um curto espaço de tempo.

Matthew tentou adaptar-se a uma nova vida. Primeiro, começou a se exercitar vigorosa e regularmente. Achava que era possível que tivesse má circulação e que os exercícios a corrigiriam. Quando isso não ajudou, experimentou suspender os exercícios e procurar descansar o máximo possível. A dormência se espalhou para o tronco.

Nada que Matthew fizesse para se ajudar o fazia melhorar. A essa altura, ele achava difícil trabalhar. Sentar por períodos prolongados era impossível. O espaço em que trabalhava no escritório foi avaliado e foram feitas mudanças, mas isso não fez diferença alguma. Ele reduziu as horas de expediente, começou a trabalhar alguns períodos em casa e intensificou as pesquisas na internet. Foi quando descobriu pela primeira vez que a esclerose múltipla poderia causar anormalidades sensoriais que se espalhavam pelo corpo. Ao ler histórias de pessoas com esclerose múltipla, reconheceu sua própria história. A pedido dele, o clínico geral finalmente concordou em encaminhá-lo a um neurologista.

Enfim, Matthew acreditou que tinha feito algum progresso e isso o fez se sentir melhor. Mas, ao mesmo tempo, a possibilidade de confirmação do diagnóstico começou a se apoderar de sua mente e logo ele se sentiu pior. Os sintomas de Matthew começaram a se desenvolver após cada nova pesquisa. O formigamento e a dormência passaram a ser constantes. Ele sentia dor e perda de equilíbrio tão logo andasse. Começou a se sentir atordoado e foi dominado pelo cansaço. Dois meses se passaram e, a essa altura, Matthew estava trabalhando quase exclusivamente de casa.

Então, no dia anterior à consulta com o neurologista, mudanças abruptas vieram à sua cabeça. Matthew acordou e descobriu que perdera toda a força nas pernas. Dormência e dor foram substituídas por nada, nenhuma sensação e nenhum movimento. Sua esposa chamou uma ambulância, e ele foi levado para o hospital local, onde imediatamente foi submetido a um minucioso exame da coluna e do cérebro. Como os resultados não sugeriram nenhuma explicação, Matthew foi internado no hospital para exames adicionais.

Nos dias que se seguiram, Matthew passou por uma bateria de exames. A mostra do líquido da medula retirado na punção lombar apresentou um resultado normal. Exames de sangue e estudos elétricos dos nervos e músculos não mostraram nada de errado. Matthew permaneceu no hospital por duas semanas. Durante esse tempo, mesmo sem um diagnóstico, a força nas pernas melhorou aos poucos, embora não por completo. Quando o neurologista esgotou a investigação, Matthew recebeu uma cadeira de rodas e um andador e foi para casa. No dia seguinte, aflita, sua esposa marcou uma consulta com o clínico geral e uma hora depois o médico me telefonou.

"Essa família está à beira de um colapso nervoso. A esposa está furiosa porque o marido recebeu alta sem um diagnóstico e nenhum tratamento."

"O que disseram a eles antes da liberação?"

"Ela disse que nada."

Planejei ver Matthew no ambulatório no primeiro horário vago. Enquanto isso, contatei o hospital e pedi uma cópia do prontuário.

Uma semana depois, a esposa de Matthew entrou em meu consultório com o marido na cadeira de rodas. Sua expressão facial estava visivelmente decidida. Cumprimentei e ela me devolveu um breve aceno de cabeça. Quase o oposto da esposa, Matthew me cumprimentou com alegria. Estava sentado na cadeira de rodas, vestido com elegância e com um maço de papéis nos joelhos. Deu-me um entusiasmado aperto de mão enquanto a esposa puxava uma cadeira e se sentava a seu lado. Assim que estávamos todos sentados, pedi a Matthew que me contasse sua história desde o início.

"Sei que tenho esclerose múltipla", começou.

"Não vamos fazer nenhuma suposição. Por enquanto, apenas me conte como os sintomas começaram e como evoluíram."

Depois de pegar o diário, Matthew o abriu sobre a mesa entre nós.

"No dia 10 de junho, tive a primeira sensação de paralisia no pé direito. Estava em um churrasco na casa de meu irmão. Era o aniversário dele. Ficamos sentados no jardim por grande parte da tarde. Acho que chegamos por volta de 1 hora da tarde, e percebi o problema aproximadamente às 4 horas. Ou talvez um pouco mais tarde, talvez às 5 horas da tarde. Levantei-me para entrar na casa e senti meu pé estranho. Foi uma sensação horrível."

Matthew detalhava cuidadosamente os fatos daquela data e, em seguida, a progressão gradual dos acontecimentos que desencadearam no dia em que ele perdeu a força nas pernas. De vez em quando, eu fazia uma pergunta. Todas as respostas eram afirmativas.

"Visão turva?"

"Eu tenho isso. Às vezes, ao olhar fixamente para um livro, todas as letras se juntam."

"Cansaço?"

"O tempo todo."

"Descontrole da bexiga?"

"Sem dúvida."

Enquanto listava, tentei identificar um padrão anatômico que explicasse tudo, mas só consegui ver que aquilo que Matthew descrevia era impossível. Não havia nenhuma parte do sistema nervoso que, se doente, pudesse ser responsável por tudo que ele descrevia. No entanto, também fiquei me perguntando se ele não estava apenas elaborando uma história que fosse mais simples. Quem sabe ele tivesse um problema neurológico orgânico que estava sendo exagerado e distorcido de alguma forma pela intensidade de sua preocupação. Então, continuei ouvindo. O tempo todo, a esposa de

Matthew ficou sentada ao lado dele, enquanto o marido listava cada ponto documentado no diário. E Matthew foi muito específico.

"John sempre faz um churrasco para comemorar seu aniversário, quando o clima permite. Se o tempo não estiver bom, ele faz algo diferente. John mora em Kent."

Sua fala era recheada de termos médicos.

"Eu também tenho nevralgia facial e sinto zunidos."

A história dele era repleta de detalhes. No entanto, para alguém que três meses antes era ativo e trabalhava em tempo integral, ele parecia estranhamente despreocupado com relação a seu grau de incapacidade.

"Contratei um profissional para colocar corrimãos na casa. Acho que será de grande ajuda para eu me movimentar com mais facilidade."

"O que o médico disse no hospital quando lhe deram alta?", perguntei.

"Nada."

Após Matthew terminar de contar a história, pedi para examiná-lo. Embora estivesse em uma cadeira de rodas, ele conseguiu andar distâncias curtas e se movimentar, com dificuldade, até a maca. Quando se deitou, verifiquei a força de seus músculos, um por um.

Pedi que levantasse a perna:

"Mantenha a perna esticada e levante-a."

Matthew não conseguiu. O rosto inteiro se contorceu com o esforço. A perna direita se moveu alguns centímetros no ar e, então, ele colocou as mãos embaixo da coxa para levantar a perna um pouco mais.

"Mexa o pé", pedi em seguida.

O pé de Matthew permaneceu inerte, mas o rosto me dizia que ele estava tentando.

Quando enfiei uma agulha grossa em sua perna, ele não sentiu. Quando bati com um diapasão vibrante em sua pele, ele não sentiu nada da cintura para baixo. No entanto, o poder de movimento ou o de perceber sensações são coisas sobre as quais tanto o consciente quanto o inconsciente têm algum controle. Então, testei casos em que isso não acontece. Apesar da inércia de suas pernas, os reflexos reagiam como deviam. O tônus muscular dos membros era normal.

Quando estava quase terminando o exame, Matthew ficou em pé novamente e eu lhe pedi que andasse. Ele juntou os joelhos com firmeza e andou com as pernas retas e grande dificuldade. Pedi que tentasse dar alguns passos a mais na ponta dos pés. Um grande esforço foi necessário, mas ele conseguiu dar passos curtos na ponta dos pés. Pedi que se sentasse em uma cadeira e se levantasse com os braços cruzados e, depois de algumas tentativas, ele conseguiu. Matthew não percebia ainda que eu havia testado os mesmos grupos musculares de formas diferentes e que, a cada vez, eles se comportaram de maneira diferente. O mesmo músculo que não permitira que ele movimentasse as pernas quando estava deitado na maca agora o deixava levantar da cadeira.

Ao fim da consulta, da mesma forma que Matthew estava convencido de que tinha esclerose múltipla, eu estava convencida de que ele não tinha. Havia muitas inconsistências. Os neurologistas procuram padrões. Uma doença da coluna causa um conjunto distinto de sintomas; uma doença dos nervos, outro. Os distúrbios cerebrais acarretam o enfraquecimento de determinados grupos de músculos enquanto outros são surpreendentemente fortes. O padrão apresentado por Matthew não se encaixava em qualquer localização anatômica. Eu não conseguia associar seus sintomas — vertigem, fraqueza de todos os músculos e dormência na face — a um único diagnóstico. Além disso, o exame apresentou outros problemas. A parte subjetiva do exame — que abrange coisas sobre as quais o subconsciente tem algum controle, tais como força e sentimento — estava anormal; já aqueles reflexos objetivos e menos prováveis de serem influenciados pela mente, tais como reflexos e tônus muscular, estavam normais.

Mas Matthew era mais do que a soma de seu histórico médico e exames clínicos: era uma pessoa com uma vida além da enfermidade, e naquela vida eu via outros pontos para preocupação. Matthew consultava seu médico regularmente e, em cinco anos, recebera uma prescrição de cinco tratamentos com antibióticos. Fora examinado em decorrência de vários problemas médicos nos últimos tempos, chegando a fazer uma investigação tanto por causa de constipação quanto por causa de diarreia. Todos esses exames estavam normais. Os sintomas desapareceram antes de qualquer explicação. E havia coisas em sua vida pessoal que também me faziam hesitar: Matthew trabalhava com contabilidade e mudava de emprego constantemente. Ele estava no emprego atual havia quase três anos, o maior tempo que já ficara em uma posição. O que levava Matthew a fazer tantas mudanças? Mudar o protegia de algo? A doença fazia o mesmo? Ele estava se escondendo?

Também revi os resultados normais dos exames feitos na internação anterior e só consegui encontrar uma explicação coerente, a de que ele tinha um distúrbio de conversão: os sintomas neurológicos não poderiam ser explicados por uma enfermidade neurológica. Porém, estava claro que Matthew provavelmente não aceitaria os resultados normais dos exames ou minha certeza de que ele não tinha esclerose múltipla; portanto, parecia razoável dar a ele a segunda opinião que tanto queria e voltar à investigação. Pensei na limitação dos recursos disponíveis e se tudo que eu estava fazendo reforçava a preocupação de Matthew com relação a uma doença ter sido esquecida. Matthew permaneceu preso à cadeira de rodas e hesitante quanto a não ter esclerose múltipla. Então decidi colocar minhas reservas de lado e manter a mente aberta.

Assim que Matthew e a esposa saíram, olhei outra vez o documento de alta do hospital anterior, no qual era possível ler: "Disse ao paciente que acreditava que seus sintomas eram funcionais por natureza. Indiquei um psiquiatra." De todos os detalhes que Matthew incluíra em sua história, ele deixara esse de fora.

*

O processo de fazer um diagnóstico de um distúrbio funcional ou de conversão reside em descartar doenças. Não há exceções para isso. Às vezes, após o médico ouvir os sintomas da boca do paciente e examiná-lo, um diagnóstico de transtorno psicossomático parece inevitável. Mesmo quando esse for o caso, é primordial que todas as possibilidades tenham sido consideradas e todos os exames apropriados tenham sido realizados — de outra forma, erros serão cometidos. Essa foi uma lição que aprendi com Fatima.

Eu era uma especialista em neurologia havia pouquíssimo tempo quando conheci Fatima. Ela me impressionou. Entrou na sala usando óculos escuros e, assim que se sentou, pediu para eu desligar a luz fluorescente que tremeluzia levemente.

"Pode desligar a luz, por favor?", pediu ela. "A luz me dá enxaqueca."

Mesmo com o ambiente escuro, ela não tirou os óculos. Antes que começássemos a conversar, ela remexeu na bolsa, encontrou um pedaço de chiclete e colocou na boca.

"Mascar é a única coisa que me ajuda na dor do maxilar", disse ela.

A manhã estava corrida e eu podia sentir minha paciência indo embora. Ela mal começou a contar sua história e eu já estava irritada. Enquanto ouvia, desejava dizer: Pare. Já ouvi isso antes. Fatima sofria de dores de cabeça crônica, dor de estômago e dor nas articulações desde os 10 anos. Ela tomava um coquetel de remédios para controlar a dor. Cada problema médico fora investigado a fundo. Quando tinha 27 anos, o foco da dor mudara e ela fora internada com dores intensas no peito. Embora jovem, fez exames para investigar um possível ataque cardíaco, mas nada foi encontrado. Apesar disso, continuava tomando aspirina para afinar o sangue e um medicamento para abaixar o colesterol, a título de prevenção. Ela manteve a crença na doença cardíaca, mesmo após esta ter sido descartada e ela ter sido liberada pelos cardiologistas.

Antes de nos conhecermos, eu havia lido cada página das extensas observações sobre Fatima. No início de cada alta, uma lista de problemas médicos. O mais recente dizia: enxaqueca, artrite, angina, síndrome do intestino irritado, possível hipertensão, exames da função hepática anormais. Fatima tinha 35, não fumava nem bebia. Reconheci a lista, pois vira muitas parecidas antes. Era a lista de problemas que um médico iniciante copiava das altas mais recentes para colocar nas observações do documento que estava escrevendo. A falta de experiência os leva a subestimar a necessidade de verificar cada fato. Nesse sentido, um histórico médico pode assumir a forma de "telefone sem fio": "dor no peito sob investigação" vai aos poucos se transformando em "angina" com cada nova versão da história. Fatima fora examinada por causa de angina, mas uma leitura do princípio ao fim de seus registros me dizia que essa doença tinha sido descartada, embora o diagnóstico continuasse existindo nos registros das altas. Logo, com poucas evidências, "possível hipertensão" se tornaria "hipertensão".

Fatima chegou convencida de que sofrera um derrame. Ela observara que a mão direita tinha ficado fraca e difícil de controlar. Como deixava cair coisas e não conseguia escrever, Fátima parara de usar a mão direita. Ao pedir a Fatima que colocasse os dois braços para a frente, de modo que eu pudesse estabelecer a gravidade do problema, ela levantou os braços, mas rapidamente o direito caiu a seu lado. Quando tentei testar a força do braço pedindo que me empurrasse, ela disse que não conseguiria e ninguém a convenceria do contrário.

"Ao menos tente um pouco", sugeri.

Eu estava ficando frustrada. Queria que Fatima parasse de mascar ruidosamente o chiclete, queria ligar as luzes, pedir que fosse embora e chamar o paciente seguinte. Uma enfermeira entrou e deixou duas pastas a mais na minha mesa, um sinal para dizer que mais pessoas tinham chegado. Eu estava começando a me atrasar.

Fatima queria fazer uma ressonância. Naquela época, as pessoas esperavam meses para uma consulta ou um exame. Eu não queria acrescentar Fatima àquela lista em expansão.

"Não acho que você tenha tido um derrame", disse.

"O que é, então?", perguntou ela.

"Acho que seus sintomas podem ser psicológicos."

"Meu médico disse que foi um derrame. Então você está certa e ele está errado. É isso mesmo?"

"Não há nenhuma razão para alguém na sua idade ter um derrame."

"Eu tenho pressão alta e um problema cardíaco."

"Não acho que tenha."

"Eu não vim aqui para ouvir sua opinião sobre meu coração. Eu vim por causa da ressonância."

A porta se abriu novamente. A enfermeira me perguntou de quanto tempo eu ainda precisaria, pois o paciente seguinte já estava esperando havia meia hora. A enfermeira resolveu o impasse em que me encontrava. Concordei em passar a guia para que Fatima fizesse alguns exames e abri a porta para ela ir embora.

Fatima conseguiu agendar todos os exames para um único dia. Três meses depois, vi seu nome na lista de consultas para aquela tarde. Minha memória consciente quase não conseguia identificar os detalhes de seu caso mas, quando li o nome, um mal-estar no estômago sugeriu que meu subconsciente tinha algo a dizer sobre a questão. Antes que tivesse tempo de ler o prontuário dela e me lembrar, uma enfermeira veio me contar que estava indo à recepção pegar uma paciente.

"Os porteiros telefonaram e precisam de alguém para ir pegar uma senhora que se prostrou na frente de uma fileira de cadeiras na área da recepção!"

Fatima chegara.

"Eles não podem simplesmente colocá-la em uma cadeira de rodas e levá-la até o elevador?"

"Ela diz que está muito fraca para ficar sentada."

Fatima viajara de transporte público mas, assim que pusera os pés na sala de espera do hospital, declarou que estava vencida pela fadiga e pela fraqueza e impossibilitada de dar um passo a mais. Os porteiros ligaram para a enfermaria para ver se alguém podia ajudá-los.

Fatima estava deitada em três cadeiras na sala de espera, com a jaqueta sobre a cabeça para proteger-se da luz artificial. Com a ajuda de um porteiro, as enfermeiras encorajaram Fatima a subir na maca e juntos encaminharam a paciente para a ala desejada. Vi quando ela chegou de óculos escuros, soltando pequenos suspiros, com as costas da mão na testa e as pálpebras tremendo. Precisou da ajuda de três enfermeiras para passar da maca para a cama.

Durante o dia, Fatima realizou os exames agendados para ela e, entre cada um deles, retornava para a cama e colocava um travesseiro sobre a cabeça. Quando os exames terminaram, as enfermeiras pediram que eu fosse vê-la para verificar se tinha condições de voltar para casa enquanto não saíam os resultados.

"Como estão as coisas, Fatima?"

"Meu braço piorou."

Examinei Fatima outra vez. Seu braço, usado voluntariamente durante o dia para cobrir os olhos, caía o tempo todo de lado quando eu pedia para ela mantê-lo levantado. Eu lhe disse que não havia encontrado nada novo, que ela estava bem o suficiente para voltar para casa e que a veria na próxima oportunidade com os resultados dos exames.

"Não posso esperar tanto", respondeu.

Pela segunda vez, nosso impasse foi resolvido por uma das enfermeiras:

"Há um leito na ala. Ela pode ficar uma noite e ir embora amanhã, se você já tiver o resultado de todos os exames até lá."

Então Fatima permaneceu internada aquela noite. Na manhã seguinte fui ver o neurofisiologista, que confirmou que os exames feitos no braço dela não apontavam nenhum problema nos nervos de Fatima que explicassem a fraqueza. Os resultados dos exames de sangue também estavam normais. Depois fui ver o radiologista para analisar a ressonância.

"Dá uma olhada nisso!" Ele mostrou a ressonância na tela, em triunfo. Lá, bem no meio da ressonância, sobreposto no cinza do cérebro, estava uma bola de tecido branca circunscrita que sem dúvida não deveria estar ali. Fatima tinha um tumor cerebral que se localizava exatamente no lugar que, quando comprimido, levava à fraqueza do braço.

Tenho pensado muitas vezes em Fatima desde aquele dia. Usei essa memória para me lembrar de que uma suspeita clínica é apenas isso, uma opinião não confirmada. Embora um médico forme um diagnóstico clínico em parte baseado em seus conhecimentos sobre a enfermidade, muito também é extraído da natureza qualitativa da história contada pelo paciente. Os médicos se esforçam quando uma queixa ou o nível de incapacidade parece exceder o que conseguem encontrar em um exame. Esperamos que as pessoas se queixem apenas na mesma proporção da ideia que temos de sua doença. Uma grande disparidade entre a gravidade da enfermidade e o grau de sofrimento que o paciente demonstra pode desencadear uma ruptura da relação de trabalho, o que pode até levar ao abandono do caso.

Ao observar como os médicos amadurecem ao longo da carreira, vi como seus comportamentos mudam, como uma cabeça aberta muitas vezes vai surgindo aos poucos. Essa é uma característica que com frequência se aprende com a experiência e, ainda mais, com os erros. Um médico experiente terá muito mais acertos do que erros, e suas impressões clínicas iniciais estarão corretas na maioria das vezes. Contudo, no campo dos transtornos psicossomáticos, erros vão lembrá-lo de que, para um sintoma não ter explicação clínica, alguém deve primeiro ter tentado explicá-lo. Considerar todas as possibilidades e excluir doenças físicas está no âmago do diagnóstico desses transtornos.

Matthew recebeu os exames. Ele tinha uma ressonância magnética do cérebro e da coluna, os exames-padrão para esclerose múltipla. Procuramos pontos brancos de inflamação na ressonância e não encontramos.

Porém, como nem toda doença aparece na ressonância, comecei a verificar a integridade do sistema nervoso de Matthew. Ele se submeteu a um exame elétrico dos nervos. Um minúsculo estímulo elétrico foi aplicado aos nervos do pé e dos braços de Matthew. Eletrodos de metal minúsculos foram grudados em pontos da pele que seguiam o caminho feito pelos nervos para carregar mensagens até o cérebro. Dessa forma, conseguimos literalmente observar o impulso elétrico se movimentando de um ponto no calcanhar, subindo pela perna, pela medula até o cérebro. Embora Matthew não pudesse sentir o estímulo, foi possível perceber com clareza um impulso elétrico chegar a cada ponto de registro, e cada um deles chegou no tempo correto esperado. E, ainda que Matthew quase não pudesse mover as pernas voluntariamente, quando o estímulo elétrico foi dado, seu pé se contorceu e sacudiu de modo perfeitamente normal. Em seguida, os nervos visuais foram estimulados para uma avaliação de integridade. Foi solicitado que Matthew se sentasse na frente de uma televisão que mostrava um padrão sempre renovado de quadrados. Um pequeno eletrodo de metal colocado em seu couro cabeludo rastreava a mensagem, identificada primeiro pelo nervo óptico e, depois, transmitida ao longo da via visual para o córtex visual. A mensagem chegou com segurança. As vias neurológicas estavam intactas.

Quando todos os resultados ficaram prontos, encontrei Matthew novamente. Como de costume, ele estava bem-vestido, agarrado a uma pilha de anotações, sentado na cadeira de rodas. Ele sempre parecia ter acabado de chegar do escritório, embora não trabalhasse havia meses. A esposa estava outra vez a seu lado, um passo atrás.

Eu sabia das preocupações de Matthew e tentei afastá-las desde o início. Expliquei como fazíamos um diagnóstico de esclerose múltipla e que nenhum dos exames apontaram qualquer comprovação dessa doença. Que notícia fantástica, dei a entender, esclerose múltipla é uma doença grave, mas ela havia sido descartada. Vi o rosto de Matthew se fechar e, a seu lado, a esposa revirar os olhos, dando de ombros.

"Sei que está sofrendo, Matthew. Não quero menosprezar esse sofrimento. Você está sofrendo e algo precisa ser feito. Mas você não tem esclerose múltipla."

Expliquei o diagnóstico de distúrbio neurológico funcional, que a paralisia das pernas não podia ser explicada por uma doença neurológica. Embora não tivesse chegado ao ponto de chamar sua paralisia de psicossomática, eu lhe disse que estava pensando em uma causa psicológica.

"Como pode dizer isso? Só porque os exames estão normais você presume que estou louco. Isso é o que os médicos dizem quando não sabem o que está errado."

"Há mais do que apenas exames normais", respondi. "A fraqueza nas suas pernas não corresponde a doença neurológica. Essa fraqueza profunda deveria vir com outros sinais clínicos, reflexos alterados ou músculos enfraquecidos."

A prática da medicina clínica é holística e científica. As ressonâncias de Matthew estavam normais, mas havia muito mais em seu diagnóstico.

"Você tem medo de admitir que não sabe o que está errado."

"Eu sei o que está errado, Matthew. Estou tentando dizer para você o que está errado."

"Mas parece tão real, não pode ser nada."

"Parece real porque *é* real. Sua paralisia não é imaginária, mas isso não significa necessariamente que seja uma doença física."

"Eu só não tenho certeza de que não tenho esclerose múltipla."

Matthew tinha vindo preparado: depois de apanhar os papéis que estivera segurando no colo, colocou-os sobre a mesa e empurrou algumas páginas em minha direção. Eles estavam destinados a provar que eu estava errada. Matthew me contou uma história que leu na internet, o relato de uma mulher que havia sido informada de que não tinha esclerose múltipla, mas que posteriormente comprovou que o médico estava errado. Disse também que tinha um amigo que sofria com dores de cabeça e fora diagnosticado com depressão, mas que depois se viu que tinha um tumor cerebral. Ele me mostrou um artigo de jornal que louvava as virtudes de um tratamento novo para a esclerose múltipla. Novamente falei a Matthew que todos os exames apropriados haviam sido feitos e que ele não tinha esclerose múltipla. Posso afirmar que Matthew ficou surpreso. Seu desespero era evidente.

"Todos os exames deram negativo. Você não tem esclerose múltipla."

"Tem certeza?"

"Certeza absoluta."

Quando escolhi seguir a carreira de medicina, acreditava que diagnosticaria doenças e aprenderia a tratá-las. Às vezes, daria notícias ruins. Outras, conseguiria dar boas notícias: diria aos pacientes que as ressonâncias não apresentavam problemas, eles ficariam aliviados e felizes, e trocaríamos um cumprimento cordial. Fui treinada para dar diagnósticos difíceis, mas nunca me ensinaram a antecipar o impacto que às vezes notícias *aparentemente* boas podiam provocar em alguns pacientes.

Pessoas como Matthew me ensinaram que descartar doenças não é o mesmo que descartar enfermidades, mas com frequência parece dessa forma para o paciente. A incapacidade de Matthew não foi alterada pelo fato de eu não ter descoberto nenhuma comprovação de esclerose múltipla. Esse novo diagnóstico não gerava apenas confusão: ele também desnorteava sua ideia de como poderia melhorar. Com um diagnóstico de esclerose múltipla, Matthew sabia o que esperar, mas agora precisava aprender a desistir de uma certeza e, no lugar, aceitar uma verdade difícil. Eu o colocara em uma posição difícil. O que ele diria aos amigos sobre sua enfermidade? E a seu empregador? Como eles receberiam a notícia?

"Há outros exames que eu possa fazer? Você pode ter errado o diagnóstico... sempre há uma primeira vez para tudo", disse ele.

Não respondi.

Matthew balançou a cabeça e continuou folheando seus papéis. Artigos científicos sobre esclerose múltipla. Artigos de jornal. Ele pediu para ver a ressonância magnética do cérebro como se pudesse encontrar algo que o radiologista não encontrara. A discussão chegou ao ponto em que eu lutava para encontrar uma forma de avançar e precisava me lembrar de que seria pouco recomendável entrar em uma briga com um paciente. Mas Matthew e eu fomos salvos quando algo surpreendente aconteceu: sua esposa falou.

"Pelo amor de Deus, Matt, quantas vezes ela precisa repetir? Você não tem esclerose múltipla. Você veio aqui para receber a opinião de um médico, então por que não tenta ouvi-la?"

Ela se virou para mim:

"Podemos ficar um momento a sós, por favor?"

Tudo de que eu precisava era de um vestígio de aceitação, e parecia que sua esposa poderia me dar isso. Saí da sala e voltei cinco minutos mais tarde.

"Muito bem, digamos que não se trata de esclerose múltipla", Matthew começou. "Digamos que essa ideia psicossomática seja *possível*. Como isso acontece?"

"Não tenho certeza de por que nem de como acontece. É possível que seja um sinal de que há algum estresse que você esteja dissimulando e se expresse na forma de um sintoma físico."

"Mas, como? O que está fazendo minhas pernas pararem de se movimentar?"

"Não tenho uma resposta para isso."

Matthew voltou a revirar os papéis. A esposa pegou seu braço. As mãos dele ficaram paradas no ar por um momento.

"Seria muito mais fácil para ele se você explicasse", disse sua esposa.

"Há alguma disfunção na forma como a mensagem que comanda o movimento das pernas de Matthew está indo do cérebro para as pernas, mas não sei como isso acontece. Sei apenas que isso pode acontecer e que uma consulta a um psiquiatra poderia ajudar Matthew."

Da mesma forma que descartamos a esclerose múltipla em uma série de exames, uma avaliação psicológica precisa ser apenas outro exame exploratório. Infelizmente, muitos pacientes acham difícil dar esse passo final no processo investigativo. Para alguns, consultar o psiquiatra parece abandonar a doença física e, assim, perder toda a validação de seu sofrimento. Para Matthew, concordar em consultar o psiquiatra exigia um sacrifício que mudaria a forma com que a sociedade veria a incapacidade dele.

Eu estava com sorte naquele dia.

"Tudo bem", concordou Matthew, relutante.

Matthew desejava algo bastante razoável de mim: provas. Se eu conseguisse evidências ou, pelo menos, uma explicação coerente para a razão por que suas pernas haviam deixado de se movimentar, então ele poderia, em troca, aceitar o diagnóstico. Em vez disso, ofereci apenas minha convicção e uma lista de resultados de exames normais.

O efeito que a mente pode ter no corpo tem sido observado há muitos e muitos séculos, mas ao longo de todo esse tempo, embora cientistas e médicos tenham tentado, fracassaram em compreender como isso ocorre. Em 400 a.C., Hipócrates acreditava que a emoção poderia provocar suor e fazer o coração bater forte, e isso poderia levar a doenças. Hipócrates acreditava que, para tratar o doente, era necessário ver a pessoa em sua totalidade, que tratar a mente era tão importante quanto qualquer tratamento do corpo. Ele curou doenças analisando sonhos dois mil anos antes de Freud nascer.

Creditam-se a Hipócrates as primeiras descrições da doença conhecida como histeria, que ele considerava uma doença feminina originada no útero. Acreditava-se que o útero era um órgão móvel que viajava pelo corpo causando doenças: se o útero fosse deslocado para cima ou para baixo ou sofresse algum tipo de irritação, isso poderia desencadear o delírio e o colapso. A histeria não era uma síndrome coerente com sintomas bem definidos; suas descrições eram vagas e variáveis. Os ataques eram uma manifestação comum, mas falta de ar, perda da voz, dor na nuca, vertigens ou palpitações também eram descritas. Os gregos antigos não conheciam nada da fisiologia e muito pouco de anatomia, então não distinguiam doenças psicossomáticas de outras doenças. A histeria era uma doença orgânica, uma doença do corpo, e não da mente.

Órgãos móveis não eram o único mecanismo possível para a doença na Grécia antiga. Acreditava-se que os quatro humores — bílis negra, bílis amarela, fleuma e sangue — eram fundamentais para manter a saúde e também podiam causar doenças. O equilíbrio desses fluidos essenciais podia tanto determinar nosso temperamento quanto controlar a estabilidade de nossa saúde física. Cada humor estava associado a um dos quatro temperamentos — colérico, melancólico, sanguíneo e fleumático —, e pensava-se que as proporções de cada fluido determinavam o caráter de alguém. Por exemplo, pessoas com maior inclinação para o sangue eram sanguíneas, alegres e otimistas; já pessoas com maior tendência para a bílis amarela eram coléricas, mais propensas ao mau humor. Os humores estavam constantemente em fluxo, logo uma pessoa poderia ser mal-humorada e otimista em momentos diferentes.

Em 200 d.C., Galeno ainda dava muito valor à importância dos humores, mas também elaborava outra hipótese sobre como a doença se desenvolvia e se espalhava. É dele a teoria de que os órgãos podiam se comunicar uns com os outros. Ele imaginava os nervos como tubos ocos que carregavam mensagens de um órgão a outro, e o nome que sugeriu para a mensagem transmitida foi *afinidade*. Galeno foi o primeiro a sugerir que um órgão poderia mudar ou reagir por afinidade com um outro. Ele descreveu como uma doença do estômago poderia viajar na forma de espírito por um nervo até o cérebro, desencadeando um desmaio ou um ataque. Galeno estava correto ao observar a importância dos nervos na transmissão de informações, mesmo que não tenha entendido ao certo o propósito disso ou como era realizado.

Na Idade Média, a superstição e a religião prevaleciam sobre as teorias médicas. A histeria quase desapareceu como um problema de interesse médico e de importância, só reaparecendo de fato no início do século XVII, quando mitos vigentes foram descartados antes que novas explicações para a histeria fossem procuradas.

Em 1602, a londrina Mary Glover começou a sofrer ataques aparentemente ocasionados por uma desavença com um vizinho. Logo Mary foi considerada possuída pelo demônio, e o vizinho, acusado de amaldiçoar Mary, levado a julgamento sob acusação de feitiçaria. Um médico importante da época afirmou que Mary não estava possuída, mas sofria de histeria. Seu argumento foi rejeitado pela corte. Na Inglaterra, as últimas execuções por feitiçaria aconteceram no final do século XVII, mas até então a feitiçaria e o demônio eram explicações para doenças que não podiam ser explicadas de outra forma. Quando não havia mais a crença na feitiçaria e os sintomas da histeria não podiam mais ser atribuídos a esses fatores externos, tornou-se necessário fornecer uma explicação alternativa: se não tinham sido amaldiçoados nem estavam possuídos, os pacientes deviam estar loucos. A histeria se tornou uma doença da mente: pacientes eram transferidos para as mãos dos psiquiatras da época, os médicos de manicômio, também conhecidos como alienistas; julgamentos de feiticeiras foram substituídos por hospícios. No século XVIII os manicômios se tornaram o último lugar de descanso dos desprovidos e dos histéricos. Esse movimento do afastamento dos princípios orgânicos da histeria significava que os afetados não recebiam nenhum tratamento nem tinham esperança alguma de cura — o objetivo do manicômio era a detenção.

Felizmente, à medida que o século XVIII avançava, o mundo mudava, entrando na era científica. Manicômios não sairiam de moda por um longo tempo, sobretudo para as classes baixas, e a maioria dos médicos ainda consideraria a histeria sinônimo de insanidade, mas alguns cientistas modernos pensavam que havia uma possibilidade de a histeria não se originar na mente, nem mesmo na cabeça. Essa ideia deu origem a inúmeras novas explicações para a histeria que acabariam sendo tão diversificadas e estranhas quanto os sintomas em si. O dedo acusador foi apontado primeiro para uma série de órgãos bem diferentes e, mais tarde, para o sistema nervoso.

O primeiro avanço foi, na realidade, um passo para trás, uma vez que uma ideia antiga foi trazida outra vez à tona: o útero como origem de histeria. Naquela época, já era totalmente aceito que os órgãos ficavam fixos em um lugar, mas ainda se acreditava que o útero, por meio do poder dos humores, tinha a capacidade de atrair outros órgãos à afinidade com ele. O status dado ao útero era muito elogioso — depois do cérebro, ele se tornou o órgão principal. Tanto a subutilização quanto a utilização excessiva do útero poderiam levar uma mulher a um ataque de melancolia, um sentimento devastador de fraqueza e fadiga.

O útero era o órgão preferido, mas não o único envolvido nessa última versão da histeria. Uma explicação também era necessária para os homens que sofriam com ataques e mal-estar. Os europeus estavam particularmente seduzidos pelo estômago como fonte de histeria, atraídos pela densa confluência de nervos desse órgão e influenciados pela sensação estomacal que muitos pacientes descreviam com detalhes antes de um ataque. O baço também foi acusado, já que se acreditava que podia provocar qualquer tipo de incapacidade.

O conceito de órgão principal e seu papel na histeria sobreviveu cem anos, até um novo tipo de médico especialista começar a surgir: o neurologista. No início do século XIX, foi descoberto que as fibras musculares eram excitáveis e contraíam em resposta a um estímulo. Foi demonstrado que dar um tapinha no joelho produzia uma contração por reflexo. Acreditava-se que esse reflexo era mediado pelos nervos da espinha dorsal. De repente o sistema nervoso e a espinha dorsal, em particular, foram considerados o centro do sistema de comunicação do corpo. Foi mostrado que os nervos eram tanto excitáveis quanto irritáveis, o que desencadeou uma nova explicação para a histeria — inflamação da espinha dorsal. Foi observado que mulheres jovens tinham uma sensibilidade especial na espinha dorsal, que comunicava sua inflamação para outras partes do corpo, resultando em dor, paralisa ou vômito com tanta facilidade quanto poderia acontecer em ataques. A inflamação da espinha dorsal tornou-se uma das primeiras doenças nervosas populares. Essa ideia logo levou à próxima, a teoria do reflexo — se a espinha conseguia comunicar seu sofrimento para o restante do corpo, talvez cada órgão pudesse fazer o mesmo. Durante a gravidez, muitas mulheres vomitam — seria isso uma evidência de que o sofrimento do útero tinha sido comunicado por meio dos nervos do estômago? Uma indicação de que a irritabilidade poderia viajar do útero para outro lugar no corpo?

Até esse ponto — os anos 1850 — havia pelo menos uma partícula de sentido nessas teorias sobre a histeria. Contudo, no fim do século XIX, minha explicação favorita foi proposta: a teoria da inflamação nasal. A ideia de que a mucosa nasal poderia ser responsável pela doença tornou-se muito popular na década de 1880 e sobreviveu até o início do século XX. O nariz foi envolvido em aflições tão variadas quanto ataques e dores no estômago. A cauterização da mucosa nasal ou a correção de um espectro fora do padrão começou a ser usada como tratamento. Tão legítima era essa condição que Sigmund Freud, que supostamente sofria de uma doença crônica não de todo dissociada do tipo visto em seus pacientes, buscou tratamento frequente de suas conchas nasais. E mesmo com a distância do nariz dos órgãos sexuais, a inflamação nasal não se esqueceu desses órgãos. Os médicos acreditavam que a semelhança da obstrução da parte interna da membrana mucosa do nariz e a obstrução do pênis não poderiam ser descartadas como coincidência. O útero também foi inevitavelmente ligado ao nariz, a obstrução de um conduzindo à obstrução do outro. O uso excessivo do órgão feminino ou do masculino poderia ser o simples motivo que faria com que a mucosa nasal inchasse e desse início a ataques histéricos.

A função do órgão principal, da espinha dorsal ou da inflamação nasal — cada uma dessas teorias foi adotada por pacientes e médicos da mesma forma. Embora muitos médicos considerassem a histeria uma enfermidade mascarada, uma manifestação de busca por atenção ou de demência, estavam felizes de atribuir novos rótulos, uma vez que agradavam aos pacientes e possibilitavam tratamentos lucrativos. Ataques como resultado de inflamação da espinha dorsal poderiam ser tratados com sangria por meio de ventosas ou com a aplicação de sanguessugas nas costas. Os pacientes poderiam ser sangrados ou estimulados a urinar para equilibrar os humores. Sexo, gravidez, ducha vaginal e histerectomia assumiram o lugar da internação em um manicômio. Entre receber uma explicação de inflamação de espinha dorsal ou de loucura para seu sofrimento, não é difícil entender por que os pacientes escolhiam a primeira opção.

Embora cada um desses mecanismos propostos para a histeria tenha sobrevivido em graus menores na sociedade moderna, não existem mais na medicina convencional. No fim do século XIX surgiu uma série de médicos cujas teorias sobre histeria permanecem a base de nosso entendimento sobre doenças psicossomáticas até hoje e nos fornecem o suporte principal dos tratamentos psicológicos atuais. O primeiro deles foi Jean-Martin Charcot, um neurologista francês responsável por despertar o interesse mundial sobre a histeria e por produzir uma epidemia de diagnósticos dela. Em seguida, o psicólogo e médico Pierre Janet produziu uma explicação do subconsciente que levou a histeria para o centro da mente. Por fim, Sigmund Freud, cujo trabalho reuniu as ideias desses homens e as expandiu para criar o próprio conceito de transtorno de conversão. Embora o trabalho desses três homens date de mais de um século, as contribuições deles têm sido tão duradouras — e sua influência tão grande —, que os encontraremos, assim como suas ideias, ao longo deste livro.

As formas como a medicina tentou explicar a histeria são fascinantes não só pelas teorias em si, mas também por sua repercussão no futuro. Quando o útero foi colocado no papel de órgão principal ou quando a teoria do reflexo foi concebida, conhecia-se muito pouco sobre fisiologia. Os avanços científicos provaram que essas teorias são improváveis, mas mesmo assim elas não foram totalmente abandonadas. Mesmo hoje, o bem-estar físico ou mental de uma mulher é com frequência considerado intimamente ligado ao útero e, em particular, aos estágios do ciclo menstrual. Não acreditamos mais em feitiçarias, mas ainda procuramos fora de nós explicações externas para como nos sentimos, atribuindo culpa a viroses ou pesticidas ou postes de eletricidade.

A indústria milionária da osteopatia tem muito em comum com os tratamentos da inflamação da espinha dorsal. A reflexologia e a acupuntura são descendentes diretos da teoria do reflexo. Parece que apenas a inflamação nasal foi verdadeiramente descartada.

Hoje, tenho em mãos uma série de pesquisas sofisticadas que os primeiros especialistas em nervos não tinham. Por isso, você poderia supor que em pleno século XXI eu estaria em posição de compreender o mecanismo da doença psicossomática, pelo menos em parte, e conseguiria fornecer as provas de diagnósticos que os pacientes como Matthew desejam. Porém, a verdade é que os médicos ainda lutam para fornecer uma explicação coerente para essas doenças. Houve muitos avanços na nossa compreensão sobre a doença biológica, mas o progresso para explicar como as emoções podem produzir sintomas físicos tem sido lento e incompleto.

O maior salto tem sido o tecnológico. Logo depois de eu me formar, a ressonância magnética começou a ser usada na prática clínica, trazendo uma nova linguagem para a descrição do cérebro. A tomografia computadorizada (TC) nos mostrou *densidade*; a ressonância magnética revelou a *intensidade* do cérebro. De repente, partes do sistema nervoso que eram impossíveis de serem vistas em um paciente vivo ficaram visíveis e coisas foram explicadas. A ressonância magnética produzia quadros tão detalhados que era facilmente possível detectar as lesões de doenças como a esclerose múltipla. O diagnóstico da ressonância magnética, que antes envolvia uma série de exames desagradáveis que levavam meses ou anos para serem realizados, poderia agora ser feito com um único exame. Em pessoas que sofreram uma vida inteira de epilepsia inexplicável, a ressonância conseguia visualizar minúsculas cicatrizes e anormalidades de nascimento no cérebro, fornecendo dessa forma uma gama totalmente nova de explicações para a doença. Isso ocorreu na década de 1990, e desde então várias gerações de tecnologia apareceram e sumiram na evolução da imagem do cérebro. Muitas doenças novas foram descobertas, não sendo o paciente ou a doença que mudou, mas a tecnologia.

Atualmente, existem dezenas de maneiras de ver o cérebro: conseguimos examinar sua estrutura ou o fluxo sanguíneo; como o cérebro utiliza combustível; ou examinar seus campos elétricos. O advento da ressonância *funcional* nos permitiu analisar o que está acontecendo no cérebro no momento de uma ação específica. Em vez de focar nos componentes sólidos do cérebro, esse tipo de ressonância mapeia o comportamento do cérebro enquanto a pessoa executa uma tarefa, que poderia ser o pensamento, o movimento ou uma emoção. Por exemplo, o sujeito deita na maca e é solicitado a mexer um dedo. A ressonância funcional capta uma imagem que detecta uma mudança no fluxo sanguíneo, comparando o cérebro antes e durante o movimento do dedo. Isso nos fornece uma imagem da parte do cérebro que está ativa durante a tarefa e indica as possíveis células nervosas que deram origem ao movimento.

Tais técnicas de ressonância foram aplicadas a pacientes com paralisia psicogênica, à qual nenhuma doença orgânica pode ser associada e para a qual há uma suposta causa de sofrimento mental. O paciente deita na maca da ressonância e é solicitado a mexer o membro paralisado. Enquanto ele tenta fazê-lo, uma imagem é realizada. Em seguida, a mesma técnica é aplicada a voluntários saudáveis e a um grupo que é solicitado a fingir que tem uma paralisia. É possível ver na ressonância uma diferença clara no que está acontecendo no cérebro de um voluntário saudável e no de um paciente com suspeita de paralisia psicogênica. Em um sujeito saudável do grupo de controle o córtex motor mostra ativação intensa, mas no paciente com paralisia psicogênica há menos ativação na área motora e uma parte diferente do lobo frontal fica ativa. Porém, muito mais importante, há também uma diferença entre a ativação cerebral daqueles pacientes com paralisia psicogênica e a dos voluntários que são solicitados a *fingir* paralisia. Aquela fraqueza fingida mostra um padrão distinto da ativação cerebral específica. Portanto, os três grupos são diferentes. A ressonância magnética tem demonstrado que algo no cérebro não está funcionando como deveria nos pacientes com paralisia psicogênica, comprovando que a paralisia psicogênica não é fictícia. No entanto, as mudanças vistas na imagem não são consistentes em todo paciente, nem fáceis de compreender. Elas fornecem uma parte interessante do quebra-cabeças que um dia, espera-se, fará sentido, mas por enquanto continuam não nos dizendo quase nada sobre por que ou como a paralisia ocorreu.

A verdade é que, apesar de todos os avanços em nossa compreensão do funcionamento do cérebro e da resposta corporal ao estresse, os exames ainda são ferramentas cegas. Ainda temos uma compreensão limitada de como os pensamentos e as ideias são gerados; não estamos nem sequer próximos de explicar a imaginação, nem de compreender ou fornecer a realidade das doenças que surgem lá. Então, como alguém pode ter alguma certeza de um diagnóstico que é oferecido de tal forma insatisfatória?

Muitas vezes os médicos não confrontam os pacientes com suspeita de transtornos psicossomáticos exatamente por essa razão. O diagnóstico é muito difícil de ser provado e, portanto, não será aceito. E se o futuro trouxer algum exame novo que revele que o diagnóstico original estava errado? Em certa medida, não avançamos do século XVIII para cá, o diagnóstico ainda pode ser evitado para o conforto tanto do paciente quanto do médico. E esse é, sobretudo, o caso em que os sintomas são subjetivos e não podem ser avaliados. Se um gastroenterologista consulta um paciente com dor no estômago, o primeiro passo é descartar doenças e dizer ao paciente o que não foi encontrado. Você não tem uma úlcera. Você não tem colite. Porém não é fácil distinguir conclusivamente uma dor que se origina primeiro na mente de uma que existe apenas no estômago.

É nesse aspecto que a neurologia se afasta de outras especialidades. Ela sempre teve uma relação íntima com o transtorno psicossomático, chegando até a lhe dar seu nome próprio — transtorno de conversão —, como se a conversão do sofrimento em paralisia ou em ataques em vez de dor ou fadiga fosse de algum modo especial, quando não é. Um sintoma não é mais importante do que outro. Os transtornos de conversão não são mais comuns do que outras perturbações somáticas, como a dor crônica. Na realidade, uma dor inexplicável é muito mais comum. No entanto, é mais provável que o diagnóstico de transtorno de conversão seja confrontado diretamente. Isso se dá porque a integridade do sistema nervoso pode ser avaliada de maneira objetiva. Basicamente, os neurologistas têm as ferramentas para avaliar de forma confiável a função dos nervos e músculos e, ao fazê-lo, ficam diante de um diagnóstico mais claro.

O exame neurológico é uma ferramenta sofisticada. A fraqueza psicogênica tem uma característica absolutamente diferente da fraqueza causada pela doença neurológica. Músculos diferentes são afetados. Aspectos do exame podem ser avaliados objetivamente, sem a participação do paciente. O sistema nervoso consiste em um conjunto complexo de caminhos nervosos que se cruzam, se juntam e se dividem outra vez durante a viagem das periferias do corpo até a espinha dorsal e o cérebro. A mente subconsciente não consegue reproduzir com autenticidade no sistema nervoso a complexidade dos sintomas causados por uma única lesão. Por essas razões, os transtornos de conversão são geralmente um disfarce medíocre da doença neurológica.

Certa vez tive uma paciente chamada Linda, que percebera um pequeno inchaço no lado direito da cabeça. Ela consultou um médico e ele disse que era um lipoma, um caroço adiposo inofensivo que se aloja na pele. Porém, mesmo com essa certeza, Linda não conseguia parar de reexaminar e verificar o caroço. Seria só sua imaginação ou o caroço tinha crescido? Em pouco tempo, Linda sentiu um tipo de formigamento na parte inferior direita do corpo. A sensibilidade no braço direito desapareceu aos poucos, depois veio a fraqueza do braço e da perna direita, e então ela teve certeza de que o caroço atingira o cérebro e o estava pressionando.

Quando a consultei, ela estava dividida pelo dano que o caroço havia feito. Uma linha poderia ser traçada, dividindo Linda exatamente em duas: do lado direito estava o caroço, e à direita tudo com relação aos seus membros estava entorpecido, todos os movimentos e sensibilidades. Por Linda não saber que é a parte direita do cérebro que controla o lado esquerdo do corpo, seu subconsciente imaginara os sintomas errados.

Os sintomas originados do estresse ou da ansiedade são produzidos na mente e tem relação com o que os pacientes entendem sobre o corpo e a doença. A mente subconsciente reproduz sintomas que fazem sentido para a compreensão do indivíduo de como uma doença se comporta. Na falta de um conhecimento detalhado do corpo, as incapacidades que surgem no subconsciente raramente obedecem às regras anatômicas.

É exatamente essa quebra da regra que faz com que os transtornos de conversão fiquem tão fora de sintonia com os distúrbios neurológicos, sobretudo quando são graves. Porém, os neurologistas ainda têm uma segunda ferramenta quando há dúvida ou necessidade de respaldar uma convicção. O cérebro, os nervos e os músculos funcionam por meio da passagem de descargas elétricas e existem exames confiáveis que podem medir objetivamente essa função em qualquer parte do sistema nervoso. Tais métodos usados para explorar cientificamente transtornos psicossomáticos também são úteis na prática médica clínica.

É precisamente porque o exame neurológico é muito objetivo e o sistema nervoso muito sensível à medição que os neurologistas se encontram confrontados de modo tão direto pela doença psicossomática. É difícil para um neurologista ignorar a possibilidade de fatores psicossomáticos, o que, por sua vez, torna ainda mais difícil oferecer ao paciente uma mera lista do que foi descartado.

Entretanto, mesmo com todas essas técnicas ao nosso dispor, tudo que conseguimos provar é que a estrutura do caminho nervoso está intacta. Isso pode nos ajudar a descartar uma possibilidade, mas ainda não é possível fornecer o que Matthew deseja: uma explicação para como e por quê. Nem é possível validar a realidade de seu sofrimento. Toda semana ouço a palavra *real* reiteradas vezes, como se algo que não pode ser medido não possa ser real. Porém, o mundo está cheio de coisas que não conseguimos ver, mas sabemos ou acreditamos que sejam reais. Nossos pensamentos são ativos e constantes, mas ninguém sabe como são gerados: não podem ser vistos, cheirados ou tocados, mas não ocorreria a ninguém duvidar deles. O mesmo ocorre com os sonhos: embora todas as pessoas sonhem, conseguimos apenas especular sobre como ou por que eles ocorrem. Uma grande parte do mundo acredita no conceito de Deus. Ele é venerado por pessoas inteligentes, cultas e racionais. Guerras são travadas por Deus, sem nenhuma comprovação científica de sua existência.

Não há nada que eu possa mostrar a Matthew — nenhuma sombra na ressonância ou irregularidade no exame de sangue — que lhe permitirá acreditar que meu diagnóstico está correto. Contudo, pedirei que ele acredite em mim, mesmo sem provas, da mesma maneira que eu acredito que sua paralisia, que não consigo medir, é tão real quanto qualquer outra.

A maioria de meus pacientes enfrenta a mesma incerteza de Matthew. Mas os métodos existem e fornecem aos pacientes absoluta comprovação do diagnóstico. Os transtornos de conversão ocorrem quando as emoções dolorosas ou os eventos traumáticos não podem ser expressos oralmente, e alguns tratamentos concentram-se em encontrar um caminho para liberar essa voz.

A partir do século XIX, a hipnose tornou-se essencial para a avaliação e para o tratamento da histeria. Sob a influência do hipnotismo, os pacientes eram capazes de enfrentar a experiência reprimida que negavam, seu estado histérico era reproduzido e seus sentimentos negativos expurgados. Essa catarse, de enfrentar e sobreviver ao trauma, poderia levar a uma resolução total da incapacidade do paciente. No início do século XX, descobriu-se que um efeito semelhante poderia ser obtido com medicação. Barbitúricos foram ministrados para desinibir o cérebro e revelar a verdade oculta. Sob o efeito relaxante do amobarbital, o paciente era capaz de ver os traumas do passado com mais clareza e, então, com tempo, os sentimentos negativos eram liberados. Uma vez sedado, o paciente demonstrava um estado sugestionável semelhante àquele visto na hipnose. Uma sugestão para melhorar era pouco a pouco apresentada. Ou o paciente poderia ser exposto ao que mais temia em um ambiente seguro. A técnica manteve o rótulo de ab-reação, referindo à purgação emocional que é a base do tratamento. Em meados do século XX, essa técnica permitiu às vítimas da Segunda Guerra Mundial confrontar memórias traumáticas, dessensibilizando-as da reação extrema que tinham vivido em virtude dos medos particulares.

Entrevistas com amobarbital continuaram em uso até o final do século XX. A substância foi ministrada pela primeira vez em pacientes com catatonia; pessoas perdidas para o mundo, mudas e imóveis, sem nenhuma doença cerebral que explicasse aquilo. Os pacientes catatônicos foram persuadidos a se movimentar, falar e revelar seus segredos sob a influência de barbitúricos. Segundo relatos, muitas incapacidades psicossomáticas foram *curadas* dessa forma. Ao ser ministrada a medicação, ela se dirige ao cérebro causando uma desinibição gradual dos lóbulos frontais, que controlam nosso comportamento social: eles nos impedem de contar a piada imprópria nas reuniões formais, controlam nossos impulsos, nos advertem dos perigos. Essa medicação pode desconectar quimicamente os lóbulos frontais, deixando nosso cérebro sem censura. Por exemplo, essa técnica já foi usada para examinar a memória de um homem que atacara uma jovem conhecida. Logo depois do ataque, ele desenvolveu uma amnésia profunda, sem conseguir se lembrar do que fizera nem de qualquer detalhe de sua própria vida. Durante uma entrevista conduzida usando amobarbital, sua memória voltou. Ele revelou que havia se apaixonado pela mulher que atacara, mas percebera que ela o rejeitava. Assim que acabou a consulta, o homem perdeu a memória de novo e entrou em sono profundo, mas durante a semana seguinte fragmentos da memória retornaram até que, enfim, ele pôde recuperá-la totalmente. Há relatos semelhantes de pessoas paralíticas que recuperaram a capacidade de andar. Após a substância medicamentosa sair do cérebro, nem todo paciente se lembra do que ocorreu durante a entrevista. Assistindo ao vídeo gravado em cada ocasião, podiam ver que eram capazes de superar suas incapacidades, mesmo se apenas brevemente.

No entanto, há questões importantes associadas à técnica. Casos de abuso há muito enterrados e esquecidos foram desenterrados usando esse método. Pacientes tiveram reações extremas por causa de tais revelações abruptas de algo reprimido por tanto tempo. Porém, mais preocupante ainda, o relato de memórias falsas foi atribuído tanto à hipnose quanto às entrevistas com amobarbital, o que produziu acusações falsas de abuso e estupro.

Matthew teria que encontrar uma forma de ir adiante sem ab-reação, com apenas a comprovação insuficiente de exames normais e minha opinião clínica. Por isso, fiquei muito aliviada quando o encontrei seis semanas depois e pude verificar uma transformação.

Fui até a sala de espera e o chamei pelo nome. Ele ainda estava na cadeira de rodas, bem-vestido como sempre, mas dessa vez não trazia nenhum ficheiro grande nem pilhas de papel. Parecia menos um homem que viera se defender. Eu ainda não havia recebido o relatório do psiquiatra e não tinha certeza do que esperar, mas mesmo à distância ele parecia mais contente. A esposa andava atrás da cadeira de rodas quando Matthew entrou na sala e, embora não sorrisse ou me reconhecesse, tive impressão de ver um vislumbre de algo positivo nela também.

Quando Matthew me contou como estava, só tinha boas notícias. Desde que nos encontramos pela última vez, em algum momento ele fora convencido ou se convencera da ideia de ter um transtorno psicossomático. Sua esposa o encorajara a consultar um psiquiatra e a realizar sua própria pesquisa e, de alguma forma, Matthew conseguiu compreender que deveria haver realmente alguma verdade em meu antigo diagnóstico.

"Como foi a consulta com o psiquiatra?"

"Bem, no início eu não gostei, mas percebi que ela fazia muito sentido. Ele disse que minha paralisia era decorrência de uma obstrução funcional em meus dutos nervosos. Havia uma obstrução na mensagem entre meu cérebro e minhas pernas. Ele a chamou de distúrbio neurológico funcional."

"Fico satisfeita que ele tenha ajudado."

"O psiquiatra explicou as coisas de modo muito melhor do que você. Ele disse que o sistema nervoso é como um computador, que meu hardware está intacto e os fios estão todos no lugar certo, mas eu tenho um problema de software que impede minhas pernas de receber a instrução para se movimentar."

Matthew havia recebido um rótulo e uma explicação com os quais conseguia se identificar. Para qualquer enfermidade, o primeiro passo para melhorar é aceitar o diagnóstico e Matthew aprendera a fazer isso. Esse aprendizado trouxe benefícios concretos para ele: agora conseguia ir adiante com o tratamento e conseguia fazer coisas para se ajudar. E tinha um prognóstico, poderia antecipar a recuperação, poderia ligar para o trabalho e dizer que tinha um distúrbio neurológico funcional, que tinha de se submeter à fisioterapia intensiva, mas que melhoraria.

"Sei que posso vencer essa maldita coisa", disse Matthew, esfregando as pernas.

Matthew encontrara a sua saída.

Assim que o diagnóstico foi concluído, o tratamento de Matthew pôde ser encaminhado para os psiquiatras, que me mantiveram informada. Com fisioterapia intensiva e terapia ocupacional, Matthew estava aprendendo a andar novamente. Estava ansioso para voltar a trabalhar, e seu empregador permitiu que trabalhasse de casa até se recuperar. E, com a intervenção dos terapeutas, pequenas partes de sua história foram reveladas: Matthew era um dos três irmãos de uma família bem-sucedida, mas nunca sentiu que alcançou grande sucesso. Era tão bem-sucedido quanto os irmãos, mas sentia que tinha que trabalhar contínua e arduamente para manter o sucesso. Era um homem em uma esteira mecânica procurando uma saída.

Embora tivesse passado o tratamento de Matthew para outro profissional, continuei a vê-lo ocasionalmente na clínica. Mesmo os que aceitam seus diagnósticos terão dúvidas de vez em quando, e ainda sou necessária quando os dias difíceis chegam e os pensamentos em doenças físicas aparecem. A recuperação não é linear, ela ocorre com altos e baixos. Por vezes, Matthew desenvolvia um novo sintoma e, quando isso acontecia, eu estava ali para examiná-lo e assegurar, a ele e a mim, de que nenhum exame adicional era necessário. Logo ele foi capaz de aceitar minha segurança, até mesmo sabendo que eu não lhe poderia dar uma prova.

"Você tem certeza?", ele perguntava de vez em quando, por necessitar de uma certeza.

"Absoluta."

Com o tempo, Matthew não precisou mais de mim para lembrá-lo. Logo conseguiu fazê-lo por conta própria.

"Estou ficando maluco de novo, doutora", dizia de vez em quando, e eu via que ele entendera o que o corpo lhe dizia e até conseguia rir disso. Seus sintomas ainda estavam presentes, mas, quando ele os sentia, respondia de maneira diferente. Percebera que a mensagem que eles transmitiam nem sempre era o que parecia. Agora, se os sintomas tentassem interromper sua vida normal, Matthew sabia que não tinha que fazer exatamente o que eles diziam.

4
SHAHINA

> Se você deseja manter um segredo, deve também escondê-lo de si mesmo.
> George Orwell, *1984* (1949)

Cassandra era a filha do rei de Troia. Ela fora abençoada e, ao mesmo tempo, amaldiçoada. Sua bênção era a da profecia: Cassandra podia prever o futuro. Sua maldição era que ninguém acreditava nela. É assim que se sentem as pessoas com transtornos psicossomáticos: seu sofrimento é real, mas elas não sentem que as outras pessoas acreditam nisso.

Dizer a alguém que sua incapacidade tem uma causa psicossomática cria nessa pessoa um sentimento de que ela está sendo acusada de algo: ela ouve que está mentindo, fingindo ou imaginando o sintoma. Para meus pacientes se recuperarem, preciso que, pelo menos, considerem uma causa psicológica para a enfermidade e concordem em consultar um psiquiatra. Mesmo quando o paciente consegue isso, os familiares, frequentemente, não conseguem. O aspecto mais importante e desafiador do meu papel é apoiar o paciente e sua família pela difícil jornada que têm pela frente. Nem sempre acho tão fácil assim e nem sempre sou bem-sucedida.

A enfermidade de Shahina começou seis meses antes de nos conhecermos, depois de um incidente na universidade: ela chegara atrasada para uma palestra naquele dia, sem perceber que esse pequeno detalhe mudaria sua vida. Todos os lugares no corredor da longa fileira de cadeiras estavam ocupados e, em vez de passar atrapalhando os colegas de turma, Shahina tirou o casaco e se sentou em um degrau atrás de uma fila de outros atrasados. Colocou o casaco sobre os joelhos e sentou-se apoiando as mãos no chão atrás de si. Pelos cinco minutos seguintes, a porta do auditório abria e fechava à medida que outros estudantes entravam discretamente.

Shahina estava quase inclinada para um lado, esticando o pescoço para ver o palestrante, quando sentiu uma dor intensa. Ela não pôde evitar um grito alto, e um riso contido escapou dos estudantes mais próximos a ela. O menino ruborizado que tinha pisado na mão de Shahina murmurou um pedido de desculpas constrangido e se curvou, sem prestar atenção, para tocar o braço dela, como se isso desfizesse o que acabava de fazer. Shahina o afastou, e uma lágrima escorreu por seu rosto ao mesmo tempo que levava a mão ao peito. Pelo restante da palestra, Shahina quase não pôde se concentrar, pois via um grande hematoma escuro se formar.

Naquela mesma tarde, a família de Shahina teve pouca compaixão quando ela se queixou amargamente da dor e se recusou a ajudar com as tarefas domésticas. Reagiram de forma diferente quando viram o quanto a mão estava inchada e machucada assim que ela acordou na manhã seguinte. A mãe de Shahina levou a filha diretamente para a emergência, e exames apontaram uma pequena fratura de um osso do metacarpo. Sua mão foi imobilizada; e o braço, colocado em uma tipoia. Envergonhada, a mãe a levou para casa e não foi trabalhar para cuidar dela. Pelas três semanas seguintes, Shahina não poderia usar o braço direito. Ela digitava com uma das mãos e usava o ditafone para gravar as palestras.

Quando Shahina finalmente foi autorizada a retirar a tala, sua mão estava fina e inútil. A falta de uso a deixara disforme e menor do que a outra. O médico disse para Shahina não se preocupar e providenciou um horário para ela se consultar com a fisioterapeuta, que lhe aconselhou uma série de exercícios. Ela achou os exercícios dolorosos, mas ficou feliz de ser capaz de fazer coisas normais novamente. A dor incomodava um pouco e sua mão era desajeitada, mas ela estava gostando de ganhar sua independência de novo, desabotoar botões, dirigir o carro.

Cerca de duas semanas após a tala ser retirada, Shahina assistia a uma palestra quando sentiu uma câimbra desagradável na mão. A caneta escorregou dos dedos e caiu no chão, fazendo barulho. Quando Shahina se curvou para pegá-la, a câimbra atacou outra vez. Embora tentasse apanhar a caneta de modo desajeitado, o objeto escorregava entre os dedos e rolava para longe. Ela teve que deixá-la no chão. Por trinta minutos, ficou sentada de qualquer jeito, com o olhar fixo no palestrante, enquanto as palavras dele pairavam no ar.

Quando a palestra terminou, Shahina mostrou a mão às amigas. Os dedos indicador e médio estavam curvados para dentro. Ainda que conseguisse esticá-los sem dificuldade com a outra mão, tão logo os soltava, eles se curvavam de novo, aos poucos, como um pequeno animal acuado. As amigas riram da situação e, por meia hora, brincaram de curvar e descurvar os dedos de Shahina, que também achou engraçado, mas apenas por um tempo.

Naquela noite, quando tentou jantar, não conseguiu segurar a faca. Os pais ficaram aflitos ao ver a filha repentinamente incapacitada daquela forma. Telefonaram para a fisioterapeuta e deixaram uma mensagem pedindo a marcação de uma consulta urgente.

Shahina se consultou com a fisioterapeuta no dia seguinte. A profissional alongou a mão de Shahina, o que ajudou, mas o problema permaneceu. A fisioterapeuta aconselhou Shahina consultar outra vez um médico, o que ela fez no dia seguinte. Um novo exame de raio X foi feito e revelou que a fratura havia cicatrizado bem. Apesar da confirmação do raio X, a mão de Shahina não melhorava. Na realidade, ela sentia que o raio X tivera o efeito oposto.

"Não parecia que eu recebia a notícia de que tudo estava bem. Eu senti como se estivesse recebendo a notícia de que eu estava imaginando aquilo. As certezas me fizeram sentir pior, não melhor."

"Você disse que não conseguia usar a mão e eles disseram que você estava bem?"

"Sim, eu disse que minha mão não estava funcionando como devia, e basicamente eles me disseram que eu estava enganada."

Durante um mês, Shahina exercitou a mão diversas vezes ao dia. A dor aumentou. A mãe conseguiu uma consulta com um médico particular, que lhe deu uma série de relaxantes musculares e analgésicos. Isso até ajudou na dor, mas não evitou que os dedos se curvassem para dentro. Shahina recomeçou a gravar palestras com seu ditafone e pegou emprestado as anotações das amigas para que pudesse evitar escrever por períodos prolongados. E, depois da sugestão de um amigo da família, ela começou a banhar a mão com gelo todas as noites antes de dormir. Tudo isso ajudou na dor, mas não teve impacto no que importava mais: sua habilidade de usar a mão. Depois de mais ou menos um mês, os quatro dedos de Shahina curvaram quase totalmente para dentro, fazendo com que sua mão fosse tudo, menos útil.

Quando conheci Shahina no ambulatório, um mês depois, a mão dela estava em uma atadura, o que aliviava a dor. Se ela deixasse a mão pendurada para baixo, ficava paralisada por uma dor forte que só poderia ser aliviada quando erguida outra vez.

"Se ela abaixar a mão, você quase pode ver o sangue correndo nela. A mão dela é tão inerte que o sangue simplesmente se junta lá, sem ter para onde ir", disse a mãe de Shahina, que falava quase como se a mão da filha não fosse mais parte dela.

Quando examinei Shahina, encontrei os quatro dedos curvados para dentro; o indicador e o dedo do meio estavam completamente dobrados, com as unhas bem encobertas. A meia-lua das cutículas dos dedos anelar e mínimo estavam pouco visíveis. O polegar se movimentava livremente, o que significava que ela ainda conseguia fechar e abrir botões e o zíper, contanto que estivessem folgados e fáceis de acessar. Escrever se tornara impossível: eram garranchos de uma criança. Ela conseguia usar o polegar também para digitar, mas era lenta e cometia muitos erros.

Quando tentei esticar os dedos de Shahina, houve resistência. Foi doloroso, mas possível puxar os dedos para fora de modo que a palma da mão ficasse totalmente exposta. Quatro vergões vermelhos ficaram visíveis onde as unhas haviam se enterrado na pele. Quando soltei os dedos, no mesmo instante voltaram para sua posição enrolada.

"Ela consegue abrir os dedos às vezes", a mãe me contou.

"Eu consigo forçar e abrir os dedos só o tempo suficiente para cortar as unhas e lavar minha mão", disse Shahina.

"Você já viu algo assim? Você sabe o que é?", a mãe perguntou.

"Parece que Shahina desenvolveu uma distonia focal, um distúrbio em que os músculos têm espasmos. Isso pode ter sido provocado por trauma, mas precisamos procurar outras causas. Estou preocupada com a extensão da incapacidade de Shahina por conta do problema, então gostaria de interná-la para realizarmos alguns exames. Essa é a forma mais rápida de obter uma resposta."

"Minha filha é preciosa. Por favor, tente não fazê-la esperar muito", a mãe pediu.

Quando encontrei Shahina de novo, ela havia sido internada no ambulatório. A mão estava exatamente como na primeira consulta. Os exames de sangue, os exames genéticos e as ressonâncias cerebrais realizados para investigar uma doença neurológica oculta estavam todos normais. Um estudo elétrico mostrou os músculos do antebraço em estado constante de contração, mas sem explicar o porquê. Os pacientes que sofrem de distonia muitas vezes apresentam exames normais, então isso não significa qualquer diagnóstico específico. Porém, a mão dominante de Shahina agora estava imprestável, e ela precisava que a mãe abotoasse os botões e cortasse sua comida. Algo precisava ser feito. Um neurologista especialista em distúrbios do movimento examinou Shahina e recomendou que ela fosse submetida a uma tentativa terapêutica com toxina botulínica.

Botox não é apenas para uso cosmético e tem sido usado há anos como um tratamento para distúrbios neurológicos. Nas pessoas cujos músculos entram em espasmos dolorosos, por quaisquer razões, ele pode paralisá-los para que relaxem. O músculo paralisado pode então se mostrar inútil, mas se o resultado for uma melhora na dor e na deformidade, pode ser válido de qualquer forma. A toxina botulínica não me diria o que estava errado com Shahina, mas poderia relaxar o suficiente os músculos da mão para lhe dar alguma utilidade e algum alívio da dor.

Acompanhei Shahina durante o procedimento. Um pequeno eletrodo foi introduzido nos músculos do antebraço, registrando a atividade elétrica excessiva produzida pelos músculos extremamente contraídos que iam até os dedos de Shahina. O computador converteu a atividade elétrica em um barulho para que, quando a agulha fosse introduzida no braço de Shahina, a sala se enchesse de um som muito estridente. O médico que realizava o exame inclinou-se e diminuiu o volume.

"É o meu braço fazendo esse barulho?", perguntou Shahina.

"É."

"É assim que tem que soar?"

"Não se você estiver tentando relaxar. Se os músculos que vão até seus dedos conseguissem relaxar, haveria silêncio."

Em seguida, o médico pegou uma pequena seringa com toxina botulínica e aplicou aos poucos. Shahina olhava a tela do computador, e eu sabia que ela também estava ouvindo com atenção o barulho.

Estávamos todos ouvindo. Um minuto é um tempo muito longo quando se está apenas observando e ouvindo, mas esse foi o intervalo que esperamos antes de observarmos a mudança. O crepitar estático presente desde que o eletrodo fora inserido estava diminuindo. A observação de Shahina mudou do computador para a mão. Os olhos paralisaram quando os dedos lentamente se abriram.

"Funcionou!", gritou ela.

O médico que dera a injeção olhou para mim com as sobrancelhas elevadas.

Naquela tarde, fui para o ambulatório ver se a melhora de Shahina se mantivera. Eu a encontrei dedilhando o teclado do computador.

"Dói e minha mão parece um pouco fraca, mas como é bom." Ela abriu e fechou a mão. "Estou curada, posso ir para casa agora?"

Arrependi-me muitas vezes do que disse em seguida.

"Preciso explicar algo para você, Shahina." Sentei ao lado dela na cama e falei. "A toxina botulínica envenena as terminações nervosas, e o resultado é que relaxa os músculos. Porém, nem sempre funciona na hora. Leva um dia ou dois para que ela provoque esse efeito."

Shahina olhou para mim perplexa. Eu poderia jurar que ela não entendera todas as implicações do que eu dissera.

"Mas ela funcionou na hora comigo. Esse é um bom sinal, certo?"

"Sim, e isso é tudo o que realmente importa."

"Tudo bem, então vou para casa."

Shahina me oferecera a oportunidade de escapar e eu recusei.

"O que estou tentando dizer é que não acho que possa ter sido a toxina botulínica que produziu a melhora. A recuperação foi rápida demais."

"Mas eu melhorei na hora, logo depois da injeção, então tem que ser a toxina botulínica."

"Às vezes, quando desejamos desesperadamente melhorar e passamos por um tratamento que esperamos que vá ajudar, melhoramos apenas por meio do poder de nossa mente e pela força de vontade. E melhorar dessa forma pode dizer um pouco sobre o que causou o problema em um primeiro momento."

Shahina olhava fixamente para a mão, que se abria e fechava.

"Shahina, a velocidade com que sua mão respondeu à toxina me faz pensar se há uma chance de que o espasmo tenha uma causa psicológica e não física."

"Você acha que estou louca?"

"Claro que não."

"O quê, então? O que causa psicológica significa? Ou estou fazendo isso de propósito ou estou ficando maluca! Qual das duas opções?!"

O clima na sala mudara rapidamente. As pessoas que passavam pela porta ouviam a voz alterada e olhavam para dentro.

"Sintomas físicos para razões psicológicas acontecem com todos nós."

"Ah, não! Não posso mesmo acreditar no que estou ouvindo! Vim para o hospital com espasmo muscular na mão e agora recebo a notícia de que estou fazendo isso de propósito."

Uma enfermeira se aproximou e fechou a porta, dizendo:

"Vou deixá-las mais à vontade, está bem?"

"Sinto muito que isso cause tanto aborrecimento, Shahina. Sua mão está melhor. Isso é o que importa."

Shahina ficou em silêncio absoluto. Minutos se passaram antes de ela falar outra vez:

"O que eu faço agora?"

"Você está melhor, então pode ir para casa."

"Do que você estava falando quando disse que era causa psicológica? Você nem explicou o que isso significa."

Os dez minutos seguintes foram delicados. Achei que a conversa poderia tomar um rumo inesperado a qualquer momento, que cada palavra tinha que ser certa. Imagino que Shahina se sentisse assim também.

Pairava um clima de cautela na sala. Expliquei os sintomas psicossomáticos para ela.

"Não estou dizendo que seja o seu caso, Shahina. Estou apenas imaginando. O que acabei de dizer faz algum sentido para você?"

"Não sei. Não, não faz sentido. Parece sem sentido."

"Talvez, nesse caso, seja melhor deixar essa ideia para lá por enquanto. Sua mão está melhor, vamos nos concentrar nisso."

Embora fosse muito tarde para deixar para lá o que eu dissera, e nós duas sabíamos disso.

"Como uma mão pode ter espasmos por razões psicológicas?"

"Todos temos sensações físicas por causa de estresse, às vezes. Alguma vez você já sentiu seus ombros ficarem tensos por causa de estresse? Isso poderia ser algo semelhante, mas sem dúvida pior."

"Mas não estou estressada."

"Eu sei, mas você teve um trauma, um momento difícil com o osso quebrado na mão. Talvez seja interessante investigar como isso a afetou."

"Eu não quero me consultar com um psiquiatra."

"Tudo bem. Não acho que seja necessário no momento."

"E aí? Minha mão ficará melhor? Eu vou precisar de toxina botulínica de novo?"

"Acho que, uma vez que sua mão está melhor agora, provavelmente permanecerá assim." Eu lhe dei esperança porque é importante.

"Desculpe por ter gritado."

"Lamento que você tenha sofrido tanto."

Fui embora compreendendo que Shahina iria para casa e que nos reencontraríamos no consultório futuramente. Uma hora depois, fui chamada de volta ao ambulatório.

A mãe de Shahina estava apoiada na porta. Sua filha estava sentada na cama, a mala arrumada ao lado. O pai estava em uma cadeira ao lado da cama. Uma enfermeira se aproximou de mim e me acompanhou até o quarto.

"Gostaria de saber exatamente o que você disse à minha filha", começou a mãe.

Expliquei que os exames de Shahina eram normais, mas que sua resposta à toxina botulínica levantara algumas questões.

"Minha filha me contou que você disse que ela estava fazendo isso deliberadamente."

A mãe de Shahina ficara em pé diante de mim, e eu não conseguia ver a filha.

Estiquei o pescoço para falar com Shahina:

"Não acho que você esteja fazendo nada de propósito, Shahina. Estou apenas preocupada, pois não há nada em sua distonia que não tenhamos explorado a fundo. Posso estar completamente enganada, aceito isso, e peço desculpa se o caso for esse."

"Desculpas não servem", disse a mãe. "Você realmente acha que uma jovem conseguiria manter a mão naquela posição por semanas? Há marcas em suas mãos. Ela sente dor."

"Os espasmos da mão de Shahina são involuntários e muito debilitantes, todos concordamos com isso."

"Ela tem um osso quebrado no raio X. Você pôde confirmar isso?"

"Sim, a distonia foi claramente provocada pelo trauma."

"Então, você ainda admite que ela tem distonia?"

"Sim, Shahina tem distonia. A questão que estamos tentando responder é por quê."

"Conheço minha filha. É uma menina inteligente, a meio caminho de se tornar advogada. Estuda com afinco, nunca fica doente. Garanto que se ela tivesse qualquer controle isso não teria acontecido."

Como trocávamos rapidamente perguntas e respostas entre nós, de repente senti como se Shahina tivesse deixado o quarto, como se eu estivesse só com sua mãe ali. Shahina e o pai tinham virado paisagem.

"Shahina...?", tentei trazê-la de volta.

"Vou levar minha filha para casa e, quando chegar lá, a primeira coisa que farei é escrever uma carta de reclamação sobre você."

Com essa deixa, o pai de Shahina pegou a mala e carinhosamente colocou a mão nas costas da filha. Shahina levantou-se da cadeira e pegou a bolsa de cima da cama. Observei quando agarrou firmemente a bolsa com a mão direita e saiu do quarto atrás da mãe.

"Ela não acredita que haja algo de errado comigo", a ouvi dizer enquanto saía pela porta.

"Ela está errada", a mãe se virou para responder e, ao fazê-lo, olhou para mim. "Isso não vai ficar assim."

Para os pais, a doença ou a enfermidade ameaçam as oportunidades sonhadas para os filhos; ficam frustrados com a privação que a doença lhes traz. Quando essa doença se torna psicológica, onde a falha reside? Com quem eles podem se zangar? Com eles mesmos? Ou seus filhos ficaram maculados com algo tão estigmatizado que não conseguem perceber? Sem nenhuma outra escolha, eles redirecionam a atenção para algum outro lugar.

Uma semana mais tarde, uma carta de reclamação chegou:

Gostaria de fazer uma reclamação com relação ao tratamento que minha filha recebeu da Dra. O'Sullivan. Minha filha está gravemente incapacitada por espasmos na mão direita há algum tempo. Apesar da natureza totalmente FÍSICA dos sintomas de minha filha e, <u>sem qualquer comprovação visível</u>, a Dra. O'Sullivan a acusou, de maneira sumária, de ter problemas psicológicos! Minha filha, que é estudante de direito e uma jovem confiável, diz que a Dra. O'Sullivan a abordou sem cerimônia e a informou de que ela estava imaginando seus sintomas.

A carta continuava nesse estilo. Foi impressa em papel timbrado do escritório de advocacia onde a mãe trabalhava. Terminava dizendo que

Shahina havia consultado outro médico que a garantia que não havia possibilidade alguma de que o problema pudesse ser psicossomático. Não havia nenhum documento anexado daquele médico.

Depois disso, enviei diversas cartas a Shahina pedindo que viesse fazer nova consulta comigo no consultório. Ela não respondeu. Tive que esperar mais de um ano até saber algo a respeito de seu progresso. As notícias vieram na forma de uma carta de outro neurologista de um hospital diferente.

> *Prezada Dra. O'Sullivan:*
> *Agradeceria se pudesse me enviar quaisquer resultados dos exames que tenha dessa jovem. Ela me disse que você diagnosticou distonia focal e lhe aplicou toxina botulínica com bons resultados. Quando me procurou pela primeira vez, sua distonia havia retornado e ela respondeu bem a outra administração de Botox. No entanto, essa melhora não se sustentou. Lamento dizer que a contração distônica acabou se estendendo para o braço esquerdo e está agora se espalhando para o tronco. Ela parece estar desenvolvendo uma distonia generalizada para a qual não consigo encontrar uma causa. Fico me perguntando o que você pensou quando a consultou. Estou começando a desconfiar se algum, se não todos, os problemas dela possam ter origem psicológica.*

Não é incomum que pacientes que rejeitam a possibilidade de um componente psicológico em seus sintomas procurem outras opiniões que pareçam mais agradáveis. Infelizmente, se um tratamento funciona mais por meio do efeito placebo do que do biológico, seus benefícios nem sempre são sustentáveis. Isso não significa dizer que eu não tenha imaginado, muitas vezes, se o resultado para Shahina poderia ter sido diferente se eu tivesse conseguido comunicar minhas suspeitas para ela e para sua família de uma forma melhor.

*

Durante anos, tentei aprender como moderar a resposta dada a um paciente. A forma de transmitir o diagnóstico de doença psicossomática é de importância fundamental para o que acontece em seguida. Se o paciente sente que foi dito que seus sintomas são imaginários, irá embora. Com muita frequência, é exatamente isso que evita que as pessoas procurem a ajuda de que precisam e merecem.

Mesmo quando um diagnóstico de doença psicossomática é dado com cuidado, a raiva é uma resposta comum e sempre evidente. Quando vem na forma de uma carta, é repleta de letras maiúsculas, trechos sublinhados e pontos de exclamação. Até na escrita, o paciente está se esforçando para ser ouvido e receber um voto de confiança.

A raiva tem um propósito. Diz aos outros que não estamos bem. Ela também tem muito em comum com os sintomas psicossomáticos, e pode ser sorrateira porque, muitas vezes, é algo mais disfarçado — dor ou medo em outra embalagem. Trata-se de um sentimento facilmente mal interpretado, tanto pelos que sentem quanto por aqueles que são o alvo. Seus efeitos podem ser nocivos. É assustador. A pessoa para quem a raiva é direcionada pode muito bem ficar compelida a se afastar, exatamente quando elas são mais precisas. A raiva pode destruir o relacionamento entre paciente e médico. O médico sai de fininho, evita ou termina tratando a raiva e não o paciente.

Acabei aceitando a raiva como um estágio em um processo difícil. Uma verdade desagradável está sendo dita abertamente e isso não vem sem consequências. Muitas vezes, a raiva se dissipará com o tempo, mas há outros mecanismos de defesa que são, em grande parte, barreiras para a recuperação, como a negação.

Vejo Shaun a cada intervalo de três a seis meses. Normalmente espero ele me procurar e então marco uma hora de consulta. Às vezes, recebo um telefonema de um médico de outro hospital dizendo que ele está na emergência. Esses são os melhores cenários; os piores são quando recebo uma carta uma semana depois informando que ele foi encaminhado para a unidade de terapia intensiva: *este homem foi internado em estado epiléptico, começamos administrando Fenitoína, entendemos que ele está sob seus cuidados com epilepsia...*

Shaun e eu nos conhecemos dois anos antes disso. Quando adoeceu, ele era professor. No dia de seu primeiro ataque, estava trabalhando: da metade da manhã em diante, começara a se sentir indisposto, tinha náuseas e se sentia fraco e atordoado. Um colega sugeriu que fosse para casa e ofereceu carona, mas ele insistiu em dirigir. Shaun morava a aproximadamente dois quilômetros da escola, e estava muito próximo de sua rua quando perdeu a consciência. Ele não se lembrava de nada do que tinha acontecido. Acordou ainda sentado no carro, parado, com a metade do veículo sobre a calçada. A rua estava vazia. Não houve testemunhas.

Shaun consultou seu médico que, depois de aconselhá-lo a não dirigir, o encaminhou a um neurologista. Com pouquíssima informação, o neurologista não se sentiu seguro com o relato de Shaun sobre a perda de consciência e marcou exames. A ressonância do cérebro estava normal. O exame de eletroencefalograma (EEG) mostrou algumas irregularidades que não eram suficientes para fornecer provas conclusivas de epilepsia, mas isso foi o suficiente para que o neurologista desconfiasse daquele diagnóstico.

Logo depois, Shaun teve um segundo desmaio, dessa vez presenciado pela esposa. Ela relatou que o marido ficou pálido como um cadáver e caiu como uma boneca de pano no chão. Logo aquilo se tornou uma rotina, e Shaun começou a tomar medicamentos para a epilepsia. No início, eles ajudaram, e os desmaios desapareceram por um mês inteiro. Todos ficaram muito aliviados, confiantes de que um diagnóstico incerto se provara correto. No entanto, logo os ataques voltaram e piores do que antes. Atualmente, Shaun debate-se com violência durante os ataques, que duram um período cada vez maior. Em pouco tempo, a esposa de Shaun observou que ele divagava no meio da conversa por segundos e suspeitou de que o marido estivesse tendo outros ataques que não levavam ao desmaio. Shaun recebeu um segundo medicamento para a epilepsia. Outra vez os ataques desapareceram, mas voltaram, dessa vez ao fim de três semanas. Então indicaram para Shaun um exame de telemetria por vídeo. Durante três dias no hospital, Shaun teve convulsões múltiplas e episódios breves de perda de consciência. Sua esposa ficou ao seu lado o tempo todo e estava com ele quando nos conhecemos. Eu disse a Shaun que ele não tinha epilepsia, que tinha distúrbios dissociativos.

"Não faz sentido algum", falou a esposa.

"O exame foi conclusivo", contrapus.

"Se ele não tem epilepsia, então por que os medicamentos para a epilepsia fizeram com que ele melhorasse?", ela perguntou, com lógica.

"As medicações podem melhorar os distúrbios dissociativos por inúmeras razões. Seja porque desejamos desesperadamente ficar melhor e acreditamos que os remédios farão isso. Seja porque os medicamentos para a epilepsia fazem mais do que controlar a epilepsia, podendo melhorar nosso humor e nos fazer sentir melhores de maneira geral.

"Um colega no trabalho cujo filho tem epilepsia viu um de meus ataques e disse que tinha certeza de que era epilepsia", disse Shaun.

"Distúrbios dissociativos são muito facilmente confundidos com epilepsia. Tenho os resultados de seus exames, então estou absolutamente certa com relação ao diagnóstico."

"O resultado do eletroencefalograma pode, em alguma circunstância, ser normal durante um ataque epiléptico?"

"Não no tipo de ataques que você tem."

"Bom, o resultado pode ser normal em alguns tipos de epilepsia."

"Nunca é normal nas convulsões."

"Em que tipos de ataques ele é normal, então?"

"Sei que é muito difícil receber um diagnóstico diferente após meses sendo informado de que tem epilepsia. Não quero descartar esses ataques porque eles impactaram sua vida. No entanto, há outra perspectiva. Você perdeu sua carteira de motorista. E seu emprego. Você tem tomado medicações tóxicas que não têm ajudado. Leva tempo, mas agora sabemos o que está errado e você pode ser tratado e ter tudo que tinha de volta."

Estaria Shaun disposto a fazer o sacrifício exigido para ficar melhor? Ele abriria mão do diagnóstico de epilepsia e aceitaria um que oferecia uma chance para ele se recuperar, mas que era duro de ouvir? Shaun concordou em consultar uma psiquiatra, antes de nos reencontramos.

"Estive conversando com outros pacientes epilépticos que têm exatamente os mesmos sintomas que eu. Como isso pode não ser epilepsia?"

Não respondi, já tínhamos discutido isso antes.

"É possível que alguns de meus ataques sejam epilepsia, mas não aqueles que você viu?"

"Como foi com a psiquiatra?"

"Bem. Ela disse que não estou deprimido, mas eu já sabia disso."

A psiquiatra me dissera que Shaun não estava deprimido, nem ansioso, mas também tinha me contado uma história que Shaun não mencionara. Um ano antes de seus ataques começarem, um adolescente em sua escola o acusara de agressão. Shaun alegou inocência. O aluno disse que eles estavam sozinhos quando aconteceu. Sem provas que o inocentassem, Shaun foi suspenso. Uma investigação foi feita durante três meses e Shaun não pôde trabalhar durante o período. O problema só se resolveu quando um amigo do aluno contou a outro professor que nada tinha acontecido: a história fora inventada como um ato de vingança por alguma desfeita que Shaun cometera, mas não conseguia nem sequer lembrar. Finalmente o denunciante confessou a verdade em lágrimas, e Shaun teve o emprego de volta. Seus colegas professores, que nunca acreditaram na acusação e o apoiaram o tempo todo, ficaram radiantes com seu retorno.

"Ele passou por três meses de humilhação e absoluto inferno", a psiquiatra me contou. "Ele achava que seria processado, preso, que nunca mais trabalharia de novo. Não conseguia ver uma saída."

No entanto, agora Shaun acreditava que havia superado totalmente seu maior teste e deixado isso para trás.

"Não acho que ele consiga assumir o quanto a acusação o afetou e não acredito que ele vá aceitar o diagnóstico", disse a psiquiatra.

Até aquele momento, a avaliação da psiquiatra estava correta.

"O outro neurologista disse que tenho epilepsia", sugeriu Shaun.

"Você foi encaminhado para mim porque seu médico não estava mais certo do diagnóstico."

"Meu primeiro eletroencefalograma foi anormal. O médico que leu o exame disse que era possível que eu tivesse epilepsia."

"Os exames de eletroencefalograma são abertos a interpretações, o de todo mundo é diferente. Não é difícil que uma pequena irregularidade seja rotulada como anormalidade, quando na verdade não passa de uma comprovação de que todos somos um pouco diferentes por dentro do mesmo modo como somos por fora."

"Todo mundo está dizendo algo diferente para mim", contrapôs Shaun.

"Eu tenho a vantagem de ver seus ataques no exame de telemetria por vídeo. Os outros médicos só podiam se basear no histórico."

"Li sobre epilepsia, todos os meus sintomas se encaixam."

Shaun não era o primeiro e não seria o último a ter dificuldade para acreditar no diagnóstico. Superaríamos sua confusão juntos, e eu esperaria para ver aonde chegaríamos. Shaun ficou no hospital por mais uma semana enquanto suas medicações para a epilepsia eram retiradas. No dia em que ele iria para casa, tivemos nova consulta.

"Não estou dizendo que concordo com você, mas farei tudo que sugerir. Não fará mal algum."

Fiquei satisfeita.

Deixei Shaun e a esposa com uma instrução final: disse que era possível que os ataques cessassem em casa, mas o contrário também poderia acontecer. Se os ataques continuassem, não seriam perigosos, de modo que a família de Shaun e os amigos deveriam, se possível, evitar chamar uma ambulância. Distúrbios dissociativos são alimentados pela atenção que recebem.

"Então, não devemos fazer nada se aparecerem?" A esposa me olhou preocupada.

"Nunca tenha medo de pedir ajuda se precisar, mas será melhor se você deixar que os ataques aconteçam."

Quando encontrei a psiquiatra mais tarde, contei do progresso que fizéramos.

"Acredito que ele esteja mudando de ideia", disse. "Estou realmente com esperança de que ele ficará bem."

"Acho que você está enganada."

Ela estava certa, claro.

No século XXI, as doenças psicossomáticas são distúrbios socialmente inaceitáveis. Isso nem sempre foi assim: houve uma época em que a situação era muito diferente, quando pacientes admitiam a histeria como diagnóstico. Essa foi a época de Jean-Martin Charcot, estrelada por Blanche Wittman.

O século XIX viu o nascimento da fibromialgia e da teoria do reflexo. Embora ambas fossem teorias puramente especulativas, baseadas em poucos fatos psicológicos ou anatômicos, alcançaram grande popularidade, sobretudo com os ricos, que podiam pagar tratamentos recomendados. No entanto, havia muitos médicos que ainda consideravam a histeria um sinal de insanidade. A histeria em pessoas pobres, em particular, era ainda atribuída à loucura, e elas eram enviadas para os manicômios com a mesma frequência do século anterior. Haveria uma mudança brusca nas atitudes a partir do resultado do trabalho de Jean-Martin Charcot.

Charcot foi um dos médicos mais eminentes do século XIX e um dos neurologistas mais famosos de todos os tempos. Entre outras realizações, ele passou décadas tentando entender a histeria, sendo o primeiro médico a submetê-la a estudo científico rigoroso. Ao fazer isso, atraiu mentes brilhantes para o estudo do distúrbio. Ele não encontrou uma solução e, com o tempo, tudo em que acreditou sobre a histeria seria desacreditado, mas a atenção que trouxe para o distúrbio foi suficiente para vê-lo transformado.

Imagine a cena. O ano é 1887; a cidade, Paris. Blanche está de pé diante do auditório. Ela é de longe a pessoa presente mais distinta, a estrela, mas seria distinta até se não fosse: há mais de trinta pessoas no salão e ela é uma das três únicas mulheres presentes. Mesmo entre essas três, vale a pena prestar atenção em Blanche: a blusa branca está aberta para revelar parte do pescoço, a pele é branquíssima, o cabelo castanho, talvez preso no começo do dia, agora está solto e lhe dá uma aparência desarrumada. As outras duas mulheres são enfermeiras. Cada uma veste toucas amarradas firmemente sob o queixo. Suas túnicas são escuras, grossas e abotoadas até a gola alta. No entanto, ninguém veio vê-las.

Jean-Martin Charcot está ao seu lado. Ele é o neurologista mais ilustre de Paris, e Blanche, sua paciente. Uma luz opaca entra pelas janelas altas, conferindo contraste entre a palidez da pele de Blanche e a plateia de homens ao redor, austeros e vestindo ternos escuros. Os homens escrevem furiosamente para não perder qualquer fragmento do que é dito. Estão ansiosos para presenciar os detalhes do que acontecerá em seguida. Apenas ouviram falar da expressão *la grande hystérie*.

Porém, nem todos os ansiosos são médicos. As aulas de terça-feira ganharam tal notoriedade na época que se tornaram de interesse de todos que viviam na Paris moderna. O artista André Brouillet é um dos presentes, assim como o filho de Charcot, Jean-Baptiste, que é estudante de medicina mas, no futuro, será mais conhecido como explorador. *Le tout-Paris* está presente e, quando a aula acaba, o melhor entre eles será convidado a ir para a sala de visitas da casa de Charcot, no Boulevard Saint-Germain, para uma noite de mais entretenimento refinado. Blanche voltará para a ala fechada do hospital, onde é residente há oito anos.

Nos anos 1800, o Hospice de la Salpêtrière em Paris era um manicômio. Mais de oito mil pacientes das partes mais inferiores da sociedade estavam encarcerados lá: prostitutas, mendigos e os idosos pobres. Muitos eram considerados loucos por causa de doença venérea; outros, simplesmente loucos. Era a instituição médica de menor prestígio em Paris, e foi uma grande surpresa quando um dos jovens médicos mais promissores escolheu assumir uma posição acadêmica permanente lá. Em 1863, Charcot decidiu dedicar seu futuro ao Hospice de la Salpêtrière. Ao contrário de outros, ele vira inúmeras possibilidades: o que Charcot percebera foi que a enfermaria criara uma população constante perfeita para estudos científicos. Charcot descobrira o ambiente ideal para empregar a nova técnica chamada de método clínico-anatômico.

Em um tempo em que faltavam investigações sofisticadas, Charcot começou a pesquisar sobre doenças desde os estágios iniciais até o final. Fez isso empregando a técnica de registro cuidadoso e de exame físico completo. Acompanhou o progresso de cada paciente e documentou com rigor o que observava. Em uma população idosa e doente, pacientes morrem com regularidade, o que permitia a Charcot — que no início da carreira fora professor de patologia — fazer exames *post--mortem* e, assim, conseguir correlacionar o que vira fisicamente na vida com o que descobrira no microscópio na morte. Charcot foi médico sênior no Hospice de la Salpêtrière por trinta anos. Nesse tempo e com esse método, definiu mais doenças neurológicas do que qualquer outro médico antes ou desde então. Antes de Charcot, o tremor observado na doença de Parkinson não poderia ser diferenciado daquele visto na esclerose múltipla. Porém, sua análise minuciosa da condição clínica do paciente, combinada com seu exame cerebral após a morte, possibilitou que se distinguisse um do outro. Suas descobertas permitiram aos médicos identificar, na clínica, muitos distúrbios previamente mal compreendidos — doença do neurônio motor, sífilis e pólio, entre muitas outros.

O estudo científico detalhado e o método clínico-anatômico de Charcot mudariam a neurologia de tal forma que o impacto de suas descobertas ainda é sentido. Essa é precisamente a razão por que é tão surpreendente que, com relação à histeria, as teorias de Charcot estivessem tão erradas.

Talvez tenha sido sempre inevitável para Charcot se sentir atraído pela histeria. O Hospice de la Salpêtrière abrigava um grande número de histéricos, e a maioria dos médicos que trabalhavam em manicômios era psiquiatra. Tendo provado seu uso em outras doenças, Charcot logo aplicou o método clínico-anatômico aos histéricos no Hospice de la Salpêtrière, renomeando o transtorno como *la grande hystérie* e se dedicando a ela.

Desde o início, a prática de Charcot se diferenciou daquela de outros médicos. Ele não visitava na enfermaria os pacientes, que eram levados até o seu consultório. Sentava-se em sua mesa como um observador e mal tocava os pacientes, dando, em vez disso, instruções. O paciente se despia e ele olhava. Seus estagiários relatavam silêncios intermináveis durante os quais ele somente olhava de maneira fixa. Em seguida, pedia ao paciente para se levantar ou andar ou levantar um braço e olhava fixamente mais uma vez. Foi provavelmente em um ambiente como esse que Charcot conheceu Blanche Wittman.

Blanche foi internada no Hospice de la Salpêtrière em 1878. Blanche nasceu em um ambiente pobre e ainda era jovem quando perdeu a mãe; o pai era um carpinteiro que vivia internado. Para se sustentar, ela foi lavadeira, aprendiz de vendedor de peles e enfermeira. Aos 15 anos, Blanche teve a primeira convulsão, provocada por violência sexual de seu empregador. Aos 16, foi internada no Hospice de la Salpêtrière, de onde nunca mais sairia. Sua história antes do Salpêtrière é, em grande medida, baseada em rumores, mas a vida após a internação foi levada publicamente e registrada. Ela foi examinada, fotografada, pintada, estudada e nunca esquecida, pois muito se escreveu a seu respeito.

Por uma década antes da internação de Blanche, Charcot havia documentado cuidadosamente as características de *la grande hystérie*, na expectativa de ser capaz de explicá-la, uma vez que tinha outras doenças neurológicas para servir de comparação. Depois de submeter pacientes a exames clínicos cuidadosos, documentando em detalhes cada dado clínico revelado, ele começou a observar semelhanças distintas. A particularidade da doença eram os ataques, e cada ataque apresentava um padrão muito específico, que não variava entre os indivíduos. Ele observou que os ataques com frequência eram provocados por trauma, fosse físico ou psicológico. Essas características eram importantes no diagnóstico, mas havia outras que se tornaram particulares ao transtorno na mente. Os pacientes tinham uma vulnerabilidade singular à hipnose, e ele considerou isso uma característica de diagnóstico importante da doença.

Toda semana, às terças e às sextas-feiras, Charcot dava palestras em que demonstrava as características clínicas da histeria. Ele induzia a hipnose em seus pacientes. Nesse estado, as características clínicas da histeria podiam ser produzidas e reproduzidas para qualquer plateia. Blanche e outros foram induzidos a ter convulsões, enquanto Charcot ficava ao lado, detalhando os estágios, para espanto dos observadores. Ele mostrava ao público a intensidade da separação entre o paciente e o entorno ao pedir para este participar de atividades com as quais, em seu estado de total consciência, nunca concordaria. As mulheres se despiam ou engatinhavam pela sala como cães.

Charcot também experimentou a metaloterapia. Os pacientes e os médicos acreditavam amplamente que ímãs tinham grandes poderes. Charcot demonstrava que os ímãs podiam transferir sintomas de uma parte do corpo para outra ou até de uma pessoa para outra. As convulsões poderiam ser transferidas do braço direito para o esquerdo; mais incrível ainda: uma aflição poderia ser levada de uma mulher para outra que estivesse ao lado.

Não era apenas a hipnose que podia ser usada para produzir ataques histéricos. Os sintomas também podiam aparecer instantaneamente apenas pela aplicação de uma pressão no ovário. Charcot não discordava completamente de outras teorias ainda em uso naquela época. Ele demonstrava que tais pressões não só causavam ataques, como também poderiam ser usadas para terminá-los.

Por muitos anos, Charcot detalhou com cuidado e demonstrou as manifestações diagnosticadas que considerava absolutamente típicas da doença histérica: a perda da sensibilidade normal, a restrição do campo de visão, dores de cabeça, tonturas e, claro, convulsões. Porém, não era fácil para Charcot documentar seus pacientes histéricos até a morte, como fazia com outras doenças, porque a histeria nunca foi fatal. Por sorte, no entanto, os internados no Hospice de la Salpêtrière raramente eram liberados, sendo inevitável que os histéricos morressem em algum momento, por outras razões. Quando um paciente morria, Charcot podia examinar o cérebro para buscar uma explicação patológica dos sintomas. Nunca encontrou uma. Ele examinava os ovários, que também eram normais. O estranho é que, apesar dessa falta de comprovação patológica, ele tinha a convicção quase inabalável de que a histeria era uma doença inequivocamente orgânica. Na ausência de uma lesão cerebral identificável, ele observou o quão estereotipado o distúrbio era entre diferentes pacientes, cada ataque era o mesmo e obedecia às mesmas regras. A loucura raramente era tão uniforme. Observou que os pacientes tinham, muitas vezes, uma história familiar de histeria ou um parente confinado em um manicômio. Ficou convencido de que a histeria deveria ser um distúrbio hereditário no qual lesões *funcionais* no cérebro apareciam e desapareciam. Ele supunha que o cérebro inchasse, e que esse inchaço desaparecesse na morte e, assim, escapasse à comprovação.

A histeria recompensou a atenção que Charcot lhe dedicou. Houve um aumento muito grande em casos em 1890 e, sob os cuidados de Charcot, a histeria alcançou níveis epidêmicos no Hospice de la Salpêtrière. Ao trazer a público o estudo científico da histeria, Charcot criou uma praga de ataques histéricos que rapidamente se espalharam por toda a França e, em seguida, por toda a Europa. Em um único ano, ele sozinho consultou mais de três mil pacientes, e oitocentos foram diagnosticados com histeria. O final do século XIX foi a era da histeria. Ela foi criada por um homem e acabaria sendo dependente dele. Em 1893, após um reinado de trinta anos, Charcot morreu. Foi necessário menos de um ano para sua versão de histeria acompanhá-lo: a taxa com a qual o diagnóstico foi feito despencou, e muitos pacientes histéricos que haviam estado sob seus cuidados apresentaram melhoras. Charcot fizera da histeria algo aceitável, até popular, mas só conseguiu isso ao afirmar com veemência que se tratava de uma doença orgânica do cérebro. Outros dariam os próximos passos, mas com isso a histeria perderia sua aceitabilidade mais uma vez.

Planejei reencontrar Shaun no ambulatório um mês depois de sua alta, mas as circunstâncias exigiram que nos encontrássemos de novo muito antes. Seis horas depois de Shaun ter sido liberado da ala de neurologia, recebi um telefonema de outro hospital e fui informada de que ele fora internado lá.

A esposa de Shaun o levava para casa quando ele teve um ataque. Ela parou o carro no acostamento e, uma vez que o ataque não mostrava qualquer evidência de que pararia, chamou uma ambulância. Shaun foi levado para o hospital mais próximo. O ataque foi o mais longo que ele já tivera. Os médicos na emergência administraram a medicação apropriada para conter um ataque epilético contínuo e potencialmente letal.

A medicina pode ser uma carreira maravilhosa, com muitas recompensas instantâneas. No entanto, há momentos em que tudo que você faz parece ter sido em vão. Aquela foi uma dessas vezes. Sentei e fiquei imaginando a carta de liberação dobrada no bolso de Shaun, a que dizia: "Estou feliz em dizer que este homem não tem epilepsia; seus ataques não são epilépticos. Retirei todos os medicamentos para epilepsia." Fico me perguntando se sua esposa a mostrara aos médicos. Provavelmente sim, pois nunca houve qualquer desabono no comportamento de Shaun ou da esposa. Se eles mostraram a carta, os médicos a ignoraram.

Telefonei para a médica-residente que estava cuidando dele no novo hospital.

"Você sabe que ele não tem epilepsia", falei.

"Foi o que a esposa dele nos disse, mas os ataques simplesmente não paravam. O ataque levou mais de vinte minutos."

Distúrbios dissociativos não são perigosos. Já vi durarem muitas horas, e essas horas devem ser passadas tranquilamente com o paciente, apoiando-o. Entendo a posição da médica da emergência. Imagine-se observando um paciente como Shaun convulsionando. Agora imagine que eu lhe dissesse para não intervir. Por quanto tempo você aguentaria? No carro, a esposa esperara dez minutos. Na emergência, os médicos esperaram vinte.

Shaun foi liberado do hospital e o encontrei na clínica uma semana depois. A esposa me lembrou enfaticamente que minha orientação para *não interferir* durante um ataque não teve validade nenhuma enquanto estava no acostamento da estrada. Intervir quando os sintomas psicossomáticos ocorrem os perpetua, pois você está dando atenção a algo que deseja isso desesperadamente, o que é ruim. Porém, essa é a recomendação que dou na distância segura de meu consultório e não é fácil executá-la no dia a dia. Discuti o diagnóstico com Shaun e a esposa mais uma vez.

"Mas os médicos da emergência estavam convencidos de que eu tinha epilepsia", ele afirmou.

"Esse foi provavelmente o primeiro ataque que aqueles médicos viram em toda a carreira, Shaun", respondi. "Eles achavam que estavam fazendo a coisa certa. Só queriam ajudar, mas o que fizeram foi errado."

"Preciso que você explique tudo de novo. Por que o primeiro médico disse que eu tinha epilepsia? Por que você está desconsiderando o eletroencefalograma anormal? Por que os medicamentos para epilepsia me fazem ficar melhor?"

Então, expliquei tudo de novo. Mais tarde, contei à psiquiatra o que havia acontecido.

"Não estou surpresa", comentou. "Shaun estava incrivelmente orgulhoso de sua carreira, que o definia. O que aconteceu no trabalho ameaçou não só sua vida toda, mas a imagem que fazia de si. Agora você está ameaçando isso novamente."

Desde então, Shaun foi internado em outro hospital em três outras ocasiões por causa dos ataques, e todas as vezes recebeu medicamentos desnecessários para a epilepsia que não tem. Atualmente, Shaun e eu nos encontramos de vez em quando, e todas as vezes nossas conversas seguem uma linha de discussão semelhante.

"Aceito que meus antigos ataques não eram por causa da epilepsia, mas tenho um novo tipo de ataque. Tenho certeza de que agora é epilepsia", afirma ele.

As pessoas com epilepsia, às vezes, desenvolvem crises psicogênicas. O mecanismo é desconhecido, mas acredito que seja um comportamento aprendido. Se você passou uma vida toda tendo ataques epilépticos, então, quando se sentir angustiado, seu corpo se lembrará de experiências prévias e apelará para elas para que expressem sua angústia. Contudo, não há razão alguma para alguém com ataques dissociativos desenvolver epilepsia mais tarde.

"Não, Shaun, não é epilepsia."

"Não? Tudo bem. Minha esposa encontrou um artigo no jornal sobre uma mulher que tinha uma doença chamada encefalite límbica. Ela disse que parecia muito com o que sinto. Fiz exames para isso?"

"Encefalite límbica causa ataques epilépticos. Temos registros claros de seus ataques e eles não eram por causa da epilepsia. Você não tem encefalite límbica nenhuma."

"Você já ouviu falar de síndrome da pessoa rígida? Ela causa rigidez muscular e meus músculos ficam rígidos durante os meus ataques."

"Mas seus exames eram normais. Eles não mostraram nada disso."

"Meus ataques não melhoraram. Você acha que eu deveria tentar tomar mais medicamentos para a epilepsia, de qualquer forma? Só para garantir?"

"Você acredita mesmo que seus ataques não são por causa de epilepsia, não é, Shaun?"

"Sim, claro que acredito."

Recebo bem a raiva no lugar da negação. A raiva me diz que a mensagem foi ouvida, mas isso não ocorre com a negação. Quando um diagnóstico não pode ser demonstrado com os resultados de exames, a dúvida encontra lugar para crescer. Quando o mecanismo de uma doença não é compreendido o suficiente, perguntas abundam. Para uma pessoa que luta contra a possibilidade de um diagnóstico psicológico, os desconhecidos criam um lugar oculto. A negação do diagnóstico é muito mais difícil de combater do que a raiva e com uma probabilidade muito menor de recuperação. É provável que os ataques de Shaun continuem até que sejam substituídos por outra expressão de angústia, por outro transtorno.

5
YVONNE

Escutai bem, povo insensato e sem inteligência: vós que tendes olhos para não ver e ouvidos para não ouvir.

Jeremias, 5:21

Há um experimento psicológico muito famoso chamado Teste de Atenção Seletiva, que usa um gorila invisível. Nele, solicita-se que uma plateia assista a um vídeo com seis atores passando duas bolas de basquete entre si. Três jogadores estão vestidos de preto e passam uma bola entre si; os outros jogadores estão de branco e passam a segunda bola. Pede-se que a plateia se concentre e conte somente os passes dos jogadores vestidos de branco. As pessoas na plateia estão animadas e, como querem ganhar e obter a resposta certa, se concentram. Quando o vídeo chega ao fim, o apresentador pergunta às pessoas da plateia quantos passes viram.

"Quinze!", gritam em triunfo, satisfeitas e certas de que estão corretas.

"E quantos de vocês viram o gorila?", pergunta o apresentador.

Um número pequeno de mãos se ergue, mas a maioria da plateia está confusa. *Que gorila? Do que ele está falando?*

O apresentador coloca o vídeo novamente. Dessa vez, as pessoas não estão contando, apenas pensando no tipo de peça pregada. Dessa vez, conseguem ver com clareza. Os jogadores estão correndo ao acaso, passando a bola primorosa e exatamente como fizeram antes, mas lá, bem entre eles, está um homem fantasiado de gorila. Ele não tenta se esconder ou correr, para no meio da tela para bater no peito antes de sair. Os que não o viram a primeira vez não conseguem acreditar que deixaram passar. "Esse não é o mesmo vídeo", sugere alguém. Mas é. As pessoas da multidão lutam para aceitar que viram apenas o que se preocuparam em ver e que suas mentes apagaram o restante.

No dia em que vi o experimento do gorila invisível, logo me lembrei de uma paciente que tive por um curto período muitos anos antes.

Quando conheci Yvonne, estava no início da minha carreira. Tinha 20 e poucos anos e acabara de sair da faculdade de medicina em Dublin. Ainda precisava me deparar com as realidades da vida em diversas formas. Eu era apenas uma criança. Já havia aprendido muito, mas tinha bem mais para aprender. Com relação às doenças psicossomáticas, há lutas que os médicos e pacientes travam juntos, e Yvonne me ensinaria um pouco sobre isso.

Soube da história de Yvonne pela primeira vez por outro médico, durante uma ronda médica. Havia nove de nós enfiados em um pequeno quarto contíguo no ambulatório: uma mistura de médicos-residentes, estudantes de medicina e uma enfermeira, supervisionados por um neurologista. Quanto mais iniciantes éramos, mais nos escondíamos atrás dos outros, com medo de uma pergunta para a qual não teríamos a resposta. Um de meus amigos, um ano apenas na minha frente em sua residência médica, havia internado Yvonne no ano anterior e detalhou o que aprendera sobre ela.

Yvonne tinha 40 anos e trabalhava em um supermercado. Estava organizando prateleiras em uma terça-feira quando o acidente ocorreu. Um grupo de funcionários retirava pacotes abertos das prateleiras e passava para a frente o estoque antigo, para que fosse vendido primeiro. Os produtos perecíveis eram mantidos em freezers com portas de vidro, e Yvonne trabalhava nessa seção, retirando de um freezer para outro e abrindo cada uma das portas por vez. Perto dela, outras mulheres faziam o mesmo enquanto conversavam e riam.

Yvonne estava quase acabando sua seção. Quando estava na frente do freezer, viu outra pessoa do outro lado da porta de vidro, que ela mantinha aberta com a mão direita. Assim que fechou a porta de vidro do freezer, virou-se automaticamente para ver a pessoa. Ao fazer isso, sua colega — que não esperava que a porta da geladeira fosse fechar — esguichou uma pequena quantidade de limpa-vidros no ar. Yvonne sentiu o líquido respingar em seu rosto, fechou os olhos por reflexo e ergueu as mãos em reação de defesa. No início, ela gritou de surpresa, mas muito rapidamente os gritos tornaram-se de dor. Yvonne sentiu uma queimação intensa nos olhos e, quando tentou abri-los, percebeu que não conseguia. Sem perder tempo, outro colega a conduziu ao banheiro e lavou os olhos dela com água. Quando ficou claro que aquilo não era suficiente para aliviar a dor, uma ambulância foi chamada e Yvonne foi levada ao hospital local. Na emergência, um médico e uma enfermeira examinaram Yvonne e, em seguida, lavaram os olhos dela com cuidado. O marido foi chamado e, quando chegou ao hospital, Yvonne se sentia melhor. Os olhos estavam vermelhos e cheios de lágrimas, mas ela conseguia ver normalmente e a dor havia diminuído. O marido recebeu autorização para levá-la para casa.

Yvonne deixou a família fazer as tarefas domésticas sozinha e foi dormir cedo naquela noite. Achava que ficaria melhor no dia seguinte, mas se decepcionou ao descobrir que os olhos ainda estavam injetados de sangue. Ela preparou o café da manhã e fez os lanches dos filhos com o sentimento vago de que não conseguia olhar diretamente para a luz do dia do lado de fora da janela, preferindo a escuridão da cozinha.

Às quartas-feiras, normalmente Yvonne saía de casa com os filhos porque seu turno começava mais cedo. Naquele dia, o marido lhe disse para ficar em casa. Como Yvonne nunca perdera um dia de trabalho, ficou muito relutante. "Eles não vão agradecer se você for", dissera o marido e, por fim, Yvonne concordou. Durante o dia, ela observou que sua visão ficou turva. Na hora do almoço, quando o marido telefonou para saber como estava, ela lutava para distinguir os números no relógio digital. Esfregava os olhos repetidamente. Quando a família chegou em casa à noite, sugeriram que ela parecia cansada. Um dos filhos de Yvonne se ofereceu para fazer um chá para todos, enquanto a mãe ia para a cama.

Ao despertar, Yvonne abriu os olhos e viu tudo negro. Ela pensou que havia acordado de madrugada; porém, ao se sentar, percebeu que era um tipo impenetrável de escuridão: não havia nenhuma luz nem nenhuma forma. Esperou que os olhos se acostumassem com o ofuscamento e, como isso não aconteceu, começou a entrar em pânico. Tateou a cama e percebeu que o marido não estava ao seu lado. Tentou levantar, e o pé tocou em algo no chão. O coração começou a disparar, e ela sentiu que esfregava os olhos como se isso fosse clareá-los. Gritou por socorro, ouviu o barulho de pessoas entrando no quarto e percebeu que não conseguia vê-los porque estava completamente cega.

Yvonne foi imediatamente levada para o hospital. O médico a examinou e lavou os olhos dela novamente, mas isso não forneceu nenhum alívio. Totalmente incapaz de ver, ela foi internada para uma série de exames. No final de uma semana de investigações, Yvonne não recuperara nada da visão, e os médicos não conseguiram descobrir uma causa para a cegueira. Foi o começo de seis meses de internações e consultas para Yvonne. Nada resolveu. Cada médico dizia a Yvonne que não conseguia encontrar nada de errado e a encaminhava para o médico seguinte da fila. Como último recurso, indicaram Yvonne para uma avaliação com um neurologista. A carta de referência deixava claro que ninguém realmente acreditava que Yvonne tivesse um problema neurológico, embora fosse a única possibilidade que ainda não havia sido totalmente explorada. Isso foi o suficiente para nos fazer suspeitar antes mesmo do começo.

Yvonne

Meu amigo virava as páginas do prontuário de Yvonne enquanto nos contava sobre ela, detalhando todos os exames normais e cada tratamento malsucedido. Além dos sintomas de Yvonne, ele nos relatou como a vida dela havia sido afetada.

"Ela nunca mais voltou a trabalhar depois disso e está recebendo pensão por incapacidade."

Sorrisos irônicos foram mal reprimidos.

"Precisa de uma cuidadora em tempo integral. Não consegue fazer os afazeres domésticos ou realizar atividades normais do dia a dia."

Assim que ouvimos a história médica em detalhes, saímos do consultório, e um médico nos conduziu até o leito de Yvonne. Ao vê-la pela primeira vez, fiquei surpresa ao constatar como ela estava. Embora tivesse apenas 40 anos, mais jovem do que minha mãe na época, Yvonne parecia muito mais velha. Era difícil saber por quê. Não era a pele, clara e sem rugas, nem tampouco o cabelo, castanho, ainda sem fios brancos. Seria então algo em seu comportamento? Ela estava sentada na cama, uma mulher pequena, ombros caídos, cotovelos apertados contra o corpo, mãos entrelaçadas no colo. O cinto do vestido estava amarrado um pouco apertado demais em torno da cintura. O olhar vago estava fixo em algum lugar além de nós. O marido estava sentado ao lado da cama. Reclinado em uma cadeira, o corpo frouxo, uma perna cruzada sobre a outra, os braços cruzados sobre um peito largo. Os olhos estavam vigilantes, capturando cada um de nós enquanto nos distribuíamos em torno da cama da esposa.

O médico se apresentou e começou revisando a precisão dos detalhes da história.

"Não, não era apenas um limpa-vidros, era um detergente com alvejante."

"Sim, um colega de trabalho tentou limpar os olhos dela, mas fez isso apenas com uma toalha molhada. Eles não tinham usado água corrente, o que teria sido melhor."

Ele contou que havia ligado para a empresa que fizera o detergente, e eles disseram que o produto causava danos ao nervo se fosse absorvido pelo olho. Ele gostaria de deixar aquilo registrado. Troquei um sorrisinho com um dos outros médicos-residentes. Yvonne não fora atendida no trabalho por ninguém com experiência em primeiros socorros, fomos informados. Meu amigo sorriu de volta.

Em seguida, o médico falou diretamente com Yvonne. Perguntou se sua visão estava boa o suficiente para distinguir a luz da escuridão ou silhuetas. Yvonne respondeu que às vezes conseguia distinguir quando uma luz era acesa, mas que aquilo era tudo. Para testá-la, o médico direcionou um facho de luz diretamente no olho dela e perguntou se notara alguma mudança; ela respondeu que talvez, mas não conseguia ter certeza. De início, à medida que respondia às perguntas do médico, Yvonne parecia olhar fixamente para longe, à direita dele, como se não conseguisse distinguir onde ele estava no quarto. Porém, conforme a conversa progredia, seus olhos começaram a se movimentar com rapidez, ora para o rosto do médico, ora para o do marido, antes de passar depressa de volta para um ponto a uma distância não muito grande.

Observamos enquanto o médico a examinava. As pupilas de Yvonne reagiam com vivacidade e de forma simétrica à luz, exatamente como deveriam. Porém, quando o médico lhe pediu para seguir a luz com os olhos, ela não conseguiu. Ele pegou na maleta um pequeno tambor, pintado com listras pretas e brancas e que girava ao redor de um cabo. Segurou o objeto na frente de Yvonne e o girou rapidamente. Os olhos de Yvonne tremularam de um lado para o outro em resposta: tinham sido atraídos involuntariamente para as listras que giravam.

Em seguida, o médico pediu que ela juntasse a ponta dos dedos indicadores na frente dela. Yvonne levantou os braços e levou uma das mãos na direção da outra, na altura do peito, ambos os dedos indicadores apontados um para o outro. No entanto, a mão esquerda ficou mais alta do que a direita, e o indicador desta mão bateu contra o polegar da outra.

Nunca tínhamos visto isso ser solicitado a um paciente antes, então, atrás do médico, metade de nós fechou os olhos, tentando fazer o que Yvonne não conseguira.

Nos estágios finais do exame, quando o médico levou o oftalmoscópio ao olho de Yvonne pela última vez, ela piscou. Achei que ouvira uma pequena risada em algum lugar no quarto. Yvonne deve ter ouvido também, pois ficou assustada.

"Há mais alguém aqui com você?", perguntou ela.

As risadinhas estavam menos reprimidas dessa vez.

Assim que saímos para o corredor, uma pessoa sussurrou um pensamento dividido por todos.

"Quando é o processo?"

Eu estava prestes a rir alto mas, antes, procurei nos rostos ao redor por aprovação. Ao fazer isso, pude perceber a expressão do médico que nos conduzia, pouco antes de ele começar a falar:

"É melhor que essa pobre moça esteja cega e também surda, e que não tenha percebido como vocês se comportaram naquele quarto. Podemos mostrar alguma maturidade no futuro, por favor?"

Tínhamos juízo suficiente para ficarmos, pelo menos, um pouco amedrontados com aquilo. Logo mudamos nosso semblante e ficamos muito quietos e muito mais respeitadores daquele momento em diante. Contudo, como não passávamos de crianças, liberamos a risada no momento do café.

"Éramos como uma manada de elefantes indo para aquele quarto", disse um. "Como ela não sabia que estávamos ali?"

"Não haverá nenhum Oscar para esse desempenho", disse outro.

E planejamos o que faríamos para *pegar Yvonne com a boca na botija*. Eu disse que, na próxima vez que estivéssemos no quarto, deixaria uma nota de cinco libras cair devagar do bolso e esperaríamos para ver quanto tempo seria necessário para ela encontrá-la. Outra pessoa planejou gritar em voz alta e apontar para a janela e ver o que acontecia. Porém, é claro que não faríamos nada disso. Éramos jovens, recém-formados e havíamos visto coisas que a maioria das pessoas nunca vê. No ano anterior, vi pessoas mais jovens do que eu morrerem. Tínhamos corrido para ajudar pacientes que estavam gravemente doentes e fracassamos. E, apesar disso, ainda não estávamos prontos para compreender um tipo diferente de sofrimento.

Yvonne ficou no hospital por uma semana esperando pelo resultado dos exames. Eu estava encarregada de vê-la todos os dias e garantir que soubesse o que estava acontecendo. Eu passava um pouco mais de tempo com ela do que com outros pacientes porque seu caso me interessava, embora soubesse que meu interesse nem sempre poderia ser chamado de louvável. À medida que a semana passava, os detalhes de sua história ficavam mais claros para mim.

Yvonne falava com carinho sobre a família e a vida dela mas, mesmo que não demonstrasse, eu ouvia também sofrimento em sua voz. Ela fora criada na parte rural da Irlanda, e passou a primeira parte da vida na casa dos pais, um lugar afetuoso, mas também protetor. Um lugar de onde uma jovem raramente sai sozinha. Aos 20 anos de idade, ela se casara com o primeiro namorado, Gerald, dez anos mais velho. Embora não houvesse muita diferença hoje, ela com 40 e ele com 50 anos, naquela época era uma grande diferença. Em dez meses de casamento, ela teve o primeiro filho. Aos 30, já tinha seis filhos com menos de dez anos.

Yvonne dedicou a maior parte da vida adulta aos cuidados da família. O marido trabalhava em tempo integral, então ela se virava sozinha com seis crianças pequenas. As funções de Yvonne e do marido eram bem definidas. Ele era o provedor e fazia bem seu trabalho. Ela cuidava das crianças e construía um lar para a família.

"Formamos um bom time", disse ela.

Foi apenas quando o filho mais velho saiu de casa e os mais novos estavam todos matriculados na escola de ensino médio que Yvonne sentiu, pela primeira vez, o que era ter tempo livre. Incentivada pela filha mais velha, decidiu aceitar um trabalho no supermercado local. Era um grande passo para Yvonne, uma mulher que passara a maior parte do tempo sozinha ou com os filhos. Ela tivera um emprego remunerado apenas uma vez, dois anos antes de se casar com Gerald, quando tinha 18 anos. Yvonne fora a primeira da geração de sua família a ter a chance de terminar a universidade. Ela trabalhara fazendo serviços gerais em um escritório próximo da universidade. Era o emprego de maior prestígio que esperava conseguir e estava muito orgulhosa com o próprio sucesso.

"Eu adorava a sensação de ir para o escritório", Yvonne me disse, parecendo feliz, antes de mudar o tom, como se se corrigisse. "O emprego era serviçal, suponho, mas como eu trabalhava na faculdade parecia mais do que isso."

Em uma festa, em uma das raras vezes em que saiu à noite com as amigas do trabalho, Yvonne conhecera Gerald. Em um ano, ficaram noivos. Yvonne abriu mão do trabalho imediatamente após o casamento.

"Naquele tempo, você tinha que abrir mão do trabalho quando se casava. Além disso, Gerald achava que eu empregaria melhor meu tempo cuidando da família, e não me sacrificando arduamente para ajudar algum estranho a encher os bolsos de dinheiro."

Logo depois do casamento, eles saíram de Cork e se mudaram para Dublin. Gerald era o filho mais novo de uma família grande e não herdaria nenhuma parte da fazenda ou da casa familiar.

"Gerald era o mais inteligente, mas como era o mais novo não havia nenhuma parte para ele. Tivemos que ir embora", Yvonne me contou.

"Você não queria sair de Cork?"

"Não, mas era a coisa certa a se fazer. Gerald se formou como eletricista, agora tem o próprio negócio, e estamos mais confortáveis do que estaríamos se tivéssemos ficado em casa."

"Dublin é o seu lar agora, suponho?"

"Suponho que sim."

Quando Yvonne decidiu se candidatar a uma vaga de emprego no supermercado, Gerald foi contra. Ele se preocupava com o fato de que ela teria menos tempo para a família. Ela garantiu que só trabalharia durante o horário escolar e que, quando todos chegassem, nem sequer notariam que ela estivera em outro lugar além de casa, esperando por eles o dia todo.

O emprego era simples, calmo e fácil. Por tudo que não tinha de desafiador, Yvonne rapidamente aprendeu a amá-lo: ele lhe dava dinheiro e algumas horas no mundo exterior. Ela era uma mulher pacata que não achava fácil conhecer pessoas novas. No trabalho, tinha colegas e clientes regulares que passou a conhecer. Ela se descontraía na companhia deles e começou a se divertir. Em casa, tinha sempre tudo feito, e a vida familiar continuava igual a antes. Gerald se lamentava de vez em quando, mas ela não lhe dava motivos para verdadeiras reclamações. As coisas estavam indo bem para Yvonne, até o acidente.

Durante a internação de Yvonne, vi seus filhos a visitarem à tarde, geralmente os mais velhos, que não viviam mais com ela. Os mais novos foram ao hospital apenas uma vez, acompanhados por um dos irmãos mais velhos.

"Eu só estou aqui há uma semana. Não é tanto tempo assim", disse Yvonne. "Além do mais, agora não sou de certa forma um peso morto para eles?

"Gerald virá visitar você hoje?" Eu perguntava de vez em quando, pois não o via desde o dia de nosso primeiro encontro.

"Gerald não está tendo sossego com o negócio dele", explicou ela. "Ele começou esse negócio do zero e não gosta de deixar as coisas sem supervisão."

Um dia, vi uma moça que supus ser a filha mais velha sentada próximo à cama de Yvonne lendo o jornal para ela. Eu estava fazendo anotações no ambulatório e não pude deixar de observá-las juntas. Era uma cena comovente: a moça estava empertigada, atenta, servindo chá para a mãe, ajustando o rádio e a posição da campainha para que estivesse prontamente ao alcance da mão da mãe. Elas se despediram com muito carinho quando a moça finalmente se preparou para ir embora. A mão de Yvonne permaneceu no braço da filha enquanto esta se afastava.

Por alguns momentos após a saída da moça, Yvonne se sentou tranquilamente na cama, com o olhar fixo à frente. Eu escrevia minhas anotações quando um movimento de Yvonne me chamou a atenção. Ela tinha se virado para a direita e alcançado, distraidamente, um lenço de papel cuja ponta estava um pouco para fora da caixa, no lado distante de armário. Com que habilidade ela fez aquilo, sem nenhuma emoção, nenhuma hesitação. Assim que presenciei a cena, tive um impulso de rir outra vez, sair e contar para meus amigos o que tinha visto a mulher cega fazer. Em seguida, percebi que ela estava chorando e, então, pensei duas vezes.

Durante a semana, Yvonne passou a reconhecer minha voz e meus passos, e me cumprimentava com cordialidade. Observei uma mudança gradual, mas definitiva em como Yvonne se conectava comigo quando conversávamos. No primeiro dia, ela olhou por cima de meu ombro do mesmo modo como o fizera com o médico supervisor, como se pudesse ouvir minha voz, mas não localizá-la. Porém, com o passar dos dias, cada vez mais eu observava que, quando falava, Yvonne me fitava nos olhos. Quando fazia isso, era mais do que um simples olhar: eu sentia que nossos olhos se conectavam.

No final da semana, me reuni com o médico para vê-la na ronda da enfermaria. Gerald estava com ela de novo. Yvonne tinha feito diversos outros exames de vista e todos estavam normais.

O médico supervisor contou a ela as novidades e Gerald, negando com a cabeça, murmurou:

"Não de novo." Em seguida, perguntou em voz mais alta. "Todos os testes possíveis foram feitos?"

Yvonne não fizera uma última ressonância. Havia uma lista de espera para tudo, e seu caso não era considerado prioridade. O médico sugeriu que Yvonne fosse para casa e realizasse esse exame final no ambulatório. Isso significava que ela esperaria mais tempo para fazer o exame mas, pelo menos, enquanto esperava, ficaria em casa e com a família.

"Certamente eu não tenho utilidade alguma dessa forma. Prefiro ficar aqui, esperando o exame", disse Yvonne, em um tom calmo.

Com frequência, Yvonne falava sobre os filhos, sobre o orgulho que tinha deles, sobre o quanto sentia falta deles. Havia alguns pacientes para quem o hospital fornecia companhia e apoio. Era o caso sobretudo daqueles que viviam sozinhos. Para alguns, ir para casa era difícil. Yvonne não parecia ser uma dessas pessoas. Porém, agora, ela estava recusando uma oportunidade de voltar para casa. Ela me surpreendia.

Yvonne ficou no hospital mais uma semana até que todas as investigações estivessem concluídas e tivéssemos os resultados. No dia em que receberia alta, Gerald estava presente quando o médico passou os resultados finais: a integridade dos dutos visuais de Yvonne estava intacta, o cérebro estava normal e não foi possível encontrar qualquer causa neurológica para o problema. A única explicação possível para a perda de visão era cegueira funcional, causada por estresse.

"Minha esposa nunca teve um único dia de estresse na vida. Você está falando bobagem", respondeu Gerald.

O médico supervisor explicou de novo que todas as possibilidades tinham sido exploradas mais de uma vez, que não havia outra explicação possível e que seria melhor a família aceitar os resultados se quisesse ver Yvonne melhorar. Yvonne voltou a ficar olhando fixamente para uma distância média à sua frente. A conversa terminou com um acordo relutante de que Yvonne se consultaria com um psiquiatra, "só para provar que os médicos estão errados", como disse o marido.

Após nos afastarmos da cama de Yvonne, eu disse ao médico que ela começara a me olhar diretamente quando eu entrava na enfermaria. Um dia, ela sorriu e confirmou minha presença mesmo antes de eu falar e me identificar.

"O que quer que você faça, dê às pessoas o benefício da dúvida. No momento em que você disser a essa mulher que ela pode ver, você a perderá", foi o conselho que recebi.

Quando retornei à enfermaria para entregar a alta a Yvonne, senti que eu estava com a mente muito confusa. Eu não tinha sido aconselhada a desacreditar na cegueira dela e evitar confrontá-la? Ou eu deveria me desacreditar? E o que eu achava que sabia?

Yvonne estava sozinha na cama quando entrei na enfermaria. Despedi-me dela e entreguei a carta para seu médico.

"Tenho algo para você", disse ela, quando eu me preparava para sair. Ela me deu um cartão.

Era um campo repleto de flores e uma única árvore no centro. Fora desenhada com lápis de cor. As palavras dentro do cartão me agradeciam e diziam que tinha sido bom ter alguém com quem conversar todos os dias.

"Fiz para você", disse Yvonne.

"Você fez isso?!" Não consegui conter a surpresa na voz.

"Sim, peguei emprestado os lápis e o papel da mulher na cama ao lado", respondeu Yvonne.

Apesar dos avisos do médico supervisor ressoando em meus ouvidos, eu me ouvi dizendo:

"Mas, se você não consegue ver, como conseguiu desenhar isso?"

"Consigo sentir as marcas do lápis no papel", respondeu. Ela não parecia nem um pouco ofendida.

Gerald apareceu em seguida, pegou os pertences da esposa e a levou pelo braço. Quando foram embora, olhei para o desenho outra vez. As folhas da árvore eram verdes, o caule era marrom, havia folhas violetas e amarelas espalhadas pelo campo. Nem uma única linha estava torta, nem uma só folha ou flor estava fora do lugar.

Um dos maiores desafios da maioria dos médicos é a luta para acreditar na natureza verdadeiramente subconsciente dos sintomas psicossomáticos dos pacientes. Se não consigo acreditar nisso, então chamarei cada paciente que vejo de mentiroso, seja verbalizando isso ou não. Assim que um paciente recebe o diagnóstico, essa é sua primeira preocupação. "Eles acham que estou fazendo isso de propósito." Acreditar na natureza subconsciente dos sintomas é difícil, mas absolutamente necessário tanto para o paciente quanto para o médico.

Pierre Janet foi um filósofo e psicólogo francês importante no desenvolvimento do conceito ao qual nos referimos como subconsciente. *Protégé* de Charcot, ele aprendeu com seu mestre, mas também o influenciou. Por grande parte de sua carreira, Charcot afirmara que a histeria era inequivocamente uma doença orgânica. Apenas na fase final da vida dele é que Charcot começou a considerar que suas afirmações sobre a histeria estavam erradas, que não tinha descoberto uma doença patológica *post-mortem* porque não havia doença a ser descoberta, que deveria existir uma causa psicológica para a histeria. Dizem que sua mudança de opinião aconteceu, em parte, por conta do trabalho de Pierre Janet.

Nos anos de 1880, Janet era um jovem professor que trabalhava em um Lycée em Le Havre. Ele estudava as técnicas de Charcot, em particular o uso do hipnotismo. Na década de 1890, Janet se mudou para Paris para estudar medicina e começou a passar o máximo de tempo possível no Hospice de la Salpêtrière. Charcot admirava o trabalho de

Janet. Pouco antes de morrer, Charcot abriu uma enfermaria de psicologia experimental e ofereceu a Janet um pequeno laboratório para o desenvolvimento de sua pesquisa. Semanas após o início da colaboração entre eles, Charcot faleceu, mas Janet já estava alocado no Hospice de la Salpêtrière.

A morte de Charcot e o trabalho de Janet foram momentos decisivos para a histeria. Quase imediatamente após a morte de Charcot, seus caluniadores encontraram a própria voz. Aqueles neurologistas que sempre discordaram em silêncio de Charcot atacaram seu paradigma orgânico para a histeria, salientando a falta de comprovação patológica e a comicidade do hipnotismo como prova de uma doença orgânica. Diversos artigos científicos foram publicados para esse fim. Logo o mundo parou de ver a histeria como uma doença neurológica e começou a vê-la como uma enfermidade psicológica, de origem mental.

O trabalho de Janet no Hospice de la Salpêtrière resultaria em alguns dos novos conceitos que ainda influenciam a forma como pensamos a histeria hoje, sendo o mais importante e duradouro deles a descrição dos conceitos de subconsciente e dissociação. Janet descreveu a consciência como aquelas experiências e aqueles pensamentos sensoriais dos quais estamos ativamente cientes, aqueles que em geral recebem nossa atenção. Ele descreveu a consciência se expandindo e contraindo, permitindo que as coisas entrem e saiam do nosso campo de percepção. Janet acreditava que a consciência conseguia escolher o que percebíamos e o que ignorávamos. Para compreender a ideia de Janet, pense na cadeira em que está sentado. Quando você presta atenção, pode sentir cada contorno do objeto contra seu corpo. Tudo que a pele toca produz uma sensação. Porém, a mente desconsidera a maioria dessas sensações, como barulhos desnecessários, e somente presta atenção àquelas que parecem importantes. Imagine que, em dado momento, você está ciente de um som e, no momento seguinte, não está mais.

Além disso, Janet sugeriu que uma sensação negligenciada poderia estar perdida para a consciência, não apenas provisória, mas absoluta e completamente. Dessa forma, uma pessoa poderia perder completamente a sensibilidade de um membro porque a mente o estava ignorando. Em situações extremas, o campo da consciência poderia se retrair a tal ponto de fazer uma pessoa ficar catatônica — em um estado de torpor mental, de indiferença, inconsciente de tudo.

Janet descreveu o subconsciente como o lugar onde tudo que se aprende e se experimenta está escondido, um lugar para armazenar informações que não estão disponíveis imediatamente à mente consciente. Ele propôs que a consciência existia em paralelo ao subconsciente, e que cada uma dessas instâncias poderia estar totalmente alheia à outra. Demonstrou esse fenômeno por meio do uso da hipnose: sob hipnose, os pacientes perdiam a consciência e o subconsciente tornava-se sugestionável. Janet demonstrou que, em estado de hipnose, a paralisia poderia ser induzida no paciente apenas por meio de uma ideia. Ao acordar, o subconsciente retinha a ideia que tinha sido implantada lá, mas o consciente ficava alheio a essa manobra. A observação do fenômeno foi mais tarde usada na ab-reação — sugestões para influenciar a recuperação foram semeadas sob hipnose e, sem o paciente saber, permaneciam no subconsciente após despertar do estado hipnótico. A ab-reação também é a base para a hipnose como uma fonte de entretenimento, como ela é usada hoje.

Janet passou a desenvolver a teoria de que uma divisão ou separação poderia ocorrer entre as diferentes partes da mente, privando uma pessoa da consciência da realidade. As memórias e os sentimentos poderiam existir em partes paralelas da mente, sem que uma soubesse da outra. A isso ele se referiu como dissociação. A dissociação, segundo suas palavras, ocorre quando sentimentos, pensamentos ou memórias ficam desconectados uns dos outros. Janet acreditava que a divisão surgia como resultado do trauma. Um trauma psicológico fazia com que os segredos do subconsciente escapassem de modo que não ficavam mais disponíveis para seu proprietário.

No modelo de Janet, em que dois estados de mente podem existir, mas um não sabe do outro, seria possível para Yvonne tanto ver quanto ficar indiferente à visão ao mesmo tempo. Porém, esse é um conceito de difícil compreensão. Trata-se de uma ideia para a qual não há prova nem tampouco consenso. Quando encontro uma dificuldade para compreender como o subconsciente pode esconder informações, olho para a vida cotidiana para embasar a hipótese e, com frequência, encontro comprovação. Você já teve alguma vez um parceiro que quebrou sua confiança? A ficha demora meses para cair mas, assim que cai, você percebe que já sabia o tempo todo. Você tinha visto os recibos, ouvido as ligações, mas transferira a desconfiança indesejada para o subconsciente, até ser forçada a encará-la. Escondemos pensamentos indesejados de nós mesmos o tempo todo. E alguns de nós dissociamos de vez em quando, mas apenas por um curto período. Você não consegue achar a carteira, até que enfim ela aparece na sua bolsa, embora você esteja absolutamente convencida de que não a deixara lá. Você pega o trem mais cedo do que o previsto, chega ao destino e percebe que se lembra muito pouco da viagem. Você está assistindo ao jornal e, quando vê, perdeu as principais notícias e não sabe sobre o que o âncora está falando.

Nossa mente está constantemente escolhendo o que perceber e o que ignorar. Você não precisa ter participado do experimento do gorila invisível para se lembrar de uma situação em que olhou fixamente para algo, mas não viu. Procurar um amigo na multidão, por exemplo. Ele está bem à sua frente, acenando, mas de alguma forma você olha e é como se ele não estivesse lá. "Você *deve* ter me visto. Você olhou bem para mim!" Ele diz posteriormente. Mas não, você não o viu. Por um momento, a mente desencadeou a atenção seletiva e bloqueou algo de sua visão.

A ideia de Janet considera apenas os sintomas negativos, perda de sensibilidade ou de memória, mas a mente pode fazer mais do que impedir sensações e sentimentos — ela pode produzir sensações de lugar algum com tanta facilidade quanto pode escondê-las do campo de visão. Lembro-me de um dia em que fui convidada para ir à casa de um amigo mais velho. Assim que entrei, senti um cheiro forte, um cheiro de cão molhado. A porta da frente dava para um único ambiente sujo, cheio de jornais velhos e outros detritos; na cozinha, as bancadas estavam repletas de louça suja. Dois cães estavam em cima do sofá. Meu amigo cutucou os cães para saírem e me convidou para sentar.

Até hoje sinto vivamente o desconforto daquela tarde. Minha imaginação estava atribuindo àquele sofá algo que ele não tinha. Minha pele coçava tanto que, quando meu amigo saiu da sala por um momento, precisei me levantar e sacudir as roupas procurando insetos imaginários. Mesmo ao voltar para casa, não conseguia me livrar da sensação de ter sido mordida por mil pulgas. Somente após lavar minhas roupas e tomar banho é que senti algum alívio.

Não havia nenhum inseto no sofá, nada rastejava na minha pele, nada me mordera. No entanto, a coceira parecia real. Minha mente produzira sensações físicas reais provocadas apenas por uma ideia. Mesmo com a comprovação de meus olhos, que não viram nenhuma pulga, eu simplesmente não conseguia me livrar da sensação de ter sido mordida. E, mesmo isso tendo acontecido há dez anos, e apenas na minha mente, estou experimentando essas sensações de novo, exatamente agora, por meio de lembranças.

Mais do que tudo, é por meio de minhas experiências de trabalho com pacientes com ataques dissociativos que encontro as comprovações mais convincentes para a natureza subconsciente da doença. O comportamento dos ataques dissociativos grita isso.

Vi o mesmo padrão de ataques dissociativos reiteradas vezes. Um paciente sofre uma série de ataques, talvez cinco ou dez em um período de seis meses, antes do dia da consulta. Nesse período pré-consulta, a soma total do tempo dos ataques é inferior a uma hora. Então, no dia da consulta, eu me encontro com o paciente no ambulatório e ele desmaia na minha frente, ou na sala de espera. Providencio um eletroencefalograma para ele, e ele desmaia durante o exame. Quando um paciente tem um ataque típico durante o eletroencefalograma, é sempre um alívio porque significa que posso fazer um diagnóstico indiscutível. Porém, não seria sorte um paciente desmaiar bem naquele momento, quando mais importava?

Mesmo quando os ataques dissociativos são raros no dia a dia de uma pessoa, eles com frequência aparecerão no dia da consulta. Trata-se de uma coincidência singular para uma pessoa que tem ataques raros sofrer um ataque durante o curto espaço de tempo em que fica comigo, mas é exatamente isso o que acontece. Via de regra, os pacientes com ataques epilépticos não têm um ataque no consultório ou durante os exames. Porém, há uma grande chance de que os ataques dissociativos aconteçam bem no momento em que o paciente está no hospital. É algo característico. As probabilidades não conseguem apoiar esse fenômeno como um fato do acaso.

Em primeiro lugar, quando um paciente desmaia bem na sua frente, é tentador ver esse fato como um pedido deliberado de atenção, ou até como uma tentativa imprudente de impressionar e burlar o sistema. No início da carreira, esforcei-me para ver esses acontecimentos como tudo, menos um ato consciente do paciente (merecedor de compaixão, ainda assim, mas feito com uma intenção). Precisei de tempo para perceber o pouco sentido que minha crítica fazia. Quando um paciente faz um eletroencefalograma, ele compreende seu objetivo, tudo é explicado para ele. Por que uma pessoa que está se esforçando para ludibriar ou tentando causar compaixão desmaia exatamente naquele instante, exatamente no momento em que certamente será *descoberta*?

Imagine por um momento que você deseja impressionar um amigo dizendo que é muito bom na guitarra. Por uma coincidência maravilhosa, ele tem uma guitarra em algum lugar próximo e adoraria ouvi-lo tocar. A menos que você acredite absolutamente que sua afirmação é verdadeira, você ficará muito relutante em concordar. Desmaiar na clínica de epilepsia, na frente do médico especialista em epilepsia ou no setor de eletroencefalograma é um ato de inocência, não de manipulação. E um grito que vem diretamente do subconsciente para ser compreendido. Se um paciente apenas descrevesse os ataques para mim, mas nunca me deixasse ver um, eu jamais conseguiria provar o diagnóstico.

Para mim, a maneira como os pacientes com doenças psicossomáticas buscam um diagnóstico fornece a comprovação mais convincente da natureza subconsciente da doença. Quando Matthew procurou uma causa para a paralisia, fez isso exaustivamente. Yvonne se submetera à investigação mais minuciosa na esperança de encontrar uma explicação para a perda de visão. Pauline fez os mesmos exames reiteradas vezes porque não conseguia acreditar que nenhuma doença orgânica havia sido encontrada. Se eu estou *fingindo* estar doente, a sofisticação da medicina moderna torna-se uma ameaça para mim, e ela não era ameaça alguma para Yvonne ou Matthew ou Pauline. Eles não conseguiam parar de pesquisar porque procuravam algo que estavam certos de que existia.

Acredito na natureza inconsciente e incontrolável de uma incapacidade psicossomática e a aceito. Porém, muitos na comunidade médica lutam contra a ideia tanto quanto qualquer outra pessoa. Como a função do médico é aliviar os medos do paciente e acabar com qualquer confusão relacionada ao diagnóstico, vai surgir um problema se o médico não estiver convencido.

Logo depois de me tornar médica, participei de um curso em epilepsia pediátrica que eu esperava que ampliasse minha experiência em diagnosticar ataques em crianças. Uma sessão do curso foi interativa. Em um pequeno grupo, assistimos a vídeos de crianças tendo ataques e fomos solicitados, individualmente, a fornecer nosso diagnóstico com base apenas no vídeo. A maioria dos outros profissionais não era especificamente treinada em epilepsia como eu. Além disso, eu já estava trabalhando com bastante regularidade no campo de diagnósticos de ataques gravados em vídeos — embora em geral com adultos —, portanto eu sabia que era provavelmente mais experiente do que o restante do pessoal. Por essa razão, evitei fornecer o diagnóstico muito depressa.

Próximo ao fim da sessão, apresentaram um vídeo de uma menina de cerca de 14 anos tendo uma convulsão. Não era de forma alguma diferente do tipo de ataque sofrido por adultos, então não achei que o diagnóstico apresentasse um grande desafio. O médico que liderava a sessão foi de um em um perguntando a opinião sobre a causa do ataque.

"Ataque do lóbulo frontal."

"Ataque tônico-clônico."

Eu estava no fim da fila, portanto respondi por último. Fui a única médica a dizer que achava que o ataque era dissociativo. Fui solicitada a esclarecer minhas razões e expliquei os motivos.

Com visível antipatia, outro membro do grupo dirigiu-se a mim e disse: "De forma alguma essa criança está fingindo os ataques."

E então tínhamos um problema. Estivesse certa ou errada em meu diagnóstico, se aquele médico acha que os sintomas dissociativos são falsos, como ele apresentaria aquele diagnóstico ao paciente de uma forma palatável? Ou pior: com que frequência ele erraria o diagnóstico? Suas palavras se originaram da compaixão pela criança, então ele alguma vez faria um comunicado tão difícil se, em seu coração, considera aquilo um pensamento tão condenatório?

Atualmente, é mais provável que eu seja a professora em tais sessões e a pessoa que insiste no mesmo problema todas as vezes. Os médicos têm medo de fazer o diagnóstico.

"E se estiver errado? Não seria melhor tratar como epilepsia, por segurança?"

O erro de fornecer a um paciente um diagnóstico orgânico apenas *por segurança* levou muita gente que sofria de ataques a uma vida inteira sem nenhum alívio. Isso acontece por algumas razões. Os médicos têm medo de enfrentar a raiva quase inevitável que surge quando uma doença psicossomática é mencionada. Porém, proteger o paciente dessa decepção não traz benefícios a longo prazo, se lhes for negado um diagnóstico. Além disso, os médicos receiam chamar um sintoma de psicológico e descobrir mais tarde que, afinal, havia uma causa orgânica. Chamar um problema orgânico de funcional é um erro que sem dúvida gerará raiva no paciente e em seus parentes, e que pode levar a um processo.

Em 1965, Eliot Slater, um eminente psiquiatra britânico, publicou um artigo no *British Medical Journal* no qual descreveu um estudo, realizado durante dez anos, sobre uma série de pacientes diagnosticados com histeria. Ele relatou que, em mais de 25% dos casos, foi finalmente descoberta uma doença orgânica não detectada no momento do primeiro diagnóstico. Passou a dizer que "o diagnóstico de histeria é um disfarce para a ignorância e um campo fértil de erros clínicos. De fato, é não somente uma ilusão, como também uma armadilha". Esse artigo influenciou muitos médicos a pararem de fazer um diagnóstico de transtorno conversivo. Ele tocava em seus piores temores. Duvido que muitos médicos contemporâneos tenham lido esse artigo, mas a atitude que o estudo retratava está presente neles instintivamente. Ao contrário do que muitos pacientes acreditam, os médicos se preocupam o tempo todo com o fato de poderem estar errados, sobretudo nesse campo. Eles se preocupam com a possibilidade de um novo estudo científico no futuro provar que todo o diagnóstico de transtorno psicossomático estava errado. Então evitam ou se recusam a admitir o diagnóstico, deixando de ver o prejuízo causado por essa postura. Contudo, nos cinquenta anos que se passaram desde a publicação do artigo de Slater, houve inúmeros estudos semelhantes e nenhum corrobora suas descobertas. Há amplo consenso de que o estudo de Slater é falho, e a tecnologia moderna também ajudou a garantir um diagnóstico mais seguro no século XXI. Psiquiatras igualmente eminentes mostraram que, na era moderna, *em que o diagnóstico de transtorno conversivo é feito de modo seguro*, a probabilidade de uma doença orgânica ser descoberta com o tempo é baixa. Apenas 4% apresentarão mais tarde um diagnóstico alternativo — essa é a mesma taxa de erro de diagnóstico de muitas doenças em que não há um único exame diagnóstico. Portanto, o diagnóstico está correto 95% das vezes, mas mesmo assim os médicos ainda evitam dá-lo.

Deixar de identificar uma doença orgânica — colocando a vida do paciente em risco e, com frequência, provocando culpa e dúvida no médico — é o erro que a maioria teme cometer na profissão médica, mas nem sempre é necessariamente o pior. É muito comum uma doença psicossomática ser definida incorretamente como orgânica no primeiro momento. Os médicos e os pacientes, muitas vezes, consideram esse diagnóstico mais palatável, mesmo quando incorreto. Porém, o dano que pode surgir desse tipo de erro é normalmente subestimado e pode ser imensurável.

Para começar, há uma luta interna para salvar as aparências envolvidas antes que o paciente possa sair de um diagnóstico orgânico para um psicológico e, muitas vezes, essa luta é árdua demais e o paciente simplesmente não consegue aceitar o novo diagnóstico. Quanto mais tempo o paciente carregar o diagnóstico errado, pior será o prognóstico. Assim que uma pessoa recebe uma explicação orgânica para os sintomas, as chances de recuperação logo diminuem. Muitos estudos mostraram que as chances de um paciente ficar livre dos ataques diminuem se ele for informado erroneamente que seus ataques têm origem na epilepsia, antes de o diagnóstico correto de ataques dissociativos ser feito. Isso pode ocorrer porque o diagnóstico original errado atrasa o diagnóstico verdadeiro — e sabemos que, quanto mais tempo uma pessoa viver com ataques dissociativos, menos chances terá de se curar — ou pode ser fruto do que o paciente passou a acreditar. Se alguém for informado de que tem epilepsia e passar a acreditar que tem uma doença cerebral grave e potencialmente letal, então essa crença pode ficar tão arraigada na mente que afetará o potencial de recuperação. Se você acredita que nunca conseguirá correr uma maratona, então provavelmente nunca tentará.

O prognóstico para qualquer sintoma induzido pelo estresse também piora assim que o sintoma for atribuído a uma causa orgânica. Digamos, por exemplo, que alguém com dor no pescoço descobriu no raio X que tem um desgaste na coluna. Qualquer adulto de meia-idade pode apresentar esse desgaste no raio X, como parte do envelhecimento. Porém, se o paciente atribuir essa dor ao envelhecimento e não à tensão ou ao estresse muscular, é muito menos provável que em algum momento fique completamente livre da dor.

E um diagnóstico incorreto de doença orgânica tem outras implicações. Pode conduzir a tratamento tóxico desnecessário. Pode levar uma pessoa a fazer mudanças desnecessárias para acomodar a doença. Porém, mais importante, o diagnóstico errado negará à pessoa o tratamento correto.

A resistência em fazer um diagnóstico psicossomático nem sempre é tão nobre quanto o medo de deixar de identificar uma doença ou quanto a resistência em decepcionar o paciente. Muitos médicos ainda acreditam que a paralisia psicogênica é uma paralisia falsa e que o paciente andaria se desejasse. Ou que convulsões psicogênicas são deliberadas e controladas conscientemente pelo paciente. Nos séculos anteriores, era menos provável que pessoas criticassem pensamentos e ações médicas, e assim os pacientes sofriam os mais cruéis tratamentos. No século XIX, um médico desejou submeter pacientes com convulsões psicogênicas a tratamento com clister: tinha certeza de que um paciente não conseguiria se concentrar com um clister introduzido a ponto de ter deliberada e simultaneamente uma convulsão. Outro médico trancou pacientes no consultório e se recusou a liberá-los até que ficassem de pé e andassem.

Atualmente, a maioria dos médicos que pensa assim guarda silêncio. A maioria, mas não todos. Conheci pacientes que foram confrontados com acusações de fingimento. No entanto, é difícil avaliar esses relatos, porque um diagnóstico de uma doença psicossomática nem sempre é recebido da forma como se pretende que seja. Porém, tenho certeza de que alguns pacientes ouviram um "sai dessa" exatamente como relataram. Esse julgamento condenatório causa danos muito mais profundos do que superficiais, alienando o paciente e alimentando as atitudes que estão no âmago do estigma carregado por esse diagnóstico.

Se a realidade mostra que os médicos lutam com cada parte do conceito de psicogênese tanto quanto os pacientes, e que os distúrbios psicossomáticos são uma mera nota de rodapé na formação de um médico, não é de surpreender que haja tanta confusão. Além disso, os casos que alimentam as incertezas que rondam esses transtornos não ajudam muito.

Judith me fora encaminhada com diagnóstico de epilepsia. Por escrito, o médico me dizia que ela tinha se recuperado de leucemia e que ele achava que a epilepsia era uma complicação posterior daquela doença. Judith me contou seu histórico médico.

Ela nasceu na Inglaterra, mas nos primeiros dez anos a família toda se mudou para Miami, por causa do trabalho do pai. Ela morava lá havia seis anos quando começou a ficar doente. Tudo começou com hematomas inexplicáveis. O primeiro médico consultado a liberou: crianças brincam, caem e têm hematomas, é só isso que fazem. Porém, quando uma infecção no peito não passava, uma série de exames revelou o pior. O resultado do exame de sangue de Judith era anormal. Uma biópsia da medula óssea revelou que ela tinha leucemia aguda. Judith passou por uma bateria de exames incômodos que resultaram em um tratamento de quimioterapia. Seu cabelo caiu. O cérebro foi irradiado e a quimioterapia foi injetada no líquido cefalorraquidiano para garantir que o câncer não se espalhasse para o sistema nervoso. O sistema imunológico estava tão afetado pelo tratamento que ela desenvolveu infecções recorrentes; ficou abaixo do peso, o que era muito perigoso. Ela precisou ficar isolada no hospital por longos períodos. Após o tratamento, Judith entrou em um período de controle da doença, mas em três meses o câncer retornou. A única esperança era se submeter a um transplante de medula óssea. Por fim, Judith teve sorte, pois a irmã mais velha era uma doadora compatível.

Judith me contou como os pais a tinham levado junto com a irmã para passear na Disney World, antes de ela ir para o hospital para a sessão final de quimioterapia que a prepararia para o transplante. Durante todo aquele dia, ela ficou dividida entre o sentimento de que aquele era o melhor e o pior dia de sua vida. Ela estava fazendo um programa normal, e ainda assim não era normal de forma alguma.

"Eu não estava bem o suficiente para estar lá", disse. "Parecia um pouco cruel."

"Ainda bem que sua irmã pôde ser sua doadora."

"Isso também não parecia certo. Eu sentia como se estivesse devendo algo. Mas eu era uma criança com câncer e não sentia que tinha de ser grata." A voz de Judith era monótona, inexpressiva até.

Ela passou a maior parte da semana seguinte em isolamento completo, exigência do pós-operatório de um transplante de medula óssea. Nas raras ocasiões em que os familiares podiam ficar no quarto com ela, ficavam cobertos da cabeça aos pés, com roupas e máscaras que protegiam Judith do mundo exterior.

Porém, essa situação não durou muito. Logo o número de células sanguíneas começou a se elevar. Primeiro, teve permissão para sair do isolamento e, no tempo apropriado, ganhou alta. No entanto, ainda vivia com restrições: não podia ir a lugares abarrotados de pessoas para não contrair uma infecção. A mãe fazia toda sua comida, para garantir que as refeições fossem preparadas da forma mais higiênica possível. Da janela do quarto, Judith olhava as crianças jogando basquete e comendo pizza no jardim dos vizinhos e ansiava por um dia banal na Disney.

Tudo isso aconteceu 12 anos antes de Judith e eu nos encontrarmos pela primeira vez. Muito havia mudado desde então. A família de Judith retornara para a Inglaterra. Judith obteve notas altas na escola, saiu de casa e ingressou na faculdade. Ela se mudou para Londres e conseguiu um emprego ajudando crianças. Então, um dia, quando estava brincando com um bebê sob seus cuidados, de forma repentina, ela desmaiou. Uma ambulância foi chamada e, quando Judith acordou, estava no hospital.

"Hospitais são tão familiares para mim que quase sinto que acordei em casa", Judith me contou.

Tanto Judith quanto os novos médicos tinham certeza de que o ataque fora consequência da irradiação cerebral decorrente do tratamento da leucemia. Ela começou a tomar medicamentos para a epilepsia e foi liberada para ir para casa. Como os ataques continuaram impiedosamente, ela foi encaminhada para uma clínica de epilepsia.

Quando ainda era uma médica iniciante, passei seis meses trabalhando com uma equipe de hematologistas. Vi muitos pacientes sofrendo da mesma forma que Judith descrevera. Com muita frequência, os pacientes eram jovens, e vários deles não saíam de minha memória. Por que então o relato de Judith sobre a experiência com o câncer não havia mexido comigo? Eu sabia o motivo: era porque eu não acreditava nela. Todos os fatos estavam lá, mas havia uma lacuna. O que era? O relato não passara disso, de uma atuação ensaiada? Eu não conseguia especificar minhas suspeitas. Sem dúvida havia algumas informações que não faziam sentido, mas isso era suficiente para que eu considerasse minha paciente alucinada, ou pior, uma mentirosa? Por que Judith não trouxera nenhuma anotação médica antiga com ela? As pessoas com problemas médicos complicados muitas vezes levam cópias de cartas antigas dos médicos, com exames e receitas. E onde estavam os pais? Judith era uma mulher adulta de 26 anos, portanto não havia razão alguma para estar acompanhada, mas os pais que viram seus filhos passarem por doenças potencialmente letais, como a leucemia, em geral não ficam distantes.

Peguei-me testando os detalhes do que ela me contara.

"Quais antibióticos você tomou após o transplante?"

Resposta correta.

"Você se lembra do tipo de transplante que fez? Autólogo? Alogênico?"

Resposta correta.

Sentia-me envergonhada enquanto a interrogava, mas precisava saber. Se a história da leucemia não fosse verdadeira, então por que contar?

Qual era o nome do hospital onde você fez o transplante?

"Miami General Hospital."

Não parecia correto. Eu verificaria aquele nome mais tarde.

"Como se chamava o médico ou a médica, caso eu precise entrar em contato?"

"Dr. Marrow."

Marrow significa medula!

Aquilo só podia ser piada, não é? Mas podia ser que não. Havia um neurologista muito famoso chamado Lorde Cérebro, então, por que não? Talvez Dr. Medula tivesse um senso de humor com relação à escolha da carreira.

Tendo apenas a desconfiança do estranho sobrenome do médico para continuar, eu me censurei. É possível que, ao conhecer tantas pessoas que sofrem, seu coração endureça a tal ponto que uma moça que conte sua história com franqueza e sem a emoção apropriada torne-se uma mentirosa. Os exames neurológicos dela estavam totalmente normais, mas com frequência esse é o caso até em pessoas que sofrem da mais grave epilepsia.

Um segundo antes de Judith descer da maca, verifiquei mais uma informação.

"Onde o seu cateter Hickman ficava localizado, Judith?", perguntei, sobre a linha central implantada em todos os pacientes com leucemia para permitir que a quimioterapia e os medicamentos sejam administrados.

Judith não deixou escapar nenhum detalhe: levantou a camiseta e apontou para uma pequena sarda logo abaixo do seio direito. Não uma cicatriz, apenas uma sarda, e nem um pouco próxima do ponto onde uma linha central deveria ser colocada. Tratava-se da primeira pergunta cuja resposta não estava totalmente correta, mas Judith era apenas uma criança quando ficou doente, e aquilo foi há muito tempo.

Em seguida, pedi a Judith para chegar mais para a frente para que eu pudesse examinar a pele de suas costas. Era uma perfeita pele de alabastro, e o lugar em que eu esperava ver as diversas biópsias de medula óssea que foram feitas estava liso e branco, sem qualquer cicatriz. Como pode alguém passar por tal doença sem ficar com uma cicatriz? Seria possível?

Quando terminei, disse para Judith que a internaria para presenciar os ataques. Eu não tinha comprovação alguma de que minhas suspeitas, seja lá quais fossem, estivessem corretas. Eu nem mesmo conseguiria justificar essas dúvidas se fosse pressionada a fazê-lo. Porém, eu devia a Judith uma consulta imparcial e de mente aberta. Ainda assim, tão logo ela deixou a clínica, me vi digitando "Miami General Hospital" no computador e lá estava, exatamente como ela dissera.

Algumas semanas depois, Judith foi internada na ala de neurologia para fazer exames. Eu não consegui obter todo o histórico médico anterior dela: confirmara que o Miami General tinha um departamento de hematologia, mas, quando telefonei para lá, não havia nenhum Dr. Medula. Tive impressão de que ouvi a moça do outro lado da linha dar risadinhas quando fiz a pergunta. Talvez tivesse se transferido para outro hospital, ela disse, educadamente. Porém, quando insisti, descobri que o hospital não cuidava de pacientes com câncer nem realizava transplantes de medula óssea. E não havia nenhum registro de qualquer paciente com o nome de Judith.

"Judith, contatei o Miami General Hospital, e eles não têm nenhum registro seu. Você tem alguma de suas fichas antigas?"

"Não."

"Quando liguei para o hospital, me disseram que não faziam transplantes de medula óssea. Você acha que se enganou com relação ao nome do hospital?"

"Talvez."

"Você acha que seus pais poderiam ajudar?"

"Acho que sim."

"Posso ligar para sua mãe ou seu pai para obter mais detalhes?"

"Não, os dois estão no trabalho e não podem atender telefonemas."

"Você pode perguntar a eles para mim?"

"Sim, mas eles podem não se lembrar."

"Tudo bem, qualquer informação ajudaria."

Judith foi internada na unidade de videotelemetria para monitoramento durante a noite. Seja lá qual fosse a verdade sobre o histórico médico passado, seus ataques exigiam explicação. Na manhã seguinte, a equipe da enfermaria me contou que eles tinham encontrado Judith deitada no chão na noite anterior. A enfermeira estava com outro paciente naquele momento, e ninguém sabia ao certo o que acontecera. Judith tinha machucado a mão e precisava ser encaminhada ao departamento de raio X para comprovar a fratura. Felizmente não havia nenhuma.

Revi o vídeo para encontrar o momento do desmaio. As enfermeiras tinham encontrado Judith no chão às 20h45. Pela maior parte da noite, Judith estivera sentada na cama, folheando uma revista, assistindo à televisão. Logo depois das 21 horas, vi quando ela se levantou e foi até a porta. Os eletrodos que estavam conectados com cola em sua cabeça permitiam que Judith fosse apenas até a porta, mas não além. Ela ficou lá por um tempo, olhando ao redor e, em seguida, fechou a porta devagar. Então, Judith se virou e atravessou o quarto outra vez até chegar ao lado da cama. Fiquei horrorizada com o que a vi fazer em seguida: Judith agitou a mão direita livremente por um momento no nível do ombro e, em seguida, bateu com ela com toda força contra a parede, estremecendo de dor. Compartilhei a dor dela por um momento, sentindo a necessidade de massagear minha própria mão. Depois fez isso outras três vezes e estremeceu de novo. Em seguida, ela se deitou delicadamente no chão, puxando um prato da mesa para que caísse a seu lado e fizesse bastante barulho. Alguns segundos depois, uma enfermeira entrou correndo no quarto. Judith não conseguia se levantar.

De repente, fui invadida por toda a simpatia e compaixão que não consegui sentir por Judith com a história da leucemia. Fiquei comovida com a inocência colossal do ato. Não era segredo que ela estava lá para ser observada. A câmera de vídeo foi instalada visivelmente na parede, não escondida. Como ela poderia esperar não ser vista? Mas então, de novo, talvez fosse exatamente essa a questão. Alguma parte dela desejava ser vista. O que Judith sofrera para que aquela fosse sua única maneira de pedir ajuda?

Todos que sofrem com uma doença psicossomática temem ser acusados de fazer exatamente o que Judith fizera: mentir e se machucar de modo deliberado apenas para chamar a atenção. Eles ficam magoados com a comparação. É raro um paciente fingir doença de maneira consciente. Sempre há rumores sobre a mulher que colocou sangue na própria urina para convencer os outros de que tinha uma doença renal grave e sobre o homem que esfregou sujeira no ferimento para causar uma infecção proposital. Porém, muitos médicos vão se deparar com tal comportamento apenas uma ou duas vezes ao longo da carreira, se tanto. Todavia, de alguma forma, a sombra desses que simulam é uma ameaça a cada um que seja avaliado com uma doença física que não tem uma causa orgânica.

É possível que a maior sombra de todas pertença a Karl Friedrich von Münchhausen, o "Barão das Mentiras" que deu seu nome à síndrome. A síndrome de Münchhausen é hoje mais corretamente chamada de transtorno factício. Esse transtorno se refere àqueles que inventam ou imitam doenças para conseguir atenção médica. O objetivo não é obter ganho financeiro, pagamento por incapacidade ou compensação, e sim obter os cuidados e a atenção que a doença traz consigo. O comportamento dos pacientes pode atrair críticas com muita facilidade. Ou felicidade. A seriedade do distúrbio é com frequência subestimada. As pessoas com síndrome de Münchhausen podem se expor a cirurgias potencialmente letais, amputações, medicações desnecessárias e tratamentos tóxicos. E, na prática, suas vidas são destruídas pela busca de determinado tipo de atenção. Os pacientes, em sua maioria, escaparão assim que forem descobertos, de modo que nunca obterão ajuda. Mesmo os que conseguem se consultar com um psiquiatra raramente conseguem se recuperar por completo. Esse é o pior tipo de problema médico e destrói a vida.

Felizmente, trata-se de um transtorno raro. Trabalho com um grande número de pessoas que sofre com transtornos conversivos, o que significa que posso esperar encontrar em meu caminho a síndrome de Münchhausen com mais frequência do que a maioria de meus colegas. Ainda assim, só vi esse transtorno três vezes, que me lembre. Judith foi a terceira.

A primeira que encontrei foi quando eu ainda estava bem no início da carreira. Era uma mulher que se apresentara ao hospital com dor de cabeça e as pupilas dilatadas. Na ala de neurologia, um paciente com uma única pupila dilatada fixa pode causar grande preocupação. E ela causou. Quando os resultados dos exames por imagem deram normais, ficamos inicialmente confusos. Até uma enfermeira entrar em um banheiro fechado e encontrar a paciente colocando no olho irritado colírio para dilatar pupilas.

Cinco anos depois, encontrei o segundo caso. De início, não havia nada muito incomum com Joan. Ela tinha desmaios inexplicáveis, que poderiam ser ataques epilépticos, mas ninguém tinha muita certeza. O conjunto usual de testes estava normal, portanto, ela foi internada para observação. Sua primeira perda de consciência na unidade ocorreu quando estava sentada na cama assistindo à televisão. A segunda aconteceu quando estava sentada na cadeira. Em cada ocasião, ela ficou pálida como um cadáver e escorregou debilmente para uma posição deitada, na cama ou no chão. Vendo o vídeo e o exame cerebral, era como se Joan tivesse apenas desmaiado. Não havia sinal algum de epilepsia. Porém, mulheres jovens saudáveis não desmaiam inexplicavelmente enquanto estão sentadas descansando na cama. Então o que, afinal de contas, estava errado?

O técnico com quem trabalho viu algo antes de mim.

"O que ela está fazendo com aquele lenço?", perguntou ele.

Depois de aumentar a imagem do rosto de Joan e voltar o vídeo, não conseguíamos acreditar que tivéssemos deixado aquilo passar. Você não vê o que não espera ver. Joan tirou o lenço do bolso e parecia assoar o nariz, ou algo semelhante, assim pensávamos. Mas, com o zoom, conseguíamos ver com clareza o pequeno frasco que o lenço continha. Com uma das mãos, Joan abriu a tampa e aspirou profundamente, antes de guardar no bolso o frasco coberto pelo lenço e se reclinar. Em segundos, ficou pálida e perdeu a consciência.

Joan escapou do hospital assim que revelamos nossas suspeitas para ela. Não foi possível confirmar o que havia no frasco, mas era fácil de adivinhar. Frascos daquele tamanho são comumente usados para guardar nitrito de amila, um composto que, quando inalado de brincadeira, causa uma leve euforia. Ele tem o efeito colateral de baixar a pressão sanguínea e pode fazer com que o usuário desmaie.

É tentador apontar metaforicamente e rir quando encontramos um transtorno factício — até que se percebe que quem sofre dessa maneira pode causar a si e aos outros grandes danos, dos quais raramente se recupera. Nunca soube as motivações de Judith. Como Joan, ela escapou do hospital assim que eu a confrontei. Ela nunca se consultou com psiquiatras e eu jamais soube notícias dela. Sempre fico pensando onde ela obteve a história da leucemia, que era tão cheia de detalhes precisos que não poderia ser aprendida em um livro. Fico me perguntando se partes do relato eram verdadeiras. Algumas pessoas com transtornos factícios foram expostas à doença na infância. Pensei na viagem à Disney World que Judith me contara com tantos detalhes específicos. Era a parte mais desnecessária da história. Pensei na irmã que fora representada com tanta expressividade naquela história e por quem Judith alimentava ressentimentos tão fortes. Não seria possível que a história de Judith fosse quase totalmente verdadeira, exceto pelo fato de que não era a dela?

*

As pessoas mentem para seus médicos ou os enganam por diferentes razões. Scott tinha algo em comum com Judith, mas o que esperava ganhar com a doença era claramente diferente.

Scott trabalhava em um depósito até seus problemas clínicos começarem. Grande parte de seu trabalho era manual: levantar peso, consertar máquinas leves. Por essa razão, quando desenvolveu dor nas costas, sua vida muito rapidamente se desintegrou. Scott era o principal provedor da família, pagava pensão à ex-mulher para contribuir na criação dos três filhos e vivia com a namorada, Debbie, e as duas filhas dela. Debbie trabalhava na cantina de uma escola mas, assim como Scott, não ganhava muito dinheiro, de modo que se um deles não pudesse trabalhar, logo sentiriam isso no bolso.

Scott começou a reparar na dor após alguns dias de trabalho particularmente cansativos. Ele tirou alguns dias de folga e ficou de cama, esperando melhorar. Quando retornou ao trabalho, a dor não parecia tão ruim, mas Scott sentia que os dias de cama o tinham deixado mais fraco do que antes. Levantar pesos parecia duas vezes a carga de antes. Durante o mês seguinte, a dor aparecia e desaparecia. Scott começou a se queixar de dificuldade para subir escadas. Tirou algumas semanas de folga e consultou um médico, que prescreveu analgésicos e o encaminhou para um fisioterapeuta. Quando Scott retornou ao trabalho, achou que levantar pesos era quase impossível. Ele me contou que conseguia levantar com os braços, mas não com as pernas. O supervisor mudou a função de Scott, para que dirigisse empilhadeiras e só precisasse carregar cargas pequenas. Por seis meses, a situação continuou. Scott melhorou, mas essa melhora era sempre rapidamente seguida por um declínio significativo. Como tirava semanas irregulares de folga no trabalho, seu chefe começou a perder a paciência. Uma junta trabalhista ameaçou Scott com demissão se o registro da doença não melhorasse. A ameaça não importou muito para Scott porque, em duas semanas, ele desenvolveu fraqueza crescente nas pernas, o que o deixou sem outra escolha a não ser abandonar por completo o trabalho.

No decorrer de um ano, Scott perdeu totalmente a força nas pernas. Estava completamente paralisado da cintura para baixo, confinado em uma cadeira de rodas e inteiramente dependente das pessoas ao redor. Debbie precisou parar de trabalhar. Eles tiveram que desistir da casa em que moravam havia dez anos e foram acomodados em um apartamento no primeiro andar de um bairro que não conheciam. As crianças precisaram mudar de escola.

Conheci Scott após ele ter feito o percurso usual de médico em médico — alguns dizendo que não conseguiam encontrar explicação para sua paralisia, outros afirmando que a causa era psicológica. Scott veio até a sala da clínica em uma cadeira de rodas elétrica; as pernas cobertas por um cobertor. Debbie estava ao seu lado. Ele não parecia feliz por estar ali e logo de saída me avisou que não toleraria um médico que simplesmente lhe dissesse as mesmas coisas que ouvira antes. Enquanto me contava sua história e eu examinava os resultados dos exames, temi agir como o médico citado.

Quando chegou o momento de examinar Scott, descobri que suas pernas estavam tão paralisadas que não havia como movê-lo de forma alguma de sua cadeira para a maca de exame. Então, com a ajuda de Debbie para retirar os sapatos e as meias de Scott, levantei a barra da calça para conseguir examiná-lo na cadeira.

"Como você consegue fazer tudo isso em casa?", perguntei.

"Conseguimos", respondeu Scott.

Dei um passo para trás e olhei para as pernas de Scott. Isso é o que ensinam na faculdade de medicina: sempre olhe antes. Os músculos de Scott estavam no volume normal, e não pude ver nada fora do lugar. Mas deveria haver, pensei. Curvei-me para mexer nas pernas de Scott, que não sentia dor nem nenhuma sensibilidade. As pernas se movimentavam livremente e eram um peso grande em minhas mãos.

"Você faz fisioterapia?", perguntei.

"Faço isso para ele", respondeu Debbie. Debbie era agora a cuidadora de Scott em tempo integral.

Quando pedi a Scott para mexer as pernas, mesmo que só muito ligeiramente, ele não conseguiu fazer nenhum movimento. Quando testei a sensibilidade nas pernas de Scott, ele não conseguiu sentir nada. Apliquei pressão nas unhas dos dedos do pé, procurando uma resposta de dor ou afastamento de algum tipo, mas ele não se mexeu. Assim que terminei o exame, Debbie e eu começamos a puxar a barra da calça para baixo novamente.

"Debbie fará isso", disse Scott.

"Obrigada", disse e voltei para minha mesa.

Ao me sentar, Debbie estava puxando a meia direita de Scott em seu pé pendurado. Eu teria imaginado algo? Scott havia erguido a perna ligeiramente ou Debbie a ergueu para ele? Abaixei a cabeça outra vez para escrever minhas anotações mas, durante outra espiada, fiquei mais certa de que Scott movera a perna mais de uma vez.

Todos os exames clínicos e averiguações de Scott falavam de apenas um ponto: fraqueza funcional da perna. Se Scott havia mexido a perna, isso não alterava a seriedade de sua incapacidade. Talvez sua fraqueza não fosse tão misteriosa quanto ele pensava, mas isso não deveria diminuir sua incapacidade.

Disse a Scott que, se ele desejasse, eu repetiria alguns exames, mas achava que era provável que eu chegasse à mesma conclusão dos outros médicos.

"Você acredita que estou paralítico?", Scott me perguntou.

"Acredito."

"Bem, qual é a razão para repetir os exames? Por que vocês, malditos médicos, simplesmente não admitem que não sabem o que há de errado comigo?"

Scott saiu da consulta insatisfeito e prometendo que jamais retornaria. Eu lhe disse que, se mudasse de ideia, ficaria feliz em revê-lo. Ele falou como se, de fato, tivesse a intenção de nunca mais voltar, e era muito provável que nunca mais nos víssemos de novo, não estivesse eu com pressa de ir para casa naquele dia.

Assim que terminei as consultas, peguei meus pertences para sair. Meu carro estava no estacionamento a dez minutos do prédio principal do hospital. Andei depressa e logo fiquei convencida de ter visto Scott e Debbie na minha frente. Scott estava empurrando a cadeira de rodas e Debbie caminhava a seu lado. Eu quase alcancei os dois quando Scott parou diante de um grande veículo preto. Debbie se dirigiu para o lado do passageiro e sentou no banco da frente. A porta elétrica abriu, deslizando do lado do motorista. Eu estava quase perto do carro quando Scott se levantou, pegou a cadeira de rodas, ergueu e a colocou na parte de trás do carro, antes de sentar no assento do motorista. Quando cheguei perto do carro, Scott virou a cabeça e olhou para mim. Pela janela fechada, ele falou um palavrão, e eu fui embora.

Scott é um dos que não são tão inocentes. Eles não passam de um pequeno número, mas de alguma forma desmerecem cada pessoa no grupo. Essa é a vergonha disso tudo. Scott foi o único dos meus pacientes que pude confidencialmente me referir como aquele que finge estar incapacitado. No entanto, muitas pessoas com transtornos conversivos se encontrarão ligeira ou fortemente maculadas por essa suspeita.

Transtorno conversivo, transtorno factício e fingimento de incapacidade são três grupos distintos. Os dois primeiros constituem doenças incapacitantes; o último, não. Transtornos conversivos são gerados subconscientemente, e o paciente fica perplexo ao descobrir que nenhuma doença orgânica foi encontrada. Em um transtorno factício, a pessoa afetada tem consciência das mentiras que está contando, mas age dessa maneira pela necessidade de determinado tipo de apoio ou atenção. Com frequência, não está ciente de sua motivação e não consegue controlar seu comportamento. Fingir incapacidade, no entanto, é muito diferente. É um fingimento deliberado da doença para obter ganhos financeiros, para ganhar uma causa jurídica, para evitar alistamento militar. Fingir incapacidade é ilegal e, muitas vezes, envolve um processo em vez de uma intervenção médica.

E, apesar disso, é simples assim? O *Manual Diagnóstico e Estatístico de Transtornos Mentais* (DSM, na sigla em inglês) não considera fingir incapacidade um diagnóstico médico. Os pacientes não recebem ajuda médica uma vez descobertos. No entanto, todos os casos são iguais?

Imagine uma mulher que escapou de um país devastado pela guerra, conheceu todo tipo de agressão e perdeu a família. Ela foge para a Inglaterra e busca refúgio. Diante de uma possível deportação, finge uma doença para que não seja enviada de volta para o país natal.

Imagine um homem que escorrega em um chão molhado em um supermercado. Ele finge estar paralítico para que possa processar uma empresa rica e ganhar uma grande bolada em dinheiro.

Imagine um homem que foi criado por progenitores negligentes, pais que não trabalhavam, viviam de auxílios financeiros e não ensinaram ao filho como construir sua vida. Quando a criança cresce, usa a doença para evitar trabalhar, exatamente como os pais fizeram.

Todas essas pessoas são exatamente iguais? Todas merecem nosso desprezo?

Com frequência me perguntam como identifico o fingimento, e respondo que nem sequer tento. Sempre suponho que o sofrimento de meus pacientes é genuíno e não faço nenhuma tentativa de provar o contrário. Para algumas pessoas, essa é uma postura difícil de assumir. Elas imaginam uma cena de comédia em que o homem paralítico pula e dança toda a vez que o cuidador vira as costas. É possível que alguns dos meus pacientes tenham tido a satisfação de sentir que enganaram o sistema, mas é melhor perder esses poucos do que alienar e humilhar o restante. Tenho visto um número suficiente de pacientes com transtornos conversivos para saber o quão prejudicial pode ser uma acusação de fingimento de incapacidade e qual erro não quero cometer.

Escrevi para o médico de Scott e relatei o que tinha visto. Ele respondeu dizendo que Scott estava processando seu empregador, reivindicando que uma lesão prolongada tinha causado a paralisia. Em tempo, recebi um pedido de um grupo de advogados solicitando as anotações médicas de Scott. Enviei as observações, que incluíam a carta na qual eu dizia ao clínico-geral de Scott que depois da consulta eu não só o vira andando com facilidade, como também levantando uma cadeira de rodas pesada e dirigindo. Não recebi informações sobre o resultado do caso, mas é improvável que Scott tenha ganhado a causa. E ainda assim hesito com relação a ele. Scott e eu não nos fitamos olho no olho quando nos encontramos, e não endosso o comportamento dele, mas será que não havia algo mais a saber? Scott trabalhara arduamente por muitos anos, não tivera muitas oportunidades na vida, sustentava duas famílias e tinha escolhido o caminho errado para sair de sua situação, mas talvez tivesse uma razão. Talvez, se soubéssemos sua motivação, poderíamos aprender a compreender por que ele fez o que fez. Talvez pudéssemos tê-lo condenado mesmo assim, mas talvez não.

Fingir incapacidade e transtornos factícios é raro. E a verdade é que, mesmo sem tentar, esses casos são em geral fáceis de identificar. O comportamento desses pacientes é, muitas vezes, diferente daqueles com transtornos conversivos. Inocente ou não, se um paciente estiver ciente da própria fraude, isso o torna evasivo. Sua história não soa tão verdadeira, ele deixa de aparecer para os exames e cancela as internações em hospitais. Não se esforça na busca cruel pela verdade em que Yvonne se encontrava.

Eu fiquei imaginando se voltaria a ver Yvonne. Se um paciente resiste ao diagnóstico de um transtorno conversivo, nem sempre volta à clínica também. Ele pode consultar outro médico na esperança de obter um diagnóstico diferente. Alguns até escolhem viver com sua incapacidade. Outros melhoram aos poucos, deixam a doença no passado e a chamam de inexplicável. Esperava que Yvonne voltasse. Sua incapacidade era tão completa, sua vida tão destroçada que eu não podia ver como ela poderia continuar do modo como estava.

Algumas semanas depois da alta, Yvonne veio ao ambulatório. A filha a trouxera na cadeira de rodas. Em casa, ela andava sem ajuda e os filhos davam uma mão quando podiam, mas em lugares não familiares ela precisava de mais do que aquilo. Sua filha me contou que Yvonne se recusava a aprender a usar bengala.

"Acho que ela sente que, se usar a bengala, isso será admitir que não vai melhorar", comentou a filha.

"Talvez isso não seja algo ruim", eu disse. "Isso significa que ela tem esperança."

Não tínhamos encontrado nenhuma causa física para a cegueira de Yvonne, portanto havia esperança, e eu estava feliz que Yvonne não tivesse desistido.

"Ela concordou em consultar o psiquiatra, embora faça restrições... meu pai faz restrições", revelou a filha.

Observei, não pela primeira vez, que as pessoas pareciam sentir necessidade de falar por Yvonne.

Eu disse que providenciaria a avaliação do psiquiatra e perguntei se ela tinha algo a perguntar ou dizer. Yvonne disse que não, e a consulta terminou. Enquanto a filha a empurrava para fora do consultório, Yvonne esticou a mão na minha direção e eu a segurei.

"Se eu não melhorar, não tenho utilidade. Por favor, faça o que puder."

"Acredito que você vai ficar melhor." Foi tudo que consegui pensar em dizer.

Achei que a consulta tivesse terminado, e abri a porta para eles saírem. Mas, como acontece com tanta frequência, o que alguém realmente veio dizer fica por último e, mesmo assim, é apenas mencionado de forma relutante. Naquele dia, a confidência veio por parte da filha de Yvonne. Assim que cruzaram a soleira da porta, ela se virou e suas palavras saíram apressadas.

"Se ela disser ao psiquiatra que tudo está bem em casa, ela está mentindo."

Fiquei surpresa, não tanto pela novidade, mas pela forma como foi dita.

"Maire...", disse Yvonne, segurando a mão da filha.

"Isso é tudo que tenho para dizer", a filha falou e se livrou da mão da mãe. E, depois, elas se foram.

Não vi mais Yvonne depois desse dia, mas as palavras da filha não saíram da minha cabeça. O pouco que saberia mais tarde veio da troca de correspondência com o psiquiatra. Essas cartas eram factuais, escritas com clareza, mas sempre ligeiramente cautelosas, como têm que ser. Você não pode colocar os detalhes mais íntimos da vida de uma pessoa em uma carta. Se um pensamento que nunca foi dito é revelado pela primeira vez, não é correto torná-lo permanente registrando-o em tinta preta para qualquer um ler.

A primeira carta começou com as minúcias do histórico médico de Yvonne e um resumo das investigações antes da abordagem dos detalhes mais pessoais de sua vida.

Yvonne se casou aos 20 anos. Ela declarou que era muito feliz por ter se casado, embora o casamento tenha vindo com algum sacrifício para ela — primeiro o emprego e, mais tarde, a cidade natal. O marido, Gerald, que tem valores muito tradicionais, fora categoricamente contra ela continuar trabalhando e estava ansioso por começar uma família o quanto antes. Embora Yvonne tivesse restrições com relação a ter filhos ainda tão nova, quando sua primeira filha, Maire, nasceu, elas estabeleceram um bom vínculo. Os curtos intervalos entre as outras vezes em que Yvonne ficou grávida foram ditados por Gerald. Yvonne declarou que "tinha dificuldade em dizer não para Gerald".

Visto que o marido trabalhava por muitas horas, Yvonne criou os filhos sozinha na maior parte do tempo, mas se sentia muito valorizada e se descreve como tendo um relacionamento excelente com cada um dos filhos. Gerald era um bom provedor da família, e Yvonne considera que tinha conforto. Ela tem muito orgulho de cada um dos filhos, mas se sente triste com o estranhamento parcial de Maire, que briga com o pai.

Yvonne declara que tem um casamento feliz, embora outras afirmações sugiram que isso depende do quanto ela cede às opiniões de Gerald. O emprego no supermercado gerou uma grande fonte de tensão em casa e é parcialmente responsável pelo rompimento de Maire com o pai. Gerald achava que o emprego era humilhante e desnecessário, ao passo que Maire encorajava Yvonne a assumir uma posição.

O acidente de Yvonne no trabalho tinha resultado em uma discussão em casa. Gerald recebera um telefonema no trabalho para ir ao hospital pegar a esposa. Quando soube o que acontecera, insistiu que ela se demitisse imediatamente. Yvonne, cuja visão não fora afetada logo após o incidente, tentou se opor. Gerald telefonou para o empregador de Yvonne e solicitou a demissão em nome da esposa. Mais tarde naquela mesma tarde, os acontecimentos se precipitaram quando Yvonne descobriu que perdera a visão.

A carta seguia declarando que Yvonne tinha muita dificuldade em aceitar a base funcional para sua cegueira, mas desejava fazer qualquer coisa possível se houvesse alguma esperança de recuperação. Ela se angustiava em casa, impossibilitada de fazer qualquer uma de suas tarefas corriqueiras. Gerald contratara uma empregada que fazia todo o serviço doméstico e ajudava com as crianças, mas não assumia a responsabilidade por Yvonne. Isso deixou Yvonne se sentindo desnecessária e ameaçada em sua própria casa.

No final da consulta com o psiquiatra, Yvonne concordou em uma internação na ala psiquiátrica para reabilitação intensiva e terapia pela fala.

> *Yvonne recebeu alta após quatro semanas. Houve algumas controvérsias com relação ao local em que ficaria depois de receber alta. No primeiro momento, planejou retornar à sua casa, mas depois foi decidido que ficaria mais bem instalada com a filha, Maire, até que a recuperação esteja mais consolidada. Ela parece ter se beneficiado tanto da terapia ocupacional quanto da comportamental cognitiva. Sua visão foi parcialmente recuperada e ela planeja continuar a terapia como paciente externa. Continuarei com as consultas e a informarei sobre o resultado.*

E, então, a terceira e última.

> *Estou feliz em comunicar que a visão de Yvonne voltou ao normal. Ela aceitou bem o tratamento, embora ela e o marido ainda relutem um pouco em aceitar o diagnóstico completo. Recentemente ela voltou para a casa da família e relata que as coisas estão indo bem e que está tendo muito prazer em ficar com os filhos mais jovens novamente, tanto que decidiu que não seria certo voltar a trabalhar.*

Lembro de Yvonne muitas vezes desde então e, quando penso nela, com frequência tenho a sensação de que prestei um desserviço. Eu gostava de Yvonne, sentia pena dela, mas não acreditei que estivesse cega. Por muitos anos, tenho observado pacientes como Yvonne começarem uma busca desesperada por uma explicação para seus sintomas físicos, fazendo cada exame duas vezes na certeza de que um finalmente lhes dará a resposta. Foi necessário encontrar essas pessoas para perceber que errei com Yvonne.

Lembro-me da primeira vez em que vi o experimento do gorila invisível mostrado em uma conferência. Não vi o gorila. Minha mente simplesmente o descartou. O que me impressionou foi que eu não ignorei algo insignificante e trivial, apenas prestei atenção ao que interessava para mim. Vi o trivial e, ao contrário, ignorei algo tão flagrante e inconveniente que foi uma luta para mim acreditar que alguma vez aquilo tivesse estado lá.

Fui uma tola ao questionar os motivos e insights de Yvonne porque ela havia, suspeita ou inocente, respondido a minha pergunta no dia em que recebeu alta do hospital. Yvonne me contara como as coisas estavam quando me deu o cartão que fizera. Uma mulher que deseja mentir, fingir e enganar usa óculos escuros, carrega uma bengala e tropeça. Essa mulher certamente não faz um desenho. O desenho de Yvonne não era comprovação de culpa, mas de inocência e, no momento em que ela me deu o cartão, fui eu que não pude ver.

6
ALICE

As cores do camaleão não são mais numerosas e inconstantes que as variedades da hipocondria e da histeria.
Robert Whytt, *On Nervous, Hypochondriac, or Hysteric* (1764)

A maioria das doenças se limita a um número finito de sintomas. As doenças cardíacas aparecem, em grande parte, da maneira que conhecemos: com dor no peito ou palpitações. As pessoas reconhecem os sintomas e vão buscar ajuda de um cardiologista. É claro que, de vez em quando, ela é sorrateira e causa apenas excesso de líquido e inchaço no tornozelo, sem apresentar nenhum sintoma relacionado ao coração. Mas, em grande parte, muitas doenças cardíacas, respiratórias, neurológicas e de outros órgãos obedecem a uma série de regras muito rígidas, sendo a gravidade a maior diferença, não os tipos de sintomas.

Existem doenças, porém, de padrões tão variados que é fácil subestimá-las quando nos deparamos com elas pela primeira vez. As doenças autoimunes, por exemplo, como o lúpus, podem se manifestar de diversas maneiras, como erupção cutânea, dores articulares, ou apenas fadiga. O lúpus afeta vários órgãos, podendo assim produzir uma mistura de sinais confusos que dificultam seu diagnóstico. Como resultado, alguns pacientes acabam consultando vários especialistas antes que o diagnóstico clínico seja descoberto.

Mesmo comparados às doenças multissistêmicas mais agressivas, os transtornos psicossomáticos são dignos de nota devido ao desrespeito que eles têm por qualquer parte do corpo. Nenhuma função corporal é poupada ou ignorada. Esses transtornos passam de uma parte para a outra, com muita rapidez e facilidade, como pequenos roedores fugindo de um predador. Assim que um sintoma psicossomático é descoberto ele desaparece e, cuidado, outro sintoma surge em alguma outra parte.

Como vimos, os gregos antigos pensavam que o útero perambulava pelo corpo e provocava sintomas. O "útero andarilho" era chamado de "um animal dentro de um animal". Imaginava-se que ele podia deixar a pélvis e se instalar na garganta, causando dificuldade para engolir. No dia seguinte, poderia ir para o estômago e causar dor e vômito. E, por mais que esse ponto de vista estivesse errado, existem elementos da descrição que são identificáveis. Mas ele não é um animal ou um órgão que vagueia: ele é a tristeza. E está procurando um jeito de sair.

A história de Alice começa com câncer.

Com 24 anos, Alice encontrou um caroço que estava no canto superior do seio esquerdo, ao lado da axila. Ela o notou pela primeira vez quando tomava banho, antes de ir para o trabalho, e, assim que sua mão esbarrou nele, seu coração imediatamente se encheu com memórias terríveis e uma sensação de pavor. Naquele dia ela não foi ao trabalho e, em vez disso, marcou uma consulta com sua médica, que por sua vez respeitou seus medos e fez um encaminhamento urgente para a clínica de câncer de mama.

Uma semana depois, Alice estava na recepção do ambulatório uma hora antes de sua consulta. Ela estava sozinha, pois não quis preocupar sua família até que tivesse certeza de que havia algo com o que se preocupar. A médica que a atendeu era gentil e a escutou cuidadosamente. Quando ela examinou Alice, disse que não conseguia sentir qualquer caroço e que era possível que não houvesse nada ali. Alice ficou ao mesmo tempo aliviada e preocupada com o que tinha acabado de ouvir. Se não houvesse caroço algum, era uma notícia muito boa. Por outro lado, Alice tinha certeza de que sentira algo e não queria ser dispensada, e sentiu-se melhor quando a médica solicitou uma mamografia e uma ultrassonografia. Desse jeito elas teriam certeza.

No dia dos exames, Alice mais uma vez chegou lá com uma hora de antecedência. Quando foi chamada, a radiologista de meia-idade comentou: "Ah, você é um pouco mais jovem que meus pacientes habituais."

As duas conversaram sobre o clima e as greves de transporte enquanto o seio de Alice era ajustado na máquina. Um radiologista se juntou a elas enquanto o exame era feito, e a sala ficou quieta. Quando o procedimento terminou, pediram que Alice aguardasse do lado de fora. Ela havia imaginado uma mudança no tom de voz da radiologista?

Vinte minutos depois, Alice foi chamada ao consultório da médica.

"Achamos um caroço, Alice, e acho que devemos agir rápido para identificar exatamente do que se trata. Eu gostaria de fazer uma biópsia aqui e agora."

"É câncer, não é?"

"Não vamos nos precipitar."

O resultado da punção aspirativa por agulha fina saiu na semana seguinte, e sua impressão de que tinha câncer de mama confirmou-se. A médica lhe disse que era necessário fazer uma cirurgia e quimioterapia, mas que primeiro ela precisaria fazer uma série de exames para avaliar a extensão do câncer.

Depois de sair do hospital, Alice ligou para o trabalho e disse que não poderia ir naquele dia, e que era possível que precisasse tirar uns dias de folga no futuro. Depois foi até uma bilheteria em Londres e comprou um ingresso para o musical *A Chorus Line*.

"Não consigo explicar por que fiz isso", ela me disse depois. "Fiquei com essa ideia de que poderia morrer a qualquer momento e odiaria morrer sem ter visto um musical ao vivo. Havia duas mulheres de meia-idade nos assentos à minha frente e, antes da peça começar, as ouvi falando sobre suas férias, seus maridos e o que almoçaram. Tive vontade de gritar, de mandar que ficassem quietas, mas logo o show começou e, por algumas horas, esqueci o diagnóstico. Vivo pensando, que coisa estranha de se fazer, ir ver um musical naquele exato momento."

Alice contou à família e aos amigos próximos sobre o diagnóstico, em uma série de telefonemas durante uma semana. Sua única irmã, que vivia na Austrália, quis ir para a Inglaterra assim que recebeu a notícia. Alice disse que precisaria mais dela no futuro, quando estivesse se recuperando da cirurgia, e que não era necessário ir para lá naquele momento. O pai de Alice insistiu que ela deixasse seu conjugado no centro de Londres e voltasse imediatamente para casa, para não ficar sozinha. Ela adorava sua independência, mas sabia que precisaria de ajuda, então voltou para a casa da família naquela noite, mais por eles do que por ela mesma. Agora, só restava esperar.

Durante a semana seguinte, Alice trabalhou normalmente, contando apenas para seu supervisor imediato o que estava acontecendo. Ela não via sentido em ficar em casa pensando sobre o diagnóstico. Durante a semana, cartas chegaram informando as datas e horários de seus exames. Os sete dias seguintes foram de idas e vindas do hospital, sempre com o pai ao seu lado.

Aproximadamente duas semanas depois de ter o câncer diagnosticado e antes de ter feito qualquer tratamento, Alice sentiu fortes dores de cabeça. Por um ou dois dias, tentou ignorá-las, atribuindo-as ao estresse. Mas logo a dor ficou tão forte que ela mal conseguia ir trabalhar. Seu clínico geral contatou o oncologista de Alice, especialista em câncer de mama. Quando ele recebeu a informação, ela foi internada com urgência. Havia uma grande preocupação de que o câncer pudesse ter se espalhado para o cérebro. Assim que chegou ao hospital, ela fez uma tomografia do cérebro. Para alívio de todos, o primeiro resultado mostrava normalidade. Isso acalmou Alice, mas não acabou com as dores de cabeça, que estavam tão fortes quanto antes. Uma segunda tomografia, mais sensível, foi agendada. Felizmente, nessa também não havia nada. Em seguida, Alice foi submetida a uma punção lombar, para examinar o líquido cefalorraquidiano em busca de sinais mais disfarçados da expansão do câncer. Nenhuma célula cancerígena foi encontrada. As dores de cabeça, porém, não melhoraram. Durante a semana seguinte, Alice mal conseguia sair da cama do hospital. Ninguém conseguia explicar a dor de cabeça, e os analgésicos pareciam fazer pouco efeito. Decidiu-se então adiantar o restante dos exames e realizar a cirurgia imediatamente.

Uma semana depois, Alice foi submetida à cirurgia para remover o seio esquerdo. Sua irmã, que não podia mais se ver afastada, estava lá para acompanhá-la à sala de cirurgia. Ela também estava ao lado de Alice quando ela acordou e descobriu, pela primeira vez em uma semana, que não sentia dor de cabeça. O cirurgião visitou Alice no fim do dia e disse a ela que a operação fora bem-sucedida e que ela podia ter esperanças de se recuperar rapidamente.

Naquela noite, apesar do alívio de já ter feito a cirurgia e de não sentir mais dores de cabeça, Alice dormiu de modo irregular. Por volta da meia-noite, quando a enfermaria se retirou e todos os outros pacientes estavam aparentemente dormindo, Alice começou a sentir dores no peito. No começo, era um desconforto irritante, mas logo se tornou uma ardência intensa, a pior de todas as dores que já havia sentido na vida. Respirar doía. Logo ela sentiu como se fosse sufocar, como se cada respiração fosse tão rasa que não pudesse sustentá-la. Quando não podia mais aguentar, apertou o botão e chamou a enfermeira, que logo viu Alice em agonia e chamou um dos médicos. A primeira atitude que ele tomou foi solicitar um raio X do tórax. Não havia nada. O eletrocardiograma e os exames de sangue também eram completamente normais. Alice recebeu uma dose de morfina para acabar com a dor, mas isso a deixou tonta e fez sua respiração ficar pior do que antes. Mais tarde, a enfermeira tirou as ataduras de Alice para examinar a ferida e viu que ela estava limpa e que os pontos estavam intactos. Ninguém tinha ideia do que fazer, e durante toda a noite a enfermeira ficou sentada ao lado de Alice para se assegurar de que ela estava bem. De manhã, a médica foi vê-la, mas não encontrou explicação para a dor. Outra série de exames adicionais foi realizada. Nada de anormal foi encontrado. Com o tempo, apesar da falta de explicação, Alice se sentiu um pouco melhor e, por fim, recebeu alta.

Depois de duas semanas, a quimioterapia começou. Disseram a Alice que nenhum de seus exames havia mostrado a expansão do câncer e que, dada sua idade jovem, a quimioterapia lhe daria a melhor chance de cura. A irmã de Alice ficou em Londres nas duas primeiras semanas, para dar apoio. Com o tempo, porém, precisou retornar à Austrália, onde tinha trabalho e família. Aproximadamente uma semana depois disso, Alice começou a notar que tinha uma sensação de ardência em seu braço. A sensação ficava mais forte quando ela deitava na cama e tentava dormir, ficando cada vez mais desagradável. Quando ela analisou os dedos, percebeu que estavam dormentes apesar da dor. Logo ela se perguntou se sua mão também ficaria assim. E então, um dia, ao acordar, ela descobriu que seu braço esquerdo estava completamente paralisado. Alice chamou o pai, que a levou imediatamente para o hospital.

O oncologista providenciou outros exames por imagem, primeiro do cérebro. Notando que ele mais uma vez estava normal, pediu exames dos nervos do ombro. Também estava tudo bem. Um neurologista examinou Alice e agendou estudos com eletricidade para verificar a integridade dos nervos. O objetivo foi de verificar o que estava acontecendo com as mensagens que o cérebro de Alice deveria passar para seu braço, ordenando seu movimento. Ela também fez uma segunda punção lombar. Não havia nada de errado nos dois exames. A fraqueza do braço não tinha explicação.

Na manhã seguinte, Alice estava na seção de raio X, fazendo mais um exame por imagem, quando caiu e perdeu a consciência. Os funcionários, assustados, tiveram dificuldade em lidar com a situação enquanto ela estava no chão, profundamente inconsciente e convulsionando.

Foi somente mais tarde que conheci Alice e, junto com ela, tentei entender o conjunto de seus sintomas. Com tal série de possíveis maneiras de sofrimento psicológico, frequentemente me pergunto por que é desse jeito em um paciente e não em outro. Às vezes, sei a resposta a essa pergunta e, outras vezes, não. Com Alice, eu não sabia, mas esperava descobrir com o tempo. Mary, por outro lado, nunca aceitou seu diagnóstico e, embora eu achasse que a causa fosse óbvia, ela não era.

"Só estou dizendo isso porque não sei se alguém dirá", disse Mary. "Meu marido está em prisão preventiva por ter abusado de uma criança."

Mary ficou sentada durante toda a consulta, com os olhos bem fechados. Era por isso que eu a estava examinando. Duas semanas antes, ela havia notado que sentia um desejo irresistível de fechar os olhos. Começou a piscá-los repetidas vezes até só se sentir confortável de olhos bem fechados. Gradualmente, ela percebeu que mal podia abri-los. Por um tempo, conseguia separar as pálpebras com os dedos, mas sempre com dificuldade. Mais tarde, até isso ficou impossível.

"E você sabe o que é pior?", perguntou. "Foi a própria irmã dele que chamou a polícia. Que tipo de pessoa faz isso com sua própria família?"

"Você acha que a situação de seu marido pode ser grave? É por isso que está me contando isso?", perguntei.

"Estou contando isso para você porque não posso ficar assim enquanto John está na prisão. Não há ninguém, exceto eu e ele, para cuidar das meninas."

"Quantos filhos você tem?"

"Duas meninas. Uma de 14 e outra de 11 anos."

Mary padecia de blefaroespasmo, um distúrbio de movimento que se manifesta em espasmos dos músculos ao redor do olho, causando o seu fechamento involuntário. O problema não possui um exame diagnóstico objetivo. Um estudo elétrico dos músculos afetados mostrará que eles estão hiperativos, mas não é capaz de distinguir facilmente se o espasmo muscular tem uma causa psicogênica ou emocional ou se é causado por uma doença cerebral. Na verdade, quando a causa do blefaroespasmo é orgânica, os exames muitas vezes apresentam resultados normais. Isso significa que, mesmo se você suspeitar do que se trata, é difícil fazer uma afirmação categórica de que o problema não é causado puramente pelo estresse. Porém, pode haver pistas para o diagnóstico na forma como os sintomas se comportam. Por exemplo, quando há uma causa orgânica, o paciente em geral consegue pelo menos abrir um pouco os olhos. Mary não podia abrir nem um pouco os olhos. Portanto, mesmo se não tivesse me contado sobre sua vida, eu teria suspeitado de que seu problema estava relacionado ao estresse. Eu disse a ela o que eu pensava e sugeri uma consulta com o psiquiatra. Mary se recusou terminantemente. Ela me disse que ela não acreditava em mim e, além disso, quem tomaria conta das crianças enquanto ela estivesse flertando com o psiquiatra? Ela precisava melhorar *hoje*, falou. Decidi tratá-la com um relaxante muscular, então lhe prescrevi diazepam. E funcionou. Ela começou a ficar melhor e em dois dias estava bem o suficiente para voltar para casa.

Mas tudo que o diazepam fez foi esconder os sintomas de Mary. O problema subliminar não havia sido abordado. Então, o pequeno animal perambulante começou a se movimentar de novo, e apenas um mês depois Mary foi internada novamente. Uma vizinha a levou para o hospital. Encontraram-na perambulando pelas ruas vestindo apenas uma camisola. Mary não se lembrava de ter se encontrado comigo antes; ela havia perdido a memória.

O blefaroespasmo havia desaparecido e, em seu lugar, ela tinha uma amnésia profunda em relação a todos os eventos de sua vida. Ela não conseguia lembrar-se de seu nome ou de quantos filhos tinha. Também não conseguia se lembrar de onde cresceu ou quais empregos tivera. Precisavam dizer-lhe o que ela gostava ou não gostava. Mary havia perdido a identidade.

"Quem está com suas filhas?", perguntei a ela.

Mary olhou sem expressão, e sua vizinha respondeu.

"Elas estão com meus filhos em casa. O marido dela saiu da prisão na semana passada e ainda não pode ficar sozinho com as meninas até o julgamento terminar."

Mary estava mais uma vez confinada ao hospital. Suas filhas a visitavam e lhe diziam de que tipo de comida ela gostava. Elas lhe contavam sobre sua vida.

"Elas parecem ser boas meninas", disse Mary depois que elas foram embora.

Testei a memória dela. Mostrei a Mary algumas fotos e pedi para ela dizer o nome do que via. Quando lhe mostrei uma foto de um cavalo, ela me disse que não se lembrava da palavra, mas que pensava que podia ser "a flor narciso". Quando mostrei a foto de uma maçã, ela disse:

"Eu sei essa. As meninas me disseram que gosto disso. É uma maçã", e sorriu triunfante. Quando perguntei sobre sua infância, ela não conseguiu me dar nenhuma resposta.

Em seguida, mostrei a Mary uma série de fotos de pessoas famosas. Perguntei se sabia quem eram e depois se sabia se a pessoa na foto estava viva ou morta. Mary errou todas as perguntas de "mortos ou vivos". Claro, é quase impossível errar todas as perguntas. Ela tinha uma chance de estar correta 50% das vezes.

Precisei dizer a Mary que a tomografia de seu cérebro e eletroencefalografia estavam normais, e também que o padrão de sua perda de memória não se encaixava em nenhuma descrição de doença neurológica. Disse que suspeitava de que o estresse contribuía para o problema. Pela segunda vez, ela rejeitou de imediato minha sugestão. Dessa vez, depois que Mary teve alta, ela não voltou, mas me deixou com uma sensação da qual não pude me livrar. Minha cabeça estava cheia de pensamentos sobre as coisas que ela não suportava enxergar, e as coisas das quais não tolerava se lembrar.

Doenças psicossomáticas, como sua ancestral, a histeria, têm sido comparadas a camaleões: toda vez que a medicina tenta defini-las, elas se tornam algo diferente. Por muito tempo as convulsões histéricas têm sido o sintoma mais complexo da histeria. Elas têm aumentado e diminuído de importância, mas sempre foram, e continuam sendo, uma manifestação bem descrita de sofrimento psicológico. Mas estão longe de ser as únicas manifestações desse transtorno.

Quase qualquer função corporal pode ser afetada de quase qualquer jeito. Um dia, uma mulher perde a fala e, no dia seguinte, fala apenas com voz de criança. Um homem não consegue se lembrar de quem é, de como abotoar a camisa ou pentear o cabelo: ele cumprimenta a esposa como se ela fosse uma estranha. Uma moça sente um caroço na garganta e se convence de que não consegue engolir nada. Um membro ganha vida própria e começa a se mexer erraticamente como se não pertencesse ao seu corpo. Olhos se fecham involuntariamente e não abrem, nem com toda a persuasão ou força do mundo. Um menino cai várias vezes no chão e, toda vez em que se levanta, cai novamente. A história já testemunhou tudo isso.

Mesmo em um único indivíduo, as possíveis apresentações clínicas são mutantes, às vezes mudam lentamente durante anos, e outras vezes em questão de dias, horas ou até mesmo minutos. Mas por que um paciente fica paralisado e outro sente dor de estômago? Muitos têm tentado responder a essa pergunta, sendo talvez os mais notáveis Sigmund Freud e Josef Breuer.

Freud foi discípulo de Charcot e contemporâneo de Janet. Charcot inspirou o interesse de Freud pela histeria e pela hipnose. O conceito de dissociação e de subconsciente o levou a sua própria compreensão do transtorno.

Freud graduou-se em medicina em 1881 na Áustria. A maioria das pessoas o conhece como psicanalista, mas ele era zoologista, neuroanatomista e patologista. Depois, no fim de 1885, ele viveu em Paris durante cinco meses para estudar no hospital Salpêtrière, e essa experiência mudou definitivamente seu futuro. Apesar de a estadia em Paris ter sido breve, o efeito do que aprendeu foi duradouro. Em uma carta para sua noiva, Martha, Freud escreveu sobre a experiência: "Charcot, que é um dos melhores médicos e um homem cujo senso comum beira a genialidade, está simplesmente destroçando meus objetivos e minhas opiniões. Às vezes saio de suas aulas como se estivesse saindo da Notre Dame, com uma ideia totalmente nova do que seja perfeição".

Freud deixou a tutoria de Charcot com a intenção de buscar uma compreensão da histeria. Ele ficou particularmente impressionado pela forma como Charcot usava a hipnose e por sua ideia de que o trauma pode servir como um desencadeador da histeria. Rapidamente Freud desenvolveu um relacionamento profissional muito estreito com o médico austríaco Josef Breuer, cujo interesse era semelhante.

Muito do que aconteceu em seguida foi inspirado por Josef Breuer e sua paciente de longa data Bertha Pappenheim.

Bertha adoeceu em 1880, quando tinha 21 anos. Ela era uma moça inteligente que cresceu em uma sociedade que não incentivava as mulheres. Para escapar da banalidade de sua existência, criou uma vida imaginária animada. Ela era gentil e cuidadosa e, quando o pai adoeceu, em 1880, tornou-se sua principal cuidadora. Foi logo depois disso que seus próprios problemas médicos se desenvolveram.

Os primeiros sintomas foram inócuos: ela ficou fraca e parou de comer, mas isso podia ser facilmente atribuído à falta de sono e às longas horas cuidando do pai. No entanto, os sintomas evoluíram muito rápido. Ela ficava violentamente enjoada só de ver comida. Ao mesmo tempo, passou a sentir uma sede insaciável, mas não conseguia beber sequer um copo d'água. Seu sintoma seguinte começou como uma simples tosse, que se tornou crônica e para a qual não havia nenhuma explicação física. A doença logo passou a seguir uma rota familiar: sintomas bizarros e impossíveis iam de uma parte do corpo à outra, mas nunca podiam ser explicados. Seu braço direito ficou adormecido e inútil. O mesmo aconteceu com as pernas. Ela teve visão dupla e depois perda de visão. A fala foi afetada — no início tinha dificuldade para falar, mas depois ficou completamente muda. Quando por fim começou a falar de novo, tinha perdido a língua materna, o alemão, e só falava em inglês.

Durante anos, Breuer utilizou uma abordagem original no tratamento de Bertha. A base desse tratamento era uma combinação exaustiva de hipnose e cura pela fala. Ele a hipnotizava para que ela entrasse em um estado de sugestionabilidade durante o qual eles conversavam sobre seus sintomas e, ao fazê-lo, os rastreavam de volta à sua fonte. Juntos, descobriram que, se ela pudesse identificar o momento em que um sintoma surgia e, em seguida, conseguisse revivê-lo sob hipnose, aquele sintoma seria amenizado.

Em um exemplo, sob hipnose, Bertha de repente recordou uma memória desagradável que ela parecia associar à sua aversão à água. Ela tinha uma criada da qual não gostava, e esta possuía um cachorro. Um dia, Bertha encontrou o cachorro bebendo água em um copo. Essa cena a enojou tanto que, dali em diante, sempre que via um copo d'água surgia uma sensação de nojo, apesar da memória do incidente original ter sido suprimida. Assim que essa memória foi revelada, a repulsão de Bertha à água foi curada.

Freud combinou as ideias de Charcot, Janet e Breuer. Ele supôs que o trauma, sobretudo se ocorresse quando a pessoa estivesse em um estado hipnótico, de devaneio, poderia leva à supressão de pensamentos e memórias. Essa reflexão estava no centro de sua ideia sobre a origem dos sintomas histéricos, os quais, para ele, eram um processo psicológico e não orgânico. Freud e Janet concordavam que havia uma divisão da consciência, uma dissociação. Mas, em sua opinião, o pensamento indesejado era banido à força para o inconsciente, de forma que o paciente não tinha ciência alguma de sua existência. Era um processo mais dinâmico do que apenas esquecer passivamente. Por isso ele acreditava que a histérica havia, na verdade, rejeitado ativamente a memória indesejada. Assim, Freud começou a aplicar o método de conversa sob hipnose usado por Breuer no tratamento de seus pacientes. Ele supunha que o trauma psicológico podia causar excitação física, e essa excitação, sem nenhuma outra forma de saída, poderia então ser convertida em um problema físico. A histeria tinha se tornado um transtorno conversivo.

Em 1895, a experiência de Freud e Breuer com essa nova forma de tratamento foi publicada em sua obra *Estudos sobre a histeria*. O livro continha cinco estudos de caso, sendo o de Bertha o primeiro, publicado com o nome de Anna O. Foi ela que sugeriu que o tratamento fosse chamado de "a cura pela fala".

Em *Estudos*, Freud e Breuer sugeriram diversos mecanismos para a forma em que um sintoma específico pode controlar uma pessoa em dado momento. Entre suas teorias especulativas, havia a ideia do simbolismo. Por exemplo, se uma mulher interpretasse um insulto como se tivesse recebido um tapa na cara, e a emoção negativa não fosse apropriadamente expurgada, isso poderia causar o sintoma de forte dor facial. Da mesma forma, uma mulher que ouve palavras grosseiras, ou guarda uma verdade que não tem permissão de revelar, pode se sentir incapaz de falar. Alternativamente, ela pode ficar com a sensação de que há algo preso em sua garganta. Portanto, sintomas histéricos simbólicos possuem uma relação direta, mas subconsciente, com o insulto que os causou.

Às vezes, o sintoma não era um símbolo, mas, ao contrário, estava ligado de alguma forma a uma memória dolorosa. Então, se a pessoa estava comendo no momento em que alguma tristeza ou algum trauma ocorreu, o alimento poderia ficar associado a sentimentos negativos. Simplesmente ver a comida pode desencadear sintomas psicossomáticos, como náuseas, vômitos ou a incapacidade de comer.

O fator importante na teoria de Breuer e Freud era que o incidente ou o insulto desencadeador, em geral, era completamente esquecido e substituído pelos sintomas físicos. Em *Estudos sobre a histeria,* Breuer escreveu "as histéricas sofrem, em grande parte, de reminiscência". Para Freud e Breuer, a histeria era uma memória ou sentimento tornado intolerável por sua conversão em uma queixa somática. Para tratar o paciente, era necessário recuperar as memórias perdidas. E, para fazê-lo, tentaram a hipnose. Eles seguiam as doenças do paciente até à fonte e descobriam que, uma vez que o fator desencadeante dos sintomas havia voltado para o reino das recordações conscientes, a catarse podia ser feita. Era um processo meticulosamente lento; os eventos eram seguidos cronologicamente para trás e qualquer trauma perdido significava que a cura seria apenas temporária.

Mais de um século se passou desde que *Estudos* foi escrito. Nesses anos, surgiram muitas críticas à teoria freudiana. Freud abandonou tanto a hipnose quanto a teoria da sedução, substituídas pela associação livre e pelo complexo de Édipo. Mais tarde, Freud e Breuer se distanciariam um do outro e de algumas das ideias apresentadas em *Estudos.*

Com o tempo, muitos dos pacientes histéricos, que Freud e Breuer haviam declarado ter obtido sucesso, acabariam tendo recaídas. Os sintomas de Bertha Pappenheim desapareceram no final da descrição de seu tratamento, feita por Breuer em *Estudos*, mas depois ela teve uma recaída e passou muitos anos internada. Por fim, Freud abandonou a histeria completamente e voltou sua atenção para a neurose.

Porém, apesar de todas as imperfeições dos conceitos propostos por Freud e Breuer em *Estudos*, o século XXI não trouxe nenhum grande avanço para uma melhor compreensão do mecanismo desse transtorno. Os termos "dissociação" e "conversão" ainda são usados amplamente; às vezes, de forma intercambiável, e outras vezes, mais como um aceno na direção da história desses transtornos do que uma intenção real de identificar um mecanismo.

A versão mais recente do *DSM* usa o termo *dissociação* para descrever sintomas psicológicos nos quais há uma inexplicável falta de contato com o que está ao redor. Isso pode se manifestar como uma forma de "despersonalização", um sentimento de irrealidade, ou perda da sensação de identidade. Essa manifestação de um transtorno dissociativo é, em geral, tratada por um psiquiatra. Para o neurologista, a dissociação pode aparecer como tontura, esquecimento, perda de memória ou desmaio. O conceito ainda é considerado um mecanismo em potencial para o desenvolvimento de convulsões psicogênicas, o que é a razão para serem comumente chamadas de convulsões dissociativas. Muitos neurologistas e psiquiatras consideram a dissociação como um transtorno que envolve uma história de abuso sexual, apesar desse ponto de vista ser incorreto. O *DSM* concorda com a noção de que essa dissociação é, em geral, causada por algum tipo de trauma, mas o uso geral do termo não é muito diferente do de Janet ou Freud. Mas há algumas diferenças: Janet considerava que a dissociação ocorria na forma de uma cisão da consciência dos mentalmente fracos; já Freud pensava que as memórias desagradáveis eram definitivamente banidas à força para o inconsciente. Essas ideias não são mais aceitas, mas os princípios gerais da dissociação moderna não são muito diferentes dos da época vitoriana.

O termo *transtorno de conversão*, um rótulo tirado do conceito freudiano de angústia convertida em sintomas físicos, continua sendo o padrão para a forma neurológica dos transtornos psicossomáticos. Quando usado hoje em dia, nem sempre o médico que o faz acredita nas ideias de Freud, ou até mesmo chega a conhecê-las. É mais provável que ele seja um rótulo conveniente; não é pejorativo demais e o significado de um transtorno não orgânico é amplamente compreendido pela comunidade médica.

Portanto, no dia a dia, as teorias de Janet e Freud são regularmente usadas ou usadas de forma errada. Eu as utilizo quando tento entender os problemas complexos que encontro e quando tento compreender esse transtorno em meus pacientes. Uma vez que minhas mãos tremem quando estou nervosa, posso observar uma certa lógica no sentido de que uma emoção pode ser convertida em um sintoma físico.

Tudo isso não significa que não tenha havido mudanças no modo de pensar. A consciência não é mais considerada uma coisa amorfa, e sim algo que é feito de vários domínios, incluindo atenção, percepção e memória, entre outros. A consciência é o mecanismo através do qual escolhemos nossas experiências mentais; ela não é um recurso ilimitado e, portanto, precisa ser seletiva. A atenção é o componente da consciência que distribui a percepção consciente; ela faz a seleção por nós. Assim que algo entra no domínio da consciência, a percepção é o meio pelo qual o avaliamos. A percepção é subjetiva, dependente de experiências pessoais e culturais. A memória pode ser dividida em memória explícita (coisas das quais podemos relembrar conscientemente) e memória implícita (aquelas coisas que estão fora de nossa percepção consciente). A memória implícita nos permite andar de bicicleta mesmo se não o fazemos há muitos anos. Ela também é o lugar em que nossas reações emocionais podem ser condicionadas pelas experiências passadas, mesmo sem haver lembrança consciente dessas experiências — em outras palavras, ela é a nossa memória subconsciente. A tecnologia moderna consegue pegar essas ideias abstratas e torná-las mais concretas. Técnicas, como a ressonância magnética, podem mostrar quais partes do cérebro mediam os diferentes aspectos da consciência. Há ainda muito a ser entendido, mas pelo menos sabemos que partes do lóbulo frontal estão envolvidas na atenção, o lóbulo temporal médio é parte integrante para a manutenção da memória, e o tronco cerebral tem um papel importante na manutenção da percepção consciente.

Ressonâncias magnéticas funcionais também têm sido usadas para mostrar que há pessoas que podem realmente ter emoções que são percebidas em um nível subliminar. Pacientes em aparelhos de ressonância magnética olhavam para fotos de imagens desagradáveis. As imagens eram exibidas em uma velocidade baixa o suficiente para serem percebidas por eles, mas eram rápidas demais para eles guardarem o que viram em sua percepção consciente. Os integrantes da pesquisa não reportaram nenhuma mudança na forma como se sentiam durante o exame, mas alterações em seus batimentos cardíacos indicaram uma mudança emocional da qual eles não estavam cientes. Ao mesmo tempo em que essas mudanças foram detectadas, imagens da ressonância magnética funcional demonstravam uma mudança em atividade na área do cérebro chamada amígdala cerebelosa. O estudo concluiu que emoções podem ser geradas fora da percepção consciente e que esse processo é mediado pela amígdala cerebelosa.

Assim, agora somos capazes de produzir imagens do cérebro que refletem apenas alguns dos segredos que escondemos de nós mesmos. Mas até mesmo com esses avanços encontramos dificuldades em entender como sintomas tão dramáticos quanto um coma ou desmaio possam ser gerados por um cérebro aparentemente saudável. No entanto, entendemos alguns aspectos da resposta física ao estresse. O impacto do estresse na mente é muito difícil de mensurar, mas seu impacto no sistema nervoso fora do cérebro não é.

O sistema nervoso autônomo é fundamental para a resposta do corpo ao estresse. O sistema nervoso periférico conecta o cérebro e a medula espinhal aos membros e órgãos. Ele pode ser subdividido em tipos diferentes de nervos. Temos nervos motores que permitem que nos movimentemos — quando queremos levantar um braço, transmitem a ordem do cérebro para os músculos e fazem o movimento acontecer. Nervos sensoriais carregam o sinal que permite que apreciemos sensações tanto agradáveis quanto desagradáveis. Mas existe um sistema de nervos completamente separado que controla as funções involuntárias do corpo, e são esses nervos em particular que refletem os estados emocionais. O sistema nervoso autônomo controla os órgãos internos, altera o movimento dos intestinos, esvazia a bexiga, regula a glândula sudorípara, muda o tamanho das pupilas, comprime e dilata os vasos sanguíneos, desacelera e acelera o coração. Dessa maneira, o sistema nervoso autônomo também pode ser subdividido. Os nervos simpáticos determinam como reagiremos quando encararmos uma ameaça. Eles nos preparam para lutar ou fugir. O nome deles vem do conceito de simpatia de Galeno: esses nervos permitem que um órgão coopere com outro. Quando estamos amedrontados, eles fazem o coração acelerar, as palmas da mão ficarem suadas, a boca ficar seca. Os nervos parassimpáticos fazem o oposto. Eles têm controle inconsciente sobre os órgãos quando estamos relaxados.

O sistema nervoso autônomo ajuda a manter a pressão sanguínea e os batimentos cardíacos, mas, como todas as outras funções do corpo, nem sempre funciona como deveria. Diante de um estresse súbito, os nervos simpáticos agem com rapidez, mas de modo passageiro, até a ameaça passar. Isso tem um propósito em situações de emergência. Mas, quando sofremos de estresse crônico, o sistema nervoso simpático pode ser ativado por períodos prolongados em um nível baixo. O corpo não se adapta bem ao estresse crônico, e é nessa hora que o sistema nervoso autônomo é capaz de ser danoso, causando pressão alta ou palpitações cardíacas. Para Pauline, tal estresse crônico pode ter feito sua bexiga parar de funcionar e provocado dor de barriga por meio de movimentos exagerados dos músculos do intestino. De certa forma, a teoria de Galeno estava certa — o corpo de Pauline estava simplesmente reagindo em simpatia ao sofrimento que ela sentia.

Outro jeito quantificável do corpo responder ao estresse é pela ação do eixo hipotálamo-pituitária-adrenal (HPA). O HPA integra os sistemas neurológicos e endócrinos. O hipotálamo pode secretar hormônios, alguns dos quais ligados à glândula pituitária. Como resposta, a glândula pituitária libera o hormônio adrenocorticotrófico (ACTH, na sigla em inglês), que por sua vez leva à produção do cortisol pelas glândulas suprarrenais. O cortisol tem um papel importante no metabolismo, no sistema cardiovascular, no comportamento e no combate ao estresse. Igualmente importante, o cortisol regula a magnitude da resposta do eixo HPA. Um aumento nos níveis de cortisol afeta tanto o hipotálamo quanto a glândula pituitária, reduzindo a produção de ACTH e cortisol. Essa retroalimentação negativa é importante para a prevenção de uma resposta excessiva dos vários sistemas corpóreos ao estresse. Tanto a falha em ter uma resposta adequada do eixo HPA frente ao estresse quanto a falha em causar uma retroalimentação negativa quando o estresse é crônico têm sido associadas a doenças psicossomáticas.

Mas enquanto o sistema nervoso autônomo e o eixo HPA podem ser responsáveis por alguns sintomas psicossomáticos, não é possível explicar outros. Só a disfunção dos nervos simpáticos não é suficiente para explicar a paralisa psicogênica dos membros. O movimento voluntário começa no córtex motor do cérebro e se espalha pelas vias motoras até chegar aos nervos motores. Esses nervos se comunicam diretamente com os músculos estriados dos membros, resultando em movimento. O sistema nervoso autônomo controla os músculos lisos dos intestinos e dos vasos sanguíneos, mas não tem papel algum no movimento das pernas e dos braços. Nervos simpáticos também não podem causar convulsões psicogênicas. Nervo autônomos podem diminuir a pressão arterial provocando um desmaio, mas não há nenhum mecanismo pelo qual ele possa provocar uma convulsão acompanhada de pressão arterial e padrão de ondas cerebrais normais.

Assim, embora palpitações cardíacas e mudanças nos movimentos intestinais (contrações intestinais) possam ter uma explicação biológica, a maioria dos transtornos conversivos ainda não tem. No começo do século XX, a maioria das tentativas para achar uma resposta focava no sofrimento emocional e no subconsciente, mas recentemente médicos começaram a pensar sobre a doença de forma diferente. Alguns questionaram se o mecanismo não poderia estar localizado em outro lugar que não o subconsciente, ou não ser o resultado de estresse e de um trauma, mas uma doença comportamental ou social. As teorias de Freud e Janet exigem a presença do conflito psicossocial para que o diagnóstico seja esse, mas muitos pacientes negam a existência de uma fonte de estresse específica. Na década de 1970, Issy Pilowsky, professor de psicologia na Universidade de Adelaide, enfatizou a importância do papel de doente ou do comportamento de doença no desenvolvimento de uma doença psicossomática. O conceito de um transtorno de comportamento de doença não requer um evento específico para causar sintomas psicossomáticos, mas depende das diversas maneiras com que pessoas diferentes avaliam seus sintomas e agem em relação a eles. Algumas delas transformam toda sensação física em um sintoma de doença, e isso por si só pode causar uma doença. Ligado a essa ideia está o conceito de doença social. Em outras palavras, trata-se de uma doença que serve como uma racionalização de problemas psicossociais ou como um mecanismo de enfrentamento. A maioria das pessoas prefere se sentir bem, mas, para outras, ficar mal fornece uma saída ou uma explicação para o fracasso. Alguns dizem que essa também não é uma ideia nova.

Uma teoria semelhante é a de que os transtornos psicossomáticos são doenças da percepção. A percepção que algumas pessoas têm sobre a severidade e a persistência de seus sintomas pode estar muito errada. A dor e a fadiga não podem ser mesuradas, portanto, temos que aceitar a descrição delas como nos é dada. Porém, alguns sintomas podem ser quantificados, e quando isso é feito e a versão do paciente é comparada com a medição, os resultados podem ser muito surpreendentes. Tremor é um sintoma psicossomático comum. Às vezes, ele é tão severo que pode ser muito incapacitante. Os neurologistas especializados em transtornos do movimento usam um dispositivo chamado relógio actigráfico para quantificar o tremor. O paciente usa o relógio, que vai gravando o movimento do braço na área onde está. A análise da gravação permite que os médicos avaliem a persistência do tremor ao longo do dia. Ao mesmo tempo, o paciente escreve em um diário quando acha que está sentindo um tremor. Não é incomum o paciente relatar um tremor praticamente contínuo, mas a gravação analisada mostrar que o tremor esteve presente apenas em uma parte do dia. O paciente não estava mentindo, mas sua preocupação com os sintomas e a observação deles resultavam na crença de que o tremor era mais persistente do que realmente era. Esses tipos de observações levantam a possibilidade de que não são os sintomas em si, mas como os pensamos, que está no cerne da deficiência que causam.

O maior avanço nas pesquisas das doenças psicossomáticas foi, provavelmente, o distanciamento do dualismo cérebro-mente. Estamos menos inclinados a pensar que o cérebro e a mente são separados. Não se trata de dizer que o cérebro está saudável e a mente está doente, mas que os dois são interdependentes. Pessoas com doenças cerebrais, como epilepsia e esclerose múltipla, muitas vezes padecem de problemas como depressão. Já foi demonstrado que pessoas com doenças mentais, como a esquizofrenia, apresentam irregularidades em imagens da estrutura cerebral. Doenças psicossomáticas podem muito bem ser doenças da mente, mas algo deve estar fisiologicamente ocorrendo no cérebro e causando a deficiência.

Até o momento, muitas pesquisas modernas focam em tentativas de compreender a neurobiologia desses problemas. O estresse pode ou não servir como fator desencadeante, mas o que exatamente está ocorrendo no nível patológico do cérebro quando os sintomas surgem? É isso o que os pacientes realmente querem saber. Ressonâncias magnéticas funcionais também são usadas nessa área de pesquisa. Vários estudos têm examinado ressonâncias de pacientes com várias deficiências psicogênicas, incluindo paralisia, perda de sentidos e distonia. Como já vimos, mudanças biológicas podem ser observadas nos cérebros de pacientes afetados por esses problemas. Já foi demonstrado que pessoas que tiveram perda dos sentidos possuem uma ativação reduzida nas partes sensoriais do cérebro. Aquelas com fraqueza motora mostraram uma conectividade crescente entre a amígdala cerebelosa, uma parte do cérebro importante na motivação da atenção, e a área motora suplementar do lóbulo frontal, uma região que ajuda a controlar o movimento. Vários estudos mostraram atividade aumentada no córtex pré-frontal direito em pacientes com doenças psicogênicas.

O problema surge quando perguntamos o que essas mudanças na imagem funcional realmente significam. Elas podem ser interpretadas de modo a implicar que pessoas com transtornos conversivos possuem *conexões defeituosas* no cérebro. Alternativamente, os resultados podem ser uma manifestação de neuroplasticidade — uma mudança ou um reforço dos caminhos neurais provocados por um trauma psicológico ou até mesmo pelo estresse —, um sinalizador da doença em vez de sua causa. Ou os resultados de ressonância magnética podem apenas ser evidências de esforço aumentado necessário para que os pacientes afetados pela doença façam qualquer movimento — não um sinal de que há algo de errado com o cérebro, mas um sinal de uma tentativa focada de se movimentar.

Não há a menor dúvida de que os estudos com ressonância magnética têm nos dado informações interessantes. Eles nos colocaram no caminho para a ideia de que os transtornos psicossomáticos não estão totalmente na mente. E, mesmo assim, os estudos com o apoio em ressonância magnética estão longe de nos fornecer uma explicação completa. Todos os estudos têm envolvido quantidades pequenas de pacientes, e os resultados entre eles são variáveis e nem sempre podem ser reproduzidos. Resultados parecidos de ressonância magnética também têm sido observados em pacientes com distonia orgânica e epilepsia, portanto eles não ocorrem exclusivamente em pacientes com transtornos psicossomáticos. Ademais, a forma como os resultados são interpretados é apenas especulativa — cientistas estão tentando extrapolar a partir de sombras em imagens para chegarem à compreensão do funcionamento complexo do cérebro. Embora os resultados de ressonância magnética funcional continuem a nos mostrar que os cérebros de pessoas com problemas psicossomáticos estão se comportando de forma diferente daqueles dos sujeitos do grupo de controle, isso não significa necessariamente que haja uma doença cerebral. Ao contrário, essa afirmação apoia o ponto de vista de que os sintomas não são imaginados.

Assim, temos novas maneiras de pensar sobre o cérebro e a mente e de olhar para eles. É muito menos provável que sintomas psicossomáticos sejam considerados simbólicos, como eram antigamente, e há menos chance de serem localizados "apenas na mente". Mas ainda assim, muitas vezes, parece-me, e a meus pacientes, que ainda estamos tão longe de resolver quaisquer mistérios que cercam a histeria quanto estávamos quando Charcot, Freud e Janet estavam vivos. E isso foi há muito tempo.

Os sintomas de Alice não dependem de simbolismo. Sua experiência com o câncer foi moldada por seu conhecimento da doença e por todas as experiências que teve na vida. Alice era a mais nova de dois irmãos e uma irmã. Quando tinha apenas 12 anos, viu sua mãe morrer de câncer.

A mãe de Alice tinha 46 anos quando descobriu um caroço no seio. Sua história começou de maneira muito parecida com a de Alice, mas se agravou mais rapidamente. Até mesmo antes de o caroço ter sido retirado, exames sugeriram que ela tinha nódulos linfáticos aumentados, o que significava que o câncer não estava restrito ao seio. Sugeriu-se que ela fizesse quimioterapia para diminuir o tamanho do tumor antes de qualquer cirurgia para retirá-lo. Uma vez que a quimioterapia estava prestes a começar, ficou impossível evitar que Alice soubesse o que estava acontecendo. Rapidamente, Alice viu sua mãe, que fora uma pessoa tão cheia de vida, definhar na sua frente. Todos os dias, ao chegar a casa após a escola, ela temia o que poderia encontrar. Seus pais queriam mandá-la para a casa dos avós até a quimioterapia terminar, mas Alice não podia se separar da mãe. Ela já era grande o bastante para saber que a quimioterapia nem sempre funcionava.

Assim que a quimioterapia encolheu o tumor, a mãe de Alice se submeteu a uma cirurgia para remover o seio e quaisquer nódulos linfáticos afetados. Em seguida, fez radioterapia extensiva para tentar matar quaisquer células cancerígenas restantes. Depois disso, Alice e sua família tiveram um breve alívio. Pequenos fios de cabelo novo voltaram a apareceram na cabeça de sua mãe, e com isso Alice sentiu que poderia tê-la de volta. Sua felicidade foi efêmera. Um dia, a mãe de Alice começou a reclamar de dores fortes que se espelhavam pelo braço. O braço começou a ficar gradualmente fraco até ficar pendurado inerte ao lado do corpo. Quanto menos o usava, mais inchado ele ficava. Os médicos disseram a ela que os músculos de seu braço tinham ficado fracos em função do dano causado pela radioterapia nos nervos do ombro. Pelo menos o câncer não havia retornado, e a família suspirou aliviada.

Durante a semana seguinte, a mãe de Alice parecia ter ganhado peso e recobrado parte da energia perdida com o tratamento. Mas em pouco tempo ela começou a reclamar de dor de estômago e ânsia de vômito, e o peso que havia ganhado desapareceu novamente. O câncer havia se espalhado para o fígado. Os médicos disseram que não havia mais nada a fazer.

Alice e sua família cuidaram da mãe em casa por tanto tempo quanto puderam. Um dia, a dor nas costas apareceu. Ela foi levada ao hospital mais uma vez, onde descobriram que o câncer estava agora nos ossos. Os oncologistas disseram que ela não viveria muito tempo. Eles podiam dar a ela esteroides para reduzir qualquer inchaço e permitir que morresse em casa com a família, mas ela faleceu antes que conseguissem tomar qualquer uma dessas providências. A mãe de Alice viveu aquele ano doloroso e a filha estava ao lado de sua cama quando ela se foi.

Assistir à doença de sua mãe teve um efeito profundo em Alice. Muitas partes dessa experiência foram terríveis, mas nem todas as memórias eram ruins. Por mais horrível que aquele ano tenha sido, pelo menos Alice teve tempo para ficar com a mãe. Foi o tipo de tempo intenso que só ocorre quando você sabe que vai perder alguém e que precisa aproveitar o tempo que resta.

Alice tinha visto a habilidade imensa com que médicos e enfermeiros cuidaram de sua mãe e encontrou inspiração nisso também. Antes da morte da mãe, Alice disse a ela que gostaria de ser médica quando terminasse o ensino médio. Seis anos depois, Alice entrou para a faculdade de medicina como disse que faria e, cinco anos mais tarde, se formou. Ela estava feliz por saber que a mãe soubera algo sobre o futuro de sua filha antes de morrer. O que ela não saberia, porém, era que em seu primeiro ano de trabalho Alice teria câncer.

Alice me contou que, ao descobrir o câncer, mal conseguiu contar à família. Demorou mais de 24 horas até ligar para o pai. Ela não conseguiria contar a ele pessoalmente, pois imaginava as memórias terríveis que veria em seus olhos. Assim que a família ficou sabendo, eles a cercaram, como ela sabia que fariam. Insistiram que ela voltasse para casa. Não a deixavam ir sozinha às consultas. Mas a cada cuidado que eles ofereciam, ela também via que através dela estavam revivendo a morte de sua mãe.

"Acho que preferiria não ter contado a eles, ter passado por aquilo sozinha, mas isso não é algo que se pode esconder."

Durante o tempo em que Alice ficou doente, o pai insistiu em acompanhá-la em todas as visitas hospitalares. Ele achava que sua filha não deveria receber nenhuma má notícia sozinha. Alice amava o pai. Foi ele quem a criou depois que a mãe morreu. Muitas de suas memórias de infância mais vívidas envolviam o carinho com o qual ele a tratava. Ela o queria a seu lado, mas logo descobriu que a presença dele lá a impedia de fazer perguntas. Como ela podia deixar que esse viúvo revivesse a doença que levou sua esposa? Como ela podia fazer perguntas francas e permitir que ele ouvisse as respostas? Depois de um tempo, ela implorou para que ele a deixasse ir sozinha. Relutante, ele concordou, embora ainda tenha insistido em buscá-la depois de cada consulta. Alice sabia que ele temia que, um dia, após ficar esperando fora do hospital, ela não aparecesse.

Alice me contou sobre a noite depois da cirurgia.

"Eu estava desconfortável. Não conseguia dormir, e não era por causa da dor. Era toda a experiência. Por causa das ataduras, eu precisava dormir de barriga para cima, algo que nunca faço. A cama era estreita e não aconchegante, o quarto era frio e nada simpático. À noite, minha família me visitou, minha irmã ficou comigo e eu sentia que tudo estava bem. Quando ficou tarde, disse para minha irmã ir para casa. Sou adulta, uma médica e ficarei bem, disse a ela. Mas no meio da noite estava escuro e, entre as trevas, deixei de ser uma médica adulta, e quando isso aconteceu os demônios vieram me visitar. Sou médica e, portanto, sei de todas as complicações possíveis de uma cirurgia, a ferida podia infeccionar ou não cicatrizar e romper. Aproximadamente uma hora após as luzes terem sido apagadas, minha mente pensou em todas essas possibilidades. Logo, senti a primeira dor. Subitamente tive uma sensação que era como se insetos estivessem rastejando pelo meu peito. Tinha uma imagem da infecção bem vívida na minha cabeça. A cada hora, as coisas ficavam piores. Eu sabia que estava sendo ridícula, mas esse pensamento não fez nada disso passar. Até as primeiras horas da manhã, pensei que a ferida rasgaria se eu respirasse fundo. Estava convencida disso. Tentei olhar por baixo da atadura e, quando o fiz, pensei que tivesse visto algo escuro que não deveria estar lá. Na minha mente, era gangrena. E eu sabia que aquilo não fazia sentido, mas bom senso não existe às 4 horas da manhã quando se está sozinha. Quanto mais eu imaginava tudo isso mais a dor piorava. Por fim, tive que chamar a enfermeira. Contei a ela sobre a dor e, quando ela chamou o médico e ele começou a fazer exames, a dor só piorou. Acho que os exames transformaram minha dor imaginária em real. Eu me perguntei desde então se tudo que realmente precisava ser feito era um deles simplesmente dizer 'Calma, calma, tudo vai ficar bem'."

"Como uma mãe faria."

"Sim, imagino que sim."

"É difícil não relacionar o que aconteceu com seu braço ao que aconteceu com sua mãe."

"Eu sabia que não havia nada de errado com meu braço. É difícil de explicar. Eu sabia, mas a fraqueza e a dor eram tão reais que eu nem sempre conseguia manter essa convicção. Não passei por radioterapia. Não removeram os nódulos linfáticos debaixo do meu braço. Eu sabia que não havia razão para ter a mesma complicação que minha mãe teve, mas isso não me consolou na época."

"E quando os resultados dos exames vieram normais?"

"Meu braço imediatamente melhorou e me senti estúpida por ter deixado eles fazerem os exames."

"Você não deveria tentar ser uma médica aqui. Permita-se ser uma paciente. Deixe seus médicos tomarem conta de você como uma paciente e não como uma médica."

Alice gostava do cirurgião que a operou, do oncologista, de todas as enfermeiras e de todos os médicos da equipe que foram responsáveis pelo tratamento. Ela disse que pode ter imaginado tudo aquilo, mas às vezes pensava que eles lhe deram um tempo a mais pelo fato de serem, de certa forma, seus colegas. Mas também sentia que eles não sabiam bem como se comunicar com ela. Eles deveriam falar como falariam com qualquer outro paciente, ou de médico para médico? As pessoas foram atenciosas, termos técnicos foram utilizados para que Alice não se sentisse como se estivesse sendo tratada com condescendência. Houve honestidade. Quando ela perguntou se exames de imagens normais eram confiáveis a ponto de se poder dizer que não havia mais câncer, o médico respondeu: "Células cancerígenas podem se multiplicar no cérebro ou em qualquer outra parte do corpo, então, lamento, mas não, um exame de imagem normal não dá uma garantia absoluta."

Em *Estudos*, Freud contou a história de Fraulein Elizabeth. Entre suas muitas deficiências, ela sofreu de dor contínua na perna, uma dor que por um longo tempo não havia sido explicada. Após uma exploração extensiva de sua psique, Freud por fim descobriu que a dor dela

Alice

havia se originado no mesmo lugar de um ferimento que Elizabeth cuidara na perna e no pé de seu pai moribundo. No momento de horror em que ela testemunhava a morte dele, todo o sofrimento que ela teve se dirigiu para esse ponto. Quando o médico disse a Alice que suas células cancerígenas poderiam se multiplicar no cérebro, por um momento ela se tornou Fraulein Elizabeth — e a mão do médico estava firmemente colocada em sua cabeça.

"Um dia, aconteceu uma coisa muito estúpida que nunca contei para ninguém. Era um dia cinzento, triste e chuvoso, e eu estava andando pelo centro da cidade olhando as vitrines das lojas. Conforme o dia passava, comecei a notar uma sensação de dormência no meu pé direito. De vez em quando, parava, sacudia o pé e tentava senti-lo novamente, mas não estava funcionando. Durante um período de aproximadamente uma hora ou mais, a sensação ficou tão ruim que passei a sentir dor no pé e mal podia sentir o chão. Comecei a realmente me preocupar. Na minha cabeça, o câncer invadira minha coluna e estava corroendo os nervos que levavam ao pé. Comecei a notar uma dor nas costas que nunca havia sentido antes. Decidi que era melhor voltar para casa e, durante a meia hora de duração da viagem, quase escrevi meu testamento mentalmente. Quando cheguei em casa, sentei no sofá e tirei o sapato para massagear o pé. Quando o fiz, descobri que minha meia estava molhada e fria. Olhei para o fundo do sapato e havia um buraco na sola, e a água da chuva estava passando por ele. Não havia nada de errado com meu pé. Minha ansiedade em relação ao câncer tinha sido tão aumentada que perdi todo meu bom senso e não reconhecia mais a diferença entre câncer espalhado e um buraco no sapato."

O simbolismo atribui um significado profundo aos sintomas, mas, em minha experiência, transtornos psicossomáticos raramente seguem esse padrão. Originalmente, como no caso de Mary, é possível fazer alguma atribuição simbólica para explicar uma deficiência específica. Sempre acreditei que Mary simplesmente não podia enfrentar o que seu marido fizera ou pensar sobre isso. Observo que manifestações físicas de estresse têm muito mais chances de serem influenciadas por experiências anteriores de pacientes com doenças, o que sabem sobre o corpo e quais lições aprenderam com a vida. Alguns fatores que podem moldar doenças vêm de nossas vidas privadas, e outros da sociedade em que vivemos.

O termo *amok* [atacar e matar com ira cega, na língua malaia] é em geral usado para descrever um estado de comportamento caótico, comumente frenético, mas benigno. Ele pode descrever um grupo de crianças soltas em uma festa. A palavra na verdade se refere a um grupo de sintomas e comportamentos atribuídos a doenças e vistos em particular na cultura malaia. Um homem acometido por uma crise *amok* tem um acesso de raiva sem ter sido provocado e que não é característico dele. Em um ataque típico, ele é lançado em uma matança violeta, muitas vezes direcionada a pessoas estranhas que estejam em um lugar público. Com frequência, a vítima de *amok* se mata ou é morta. Na cultura malaia, esse comportamento é visto como uma doença, e a encarnação de um tigre maligno é a causa atribuída a essa doença. A crença retira toda a responsabilidade de quem apresenta a doença. Este se torna vítima, e seu sofrimento é aceito culturalmente, o que não aconteceria com uma pessoa que estivesse violentamente deprimida ou que cometesse suicídio de forma mais tradicional.

O *DSM* considera o *amok* um diagnóstico psiquiátrico pertencente a um grupo de transtornos referidos como síndromes culturais. Eles são transtornos familiares e comuns a determinadas culturas e estranhos se ocorrem fora delas. Outras síndromes ligadas à cultura são mais fáceis de serem vistas como questões médicas. *Koro* é uma doença que ocorre quase exclusivamente em homens asiáticos. É um transtorno no qual o homem fica convencido de que seu pênis está encolhendo. Ele é capaz de ir ao hospital segurando o pênis firmemente em sua mão para evitar que ele retraia ainda mais para dentro do corpo. Em outro exemplo, os franceses saltadores do Maine eram um grupo de lenhadores que vivia em uma comunidade isolada e sofria de uma doença que se manifestava como uma reação de surpresa excessiva como resposta a um barulho ou medo. Já *Grisisikinis* é uma doença observada na tribo Miskito, na América Central. Ela se manifesta em mulheres por meio de náuseas, tonteira e ataques de loucura que levavam à perda de consciência. A sociedade, a cultura e as superstições cultivam ideias que moldam nossas preocupações com relação a nossos corpos e ajudam a determinar o que conta como uma manifestação pública aceitável de sofrimento.

A mídia também é importante ao determinar tipos de sintomas que desenvolveremos. Nos anos 1990, vi muitas pacientes que estavam convencidas de que seus sintomas físicos diversos eram causados por candidíase. Revistas e jornais populares estavam divulgando uma epidemia de cândida. Uma página na internet descrevia os sintomas de candidíase como sensação de inferioridade, irritabilidade acompanhada de inchaço, comichão nos ouvidos, falta de concentração e desejo de comer doce. A mídia havia descrito os sintomas detalhadamente, e pessoas vieram ao hospital com algumas dessas características e a convicção de que tinham essa doença. Cândida é um fungo que pode causar problemas físicos simples, como afta, ou uma doença grave e potencialmente letal em pessoas imunodeprimidas. Mas nos supostamente afetados por candidíase que descrevo aqui não havia infecção alguma. Meus pacientes raramente perguntam sobre a cândida hoje em dia. No século XXI, existem mais chances dos mesmos sintomas serem atribuídos à sensibilidade ao glúten ou a alergias. Recentemente, fui a um jantar onde todos os presentes, exceto dois, em uma mesa de dez, afirmaram possuir alguma intolerância ou alergia a pelo menos um gênero alimentício. A maioria deles desenvolveu a alergia na meia-idade, o que realmente não é a forma típica como uma alergia se comporta. Buscamos motivos para mudanças em nosso corpo, algo para explicar cada sensação desagradável. Há uma relutância em aceitar fatores emocionais ou comportamentais, ou os efeitos do envelhecimento, como explicação. A sociedade e a mídia muitas vezes estão dispostas a providenciar uma resposta mais agradável e a acrescentar algo ao poço de sintomas disponíveis. Somos sugestionáveis. Se você perguntar a alguém se suas orelhas coçam, como se isso fosse um diagnóstico para algo importante, essa pessoa pesquisará esse sintoma nas profundezas da memória e lá encontrará um número surpreendente de respostas.

A experiência pessoal também é um grande modelador de doenças psicossomáticas. Uma moça desmaia em uma circunstância apropriada para um desmaio. Um mês depois, tem convulsões. Seu corpo, inspirado pela reação fisiológica normal ao calor ou ao estresse, aprendeu um novo jeito de se comportar. Muitas pessoas com transtornos dissociativos já tiveram algum tipo de convulsão ou desmaio antes. Eles desmaiaram ou sofreram convulsões durante a infância. Quem trabalha com epilépticos ou tem um membro da família com epilepsia apresenta mais chances de ter transtornos dissociativos. Alguém que teve um amigo que sofreu de um tumor cerebral pode acabar tendo dores de cabeça. Quem trabalhou com pessoas que sofreram doenças do neurônio motor começa a notar câimbras musculares. Existem muitos relatos de alunos de medicina ou enfermagem que desenvolvem os sintomas das doenças que estão tratando.

Se sintomas psicossomáticos surgem no subconsciente, suas manifestações dependerão do que mais viver lá. O subconsciente é cheio de memórias, e é nelas que nos inspiramos. O serviço de saúde não fornece um programa psicanalítico avançado para pessoas com transtornos conversivos, portanto raramente é possível rastrear cada sintoma até sua fonte, como Freud pode ter sugerido. Muitas vezes, devemos ficar satisfeitos com um diagnóstico honesto e o apoio que pudermos dar ao paciente, e aceitar que nem toda pergunta tem uma resposta.

Não me cansarei de tentar resolver o enigma do porquê de tal sintoma em tal paciente; meu tempo é ocupado pela natureza volúvel dos sintomas e por saber como será difícil explicá-los. Estar ciente dessa qualidade mutante, de que algo novo aparece para substituir o problema que está acabando de sair, me força a ficar alerta.

"Por favor, NÃO comece a tomar novos medicamentos nem marque quaisquer exames ou procedimentos sem antes falar comigo."

Aproximadamente seis meses após começar meu primeiro trabalho como médica, essa foi a instrução que comecei a deixar na capa de todas as minhas anotações sobre meus pacientes. Eu escrevia com caneta vermelha, em letras maiúsculas e sublinhado — tinha aprendido um ou outro truque com meus pacientes com relação a ser ouvida. Mas, mesmo assim, estava me contendo. O que realmente gostaria de escrever era "Nada de cadeiras de rodas, muletas, morfina, apendicectomia, procedimentos cirúrgicos de qualquer tipo". Como sempre, isso foi algo que aprendi da maneira mais difícil.

Existem vários exemplos, mas Lorna é o mais memorável por causa da noite de sono que ela me fez perder. Um residente telefonou para a minha casa para dizer que Lorna havia sido levada à sala de cirurgia para fazer uma operação exploratória. Na sala de anestesia, ela começou a ter convulsões e ninguém sabia o que fazer. Naquela tarde, eu havia deixado Lorna sentada tranquila em sua sala de monitoração e agora, do nada, alguém estava se preparando para cortá-la.

Lorna tinha a história reconhecível de várias queixas inexplicadas que, àquela altura, deviam ser familiares: dores crônicas de cabeça e das articulações, dor recorrente ao urinar, dificuldade episódica em engolir. Quando se consultou comigo, ela sofria de convulsões, e eu desconfiava do diagnóstico de transtorno dissociativo, mas, como sempre, essa era apenas a minha opinião até que eu encontrasse provas. Eu havia conversado com Lorna menos de oito horas antes, e ela não mencionara sequer um pouco de dor de barriga. Mas então descobri que, perto da meia-noite, um residente tinha sido chamado porque Lorna estava subitamente desesperada de dor. Aquele residente não conhecia Lorna. Vendo o quanto ela sofria, chamou um membro da equipe cirúrgica que a examinou e fez alguns exames de sangue. A temperatura de Lorna estava levemente alta e seus exames de sangue mostraram uma pequena irregularidade, não uma anormalidade inequívoca, mas um resultado quase normal. Lorna estava se contorcendo e deram a ela um pouco de morfina. Concluíram que havia evidências suficientes de que ela poderia estar com apendicite. Ela foi desconectada do equipamento de monitoração e levada à sala de anestesia para ser preparada para a cirurgia. Acho extremamente improvável que alguém tenha dado mais do que uma olhada rápida no prontuário dela no intervalo de tempo em que se decidiu operá-la.

Quando recebi a ligação, imaginei Lorna exibindo sua dor de todas as maneiras possíveis. A paz noturna da enfermaria provavelmente foi interrompida por causa disso. Outros pacientes ficariam aborrecidos. O que essa pobre moça tem de errado? Por que ninguém a estava ajudando? Enfermeiras e residentes logo começariam a sentir que não sabiam o que fazer. Nada do que dissessem ou fizessem pareceria ajudar, e um clima de pânico começou a se instaurar. Todos ficariam aliviados quando ficou decidido anestesiar Lorna e levá-la para a sala de cirurgia.

A morfina que lhe deram não a fez dormir completamente, mas a sedou o suficiente para que ela pudesse ser preparada para a cirurgia e levada à sala de anestesia. Quando chegou lá, disseram ao anestesista apenas que Lorna estava sendo examinada por ter desmaiado e que ela não estava tomando nenhuma medicação. Ele estava completamente despreparado. O corpo de Lorna abruptamente ficou rígido, seus membros começaram a se debater, a pélvis foi lançada para cima e a cabeça começou a bater várias vezes contra as grades de proteção de sua cama. Ele queria sedá-la, mas ela arrancou o cateter intravenoso do braço e se debatia freneticamente de modo que ninguém conseguia recolocá-lo. Foi nesse momento que ligaram para mim.

Peguei o carro imediatamente e fui para o hospital. Quando cheguei ao centro cirúrgico, não demorou muito tempo para que eu achasse a sala correta. Ouvi os gritos do outro lado do corredor. Àquela altura, Lorna estava deitada no chão. Um médico segurava suas pernas enquanto outro e uma enfermeira seguravam os braços. Havia dois travesseiros embaixo de sua cabeça para evitar que a batesse no chão. Seguro por seus captores, Lorna lutava contra três adultos que não eram páreo para ela.

O anestesista estava em pé ao lado, e furioso.

"Por que essa moça não recebeu tratamento para convulsão?", ele gritou quando passei pela porta.

Suprimi as palavras que estavam perigosamente na ponta da língua e me virei para as outras pessoas na sala, pedindo que ficassem longe de Lorna.

"Mas todas as vezes que eu a solto, ela chuta a parede", disse um médico que parecia muito jovem, e tive a impressão de que ele estava prestes a chorar.

Garanti a ele que soltá-la era a coisa certa a fazer e pedi a todos, exceto a enfermeira, que saíssem da sala. E, claro, assim que eles a largaram, a convulsão ficou mais violenta. O jovem médico olhou para mim preocupado, meio que se virando para Lorna de novo, esperando que, agora que tinha visto que ele estava certo, eu o mandaria voltar a segurar as pernas dela. Em vez disso, disse a ele que precisávamos acabar com o pandemônio na sala e que seria mais útil se todos dessem a Lorna o espaço de que ela precisava.

Quando Lorna, a enfermeira e eu ficamos sozinhas, houve um período de trinta segundos no qual cruzei os dedos e esperei que estivesse certa. No decorrer desse intervalo, o corpo de Lorna tinha viajado pelo chão, e as pernas dela agora batiam contra um carrinho. A enfermeira e eu afastamos o carrinho e durante todo esse tempo falei com Lorna que estava tudo bem e que tudo terminaria logo. E então ela parou, tão abruptamente quanto começara, deitada de olhos fechados e respirando fundo, ofegante. A enfermeira e eu nos entreolhamos. Estávamos muito aliviadas. Cinco minutos depois, Lorna estava sentada em uma cadeira de rodas, chateada, sem se lembrar de nada do que havia acontecido, mas capaz de se comunicar normalmente.

Deixei-a com a enfermeira e fui falar com os outros médicos, pensando que a crise tinha passado e que eu poderia voltar para minha cama. Fiquei decepcionada ao encontrar o anestesista e o cirurgião residente ainda raivosos. Eles me perguntaram se podiam anestesiar Lorna e levá-la para a sala de cirurgia como era o planejado originalmente. *Vocês não aprenderam nada*, tive vontade de dizer, mas em vez disso consegui fazer um comentário menos inflamado e sugeri que esperássemos antes de planejar qualquer coisa invasiva. Expliquei que Lorna tinha um histórico de transtornos de somatização, e era provável que a dor abdominal desaparecesse espontaneamente, assim como aconteceu com a convulsão.

O cirurgião residente não ficou feliz com isso e ligou para seu supervisor, que estava em casa.

"Essa moça tem febre alta, número alto de glóbulos brancos e dor abdominal forte", o médico me informou ao telefone. "Ela precisa ir para a sala de cirurgia."

"Lorna beirava uma febre alta e um aumento muito pequeno no número de glóbulos brancos, sendo que qualquer um desses fatores pode estar normal se fizermos novos testes, e cada um deles pode ter sido causado pelo estresse das convulsões", contra-argumentei.

Depois de um período de impasse, concordamos que repetiríamos os exames de sangue e esperaríamos os resultados. Também usaríamos esse tempo para verificar se as coisas progrediriam ou melhorariam. Ela poderia ser levada à sala de cirurgia se alguma deterioração ocorresse nesse período. Na manhã seguinte, a dor abdominal havia desaparecido completamente sem tratamento, e nenhuma cirurgia foi necessária. Quando fui falar com Lorna, ela não ficou feliz ao me ver, mas eu estava feliz em vê-la. Ela não estava melhor do que quando foi internada, mas também não estava pior. Esse foi o melhor resultado que eu poderia esperar naquele dia.

Tenho visto muitas Lornas, nenhuma das quais se submeteu a uma cirurgia desnecessária, mas muitas acham novos meios de expressar seu sofrimento quando o primeiro método se mostra inadequado. Eu disse a dois pacientes que eles tinham convulsões psicogênicas e um dia depois retornei à enfermaria para vê-los com muletas. As convulsões de ambos os pacientes pararam completamente, mas nenhum deles conseguiu andar sem ajuda por várias semanas. Vejo muitas pessoas desistirem de um diagnóstico e imediatamente substituí-lo, e sou forçada a perceber que não aprenderam nada. Eles vêm para a clínica com joelheiras articuladas e histórias sobre operações exploratórias, novos problemas físicos surgindo justo quando seus transtornos dissociativos desapareceram.

Quando relacionamentos acabam, algumas pessoas sentem raiva, outras entram em estado de negação e algumas tentam rapidamente substituir o que perderam. Perder o controle da doença física que você imaginava ter também pode ser tão devastador quanto qualquer outro tipo de perda. Para alguns é necessário encontrar rapidamente um substituto. É um pouco como um vício. Alguns viciados descobrem que acabam substituindo uma muleta por outra, de preferência uma menos danosa — substituir cigarros por comida, drogas por cigarros, por exemplo. Quando uma doença age como uma muleta, é difícil demais abrir mão dela, e é preciso que algo tome o seu lugar. Esse substituto pode ser algo positivo, mas nem sempre é o caso.

7
RACHEL

O que é que há, pois, num nome? Aquilo a que chamamos rosa, mesmo com outro nome, cheiraria igualmente bem.
William Shakespeare, *Romeu e Julieta* (1597)

Alguns transtornos psicossomáticos são intensos e raros. Outros são tão comuns que mesmo quem não tenha sido afetado pessoalmente por algum deles provavelmente conhece várias pessoas que sejam. Apesar disso, muitas delas contestarão com veemência qualquer sugestão de que a causa está relacionada ao estresse. Os sintomas psicossomáticos são, por sua própria natureza, a prova da negação. Quando um sintoma não pode ser mensurado, cria-se a oportunidade ideal para a negação se desenvolver.

Percebemos as sensações de forma diferente, embora o método como nossos corpos comunicam essas mensagens seja o mesmo para todos. Uma molécula mínima de odor estimula um receptor em nosso nariz, ou uma vibração chega ao nosso tímpano, liberando um sinal. Uma descarga elétrica viaja pelos nervos até o cérebro, exatamente da mesma forma que nervos sensoriais e motores transmitem informações por meio de impulsos elétricos. Assim o olfato e as mensagens auditivas também são carregados até o cérebro. A velocidade, a integridade e o tamanho da resposta podem ser mensurados, e as medidas são muito semelhantes entre os indivíduos. Cada nervo é simplesmente um grupo de células e fluidos, e a mensagem que ele carrega é apenas um fluxo de íons. Um nervo é como um pedaço de cabo elétrico. Retire o nervo do corpo e o preserve, e ele transmitirá sua mensagem como se ainda estivesse dentro do ser humano vivo. Não é necessário que o cérebro funcione. A resposta do nervo é padronizada, mas o modo como reagimos à mensagem que ele transmite não é. Em algum lugar em nossa cabeça, a mensagem é interpretada, e é nessa interpretação que nos tornamos indivíduos novamente.

Nossa experiência de cada sensação é singular. Gostamos do cheiro de um perfume ou não. Adoramos ter nossos pés massageados ou não conseguimos suportar que eles sejam tocados. Todos temos limites singulares para sensações; diferimos na tolerância à dor, no gosto pelo frio ou pelo calor, variamos nas experiências de gosto e cheiro. E, como sentimos dor de maneiras diferentes, a fadiga também é uma experiência singular.

Na medicina, a fadiga é um problema particularmente enigmático. Há algo em sua natureza que torna difícil especificá-la. Todos sentimos fadiga de vez em quando, mas só nós sabemos como ela é. Ela é absolutamente subjetiva e normal — até que se torna anormal, e quando isso acontece nem sempre é fácil dizer por quê. Tentar entender por que um paciente está sofrendo com fadiga excessiva pode direcionar um médico a algum lugar ou a lugar nenhum. Se não houver outras pistas, a causa pode estar no cérebro, no coração ou no sangue, ou seja, quase em qualquer lugar. Um número infinito de doenças está associado ao cansaço excessivo: esclerose múltipla, lúpus, diabetes, câncer, HIV, doenças da tireoide, anemia, doenças cardíacas, doença celíaca e muitas outras mais. A fadiga excessiva não implica necessariamente doença. É parte da vida de vez em quando, nos momentos em que não estamos cuidando de nós mesmos, quando por alguma razão estamos trabalhando muito ou dormindo pouco.

Outra característica da fadiga é a pouca compaixão que ela às vezes atrai. Se seu colega de trabalho telefonasse e dissesse que não poderia trabalhar hoje porque estava muito cansado, como você se sentiria? Quando um ente querido diz que teve um dia ruim no trabalho e está reclamando de exaustão, às vezes nos solidarizamos, mas outras vezes podemos apenas comparar a descrição do cansaço dessa pessoa com o nosso. Talvez seja precisamente porque sentimos fadiga com regularidade — e isso não é tão ruim para nós, até conseguimos tocar a vida — que não entendemos por que os outros reclamam tanto. Afinal, uma boa noite de sono cura, não?

Parte do problema é que a fadiga pode ser descrita, mas nunca objetivamente quantificada. Descrevo meu cansaço hoje comparando-o com o de outros dias porque é a única medida que tenho. Logo, se sou a única fonte de referência, como posso saber de fato como os outros a sentem?

Uma forma como a fadiga *normal* pode ser distinguida daquela que indica doença é como ela responde ao descanso. Se estou cansada porque estou exagerando e depois descanso, em geral, sinto-me melhor. Porém, quando o cansaço atinge o ponto de provocar a incapacidade, o descanso muitas vezes não traz alívio. É assim para as pessoas com síndrome de fadiga crônica.

Todos os que estavam na sala de espera se afastaram quando Rachel passou na cadeira de rodas e chegou à porta da sala em que eu a esperava. As cadeiras ficam em fileiras de frente umas para as outras, e o espaço entre elas era estreito. As pessoas sentadas desviaram as pernas para o lado e puxaram as crianças para o colo para permitir que a cadeira pudesse passar. Um homem e uma mulher que pareciam ser os pais de Rachel andavam atrás dela. Tentei ajudar, mas a mulher me parou.

"Ela tem que fazer as coisas sozinha."

Pude ficar apenas observando, então, enquanto Rachel avançava. Quando se instalou na sala, os pais sentaram-se, um de cada lado, e Rachel pediu que esperássemos um momento para ela se recompor. Antes mesmo que alguém falasse alguma coisa, senti que algo estava claro.

Rachel vinha se sentindo mal havia três anos. Quando o problema começou, ela era uma estudante de dança, com esperanças de seguir carreira em dança moderna. O amor de Rachel pela dança começou quando ela tinha 6 anos, após a mãe tê-la matriculado no balé. Logo ela também passou a estudar dança moderna e jazz. Aos 12 anos, ela se inscreveu em aulas de teatro. Um dia, um diretor de elenco foi assistir às aulas dela porque procurava uma criança para o papel principal em um anúncio de televisão. Rachel conseguiu o trabalho. Isso a transformou em uma pequena celebridade em sua escola durante um período. Aos 14 anos, ela deixou de estudar e foi para uma academia de artes performáticas. Aos 16, decidiu que seu ponto forte era dançar e planejou uma carreira de bailarina no futuro.

Mesmo desconsiderando seu interesse em atuar, Rachel era uma garota muito ativa. Corria todas as manhãs e, em seu tempo vago, gostava de nadar e jogar tênis. O fato de Rachel ter sido uma garota enérgica aumentou ainda mais sua tristeza quando ela ficou doente.

Rachel estava no primeiro ano da faculdade de dança quando suspeitou de que podia haver um problema. Recentemente, ela passara férias nos Estados Unidos e esperava se sentir renovada ao retornar ao trabalho. Em vez disso, sentia exatamente o oposto. O primeiro sinal foi que ela achava cada vez mais difícil ficar acordada durante as aulas. Com muita regularidade, ela cochilava e acordava assustada. Não importava o quanto dormira na noite anterior, ela não conseguia se concentrar por muito tempo. Pouco tempo depois ela não conseguia mais acompanhar as aulas. Embora esse fosse o segmento menos importante de seu curso, ainda assim Rachel ficou muito preocupada. O curso era muito competitivo, e ela sabia que apenas poucos alunos fariam uma carreira bem-sucedida somente com atuação. Ela se agarrou ao fato de que era uma das melhores nas aulas de práticas de dança, o que piorou mais ainda a situação quando começou a ter problemas lá também.

Todos os alunos de sua turma apresentavam pequenas lesões de vez em quando. A faculdade fornecia um fisioterapeuta esportivo para monitorar o bem-estar físico dos alunos e oferecer tratamento quando as lesões ocorriam. Rachel começou a perceber que, após suas aulas mais cansativas, ela sentia que suas articulações ficavam inchadas e seu quadril e coluna lombar doíam. Ela consultou o fisioterapeuta, que a aconselhou sobre sua postura e lhe passou alguns exercícios para fortalecer as costas e as pernas. Apesar de ter seguido os conselhos à risca, Rachel não melhorou. Logo ela descobriu que, quando lhe pediam para realizar passos de dança mais vigorosos, ela não tinha a força que outras bailarinas da sua idade pareciam ter. Várias vezes vacilava e quase caía. Ela começou a suspeitar de que havia mais algo errado além das lesões típicas associadas à dança.

Quando Rachel voltou para casa nas férias e descreveu o problema para os pais, eles ficaram muito preocupados. Sua mãe a levou ao médico da família e ele desconfiou que os sintomas dela indicavam esclerose múltipla ou um problema muscular. Ele recomendou um neurologista, este a analisou e disse que não encontrara nada de errado — não havia sinais indicando uma doença neurológica, e ele não achava que fosse necessário fazer exames.

Durante o período seguinte na faculdade, os problemas de Rachel pioraram. As dores se espalharam por todo o corpo. Os exercícios de dança, que podiam levar duas horas ou mais, tornaram-se impossíveis para ela. As aulas eram ainda piores. Rachel não conseguia se concentrar. Quando relia suas anotações no fim da aula, descobria que o que havia escrito era, por vezes, quase sem sentido.

Quando ficou óbvio que Rachel estava decaindo nos estudos, os professores sugeriram que ela tirasse o restante do período de férias.

Eles lhe recomendaram ir para casa e tentar descobrir a causa do problema antes de voltar. Os pais de Rachel ficaram muito aborrecidos quando, em uma tarde, viram Rachel chorosa no portão.

Quando ela foi ao médico, contou que estava muito cansada. Os dias pareciam o dia seguinte a um imenso recital de dança. Seu corpo todo estava consumido pelas dores que se estendiam e ficavam piores a cada atividade que ela fazia. Ela havia parado de dançar e não conseguia mais correr de manhã.

Rachel foi a outro neurologista. Dessa vez, fez exame de sangue e de eletricidade para verificar a integridade dos nervos e músculos. O resultado dos exames foi normal. Com Rachel piorando rapidamente e em risco de perder sua carreira, o neurologista providenciou uma biópsia muscular, pois estava preocupado com a possibilidade de ela ter uma doença muscular. Novamente, os resultados foram normais. O neurologista a dispensou, e a mãe dela, preocupada, a levou novamente ao seu médico. Dessa vez, ele indicou um reumatologista. Este repetiu muitos procedimentos que o neurologista havia feito e chegou à mesma conclusão: ele não conseguia encontrar uma explicação para os sintomas de Rachel.

Pelos dois meses seguintes, os pais de Rachel assistiram à filha enérgica e atlética desaparecer. O sono não diminuía seu cansaço, e ela passava o dia deitada no sofá, sonolenta. Logo a energia exigida até mesmo para realizar tarefas simples, como ler, não estava mais disponível. Rachel não conseguia comer e ficou pálida e magra. Quando a mãe perguntava como se sentia, tudo que conseguia falar era sobre sua dor.

A mãe de Rachel pesquisou os sintomas da filha na internet e encontrou vários relatos de jovens que haviam sofrido com algo muito semelhante. Ela tinha ouvido falar em encefalomielite miálgica (ME, na sigla em inglês) antes, mas não percebera até aquele momento que os sintomas se encaixavam com perfeição nos da filha. Rachel tinha ME, ela estava certa disso. Uma página para pessoas que sofriam de ME recomendava uma lista de médicos, e a mãe de Rachel telefonou para um deles e marcou uma consulta para a filha.

Esse novo médico ouviu muito atentamente enquanto Rachel descrevia o que sentia. Assim que terminou de ouvi-la, ele perguntou sobre a viagem recente que ela havia feito aos Estados Unidos. Pouco antes de adoecer, Rachel passara duas semanas no estado de Washington, na casa de primos. Quando ouviu isso, o médico teve certeza de que já possuía a resposta: Rachel sofria de doença de Lyme, contraída durante as férias. A doença de Lyme é um agente infeccioso transmitido por mordida de carrapato, comum em algumas regiões dos Estados Unidos. O médico sugeriu exames de sangue para procurar provas da infecção. Uma vez que o resultado do exame poderia levar semanas, ele também sugeriu que Rachel começasse a tomar antibióticos enquanto aguardava.

Uma semana após começar os antibióticos, Rachel não podia acreditar no quanto melhorara. Seu nível de energia dobrou, e ela se sentia tão bem a ponto de conseguir fazer caminhadas diárias. Começou a comer normalmente e ganhou peso. De repente, conseguia prever seu retorno à dança que amava.

Quando voltou a consultar o médico para receber o resultado do exame, Rachel ficou chocada ao descobrir que o diagnóstico para a doença de Lyme era negativo.

"Não se preocupe, o exame não dá positivo em todas as pessoas, e a melhora com antibióticos é prova suficiente de que o diagnóstico está certo", disse o médico.

Rachel completou os antibióticos e negociou com sua faculdade para voltar às aulas. As notas boas da época anterior à sua doença a colocavam em uma posição privilegiada. No entanto, assim que tentou voltar às aulas, as dores e o cansaço também voltaram. Ela pensou que possivelmente havia se esforçado muito e cedo demais. Assim, se consultou novamente com seu especialista, e ele receitou uma segunda série de antibióticos, e depois uma terceira. Dessa vez, não houve melhora, e mais uma vez ela abandonou a faculdade e voltou para a casa dos pais.

Em seguida, o médico lhe disse que, embora o organismo infeccioso que causa a doença de Lyme provavelmente tivesse sido eliminado de seu corpo, ela sofria de uma complicação da doença, a síndrome de fadiga crônica. Ele receitou uma variedade de analgésicos e a encaminhou a um fisioterapeuta. Nada funcionou. Rachel piorou e ficou confinada em casa. Sua concentração deficiente tornava impossível a realização das tarefas normais. Ela não conseguia acompanhar um programa de televisão. Quando o reitor da faculdade telefonou para perguntar se eles podiam esperar pela volta dela naquele ano, Rachel e sua família finalmente admitiram para si mesmos que isso não seria possível. Ficou acordado que, se ela melhorasse, poderia refazer a prova no ano seguinte. Agora, Rachel tinha quatro meses para melhorar.

Seus pais a levaram a outro reumatologista. Ele não concordou com o diagnóstico de doença de Lyme e lhe disse que achava que ela estava deprimida.

"Claro que estou deprimida, não tenho sido capaz de fazer nada, a não ser ficar deitada no sofá por meses", disse a ele. Isso o calou.

Ele recomendou que Rachel tomasse antidepressivos e se consultasse com um psicólogo, mas ela recusou.

Durante os três meses seguintes, Rachel sofreu recaída após recaída. Cada dia bom e repleto de esperança era seguido por um dia cheio de desespero. Logo ela passou a dormir 16 horas por dia. Seus pais converteram a sala de jantar em um quarto, para que ela não tivesse que subir as escadas. Eles compraram uma cadeira de rodas, assim poderiam levá-la para passear de vez em quando.

"Tínhamos que fazer tudo sozinhos. Se não tivéssemos comprado aquela cadeira de rodas, essa pobre menina teria ficado presa em casa por meses", disse seu pai.

Duas semanas antes do novo ano acadêmico começar, o pai de Rachel telefonou para a faculdade e lhes disse que Rachel não retornaria.

Incapaz de continuar o pagamento do tratamento particular, eles pediram ao médico para encaminhá-los para outro reumatologista do sistema público de saúde. Durante os seis meses seguintes, Rachel foi a dois reumatologistas, um imunologista e outro neurologista. Ela ouviu novamente de um deles que estava deprimida. Outro lhe disse que ela tinha fibromialgia e receitou analgésicos e um antidepressivo.

"Esse é o único tratamento que vocês conhecem?", o pai dela perguntou retoricamente quando a família recontou a história.

Quando Rachel finalmente concordou em ser avaliada por um psicólogo, o relatório afirmou que, com base no resultado dos exames, a idade mental de Rachel era de uma criança de 6 anos.

"Os resultados significam que você sequer tentou", o médico que havia solicitado o exame lhe disse.

"Se você pensa que isso é ruim, um médico me disse que tudo que eu precisava era de férias. Ou um namorado!", disse Rachel.

Seus pais voltaram à internet para obter ajuda e encontraram o nome de outro médico que dirigia uma clínica especializada em doentes com ME. O clínico geral dela concordou em encaminhá-la, e, quando Rachel foi à consulta, ficou motivada por se ver sentada em uma sala de espera juntamente com um grupo de outras pessoas que pareciam se sentir como ela. Rachel começou a conversar com uma moça sentada ao seu lado e, ao ouvir a história dela, percebeu que eram muito semelhantes.

"Um médico me disse para correr, e assim eu me sentiria bem melhor", disse a moça, e Rachel riu pela primeira vez em meses.

Ao se consultar com o especialista, Rachel sentiu que podia finalmente estar fazendo progresso. Ele ouviu com cuidado tudo que ela disse. Ele havia lido todas as anotações antigas sobre Rachel e parecia entender o que ela lhe dizia.

"Ele parecia acreditar em mim. Finalmente, alguém acreditava em mim."

O médico recomendou que ela fosse internada. Ele reveria todos os resultados dos exames e repetiria tudo que achasse necessário repetir, e juntos discutiriam as opções de tratamento.

"Ao deixar a clínica naquele dia, me senti melhor do que me sentira o ano todo. Ele realmente queria me ajudar, eu sentia isso", disse Rachel. "Mas ele me enganou."

"Ele enganou a todos nós, querida", disse a mãe de Rachel enquanto segurava a mão da filha.

Logo chegou o dia de internação de Rachel. A primeira pista de que algo não estava certo apareceu antes de ela chegar à enfermaria. Sua mãe estava com ela e, quando chegaram na entrada principal do hospital, pararam na recepção para obter informações. O atendente lhes disse para seguirem a linha laranja no chão e procurarem por placas do hospital psiquiátrico. Ao ver a expressão no rosto de Rachel, sua mãe disse:

"Não entre em pânico. Ele só quer dizer que a enfermaria é ao lado do hospital psiquiátrico." Enquanto falava, ela rezava para que isso fosse verdade.

Cinco minutos mais tarde, Rachel e a mãe se viram na frente de uma porta trancada que levava a uma unidade psiquiátrica. As duas ficaram furiosas. Rachel queria voltar e sair imediatamente, mas sua mãe insistiu que entrassem e encontrassem alguém que lhes pudesse dizer que diabos estava acontecendo. Após apertar a campainha e serem admitidos na enfermaria, a mãe de Rachel pediu para falar com algum responsável. Uma conversa se seguiu, na qual as duas mulheres deixaram claro que se sentiam enganadas. Um enfermeiro sênior, experiente, lhes garantiu que, embora aquela enfermaria fosse "tecnicamente" parte do hospital psiquiátrico, a seção onde Rachel ficaria era ocupada apenas pelos que sofriam de síndrome de fadiga crônica e transtornos relacionados. Rachel não ficou nem um pouco satisfeita com a explicação, mas, com tão poucas opções disponíveis, concordou em ficar uma noite.

A primeira noite no hospital não foi tão ruim quanto Rachel temia. Ela dividiu um quarto com três outras pessoas, todas moças da sua idade que também haviam sido diagnosticas com ME. Conhecer pessoas que entendiam como ela se sentia ajudava Rachel, embora fosse uma bênção estranha em alguns aspectos. Uma moça estava tão gravemente incapacitada que não andava havia cinco anos. Outra parecia quase normal aos olhos de Rachel, que a viu saltar da cama e correr para o banheiro sem qualquer evidência clara de que possuía alguma dificuldade. Rachel não conseguia saber o que a angustiava mais.

No dia seguinte, ela teve uma consulta, e a primeira pergunta que fez foi: por que estava em uma enfermaria psiquiátrica?

"Este é um serviço com ênfase em psiquiatria, Rachel. Achei que você sabia disso."

"Você é psiquiatra?"

"Sou."

"Você devia ter me dito."

"Desculpe, presumi que você soubesse disso quando nos encontramos. Talvez ajudasse se eu lhe dissesse que este é um serviço especializado para pessoas que têm ME. Não se trata de uma intervenção essencialmente psiquiátrica. É um programa para tratar as incapacidades físicas causadas por ME."

"Não estou louca."

"Ninguém aqui pensa que você está."

Rachel estava quase convencida de que havia ficado louca.

No dia seguinte, ela tentou ao máximo se envolver no tratamento. Esteve com a fisioterapeuta que fez uma avaliação detalhada e lhe deu um programa de exercícios variados. Ela também foi examinada por um terapeuta ocupacional que lhe perguntou sobre seus planos para o futuro.

"Se conseguíssemos superar essa doença, o que você faria?"

"Seria eu novamente. A Rachel bailarina, não a Rachel aleijada presa a uma cadeira de rodas."

"E se demorar um pouco para chegar lá e só pudermos esperar atingir pequenos objetivos, um de cada vez, galgando degraus... e aí?"

"Eu gostaria de conseguir andar do meu quarto até o banheiro sem me sentir exausta."

"Tudo bem, vamos começar, então."

Rachel também teve um encontro relutante com uma psicóloga. Ela não havia se recuperado totalmente dos resultados dos últimos relatórios psicológicos. Ficou aliviada por ver que essa psicóloga era diferente. Ela não a bombardeava com perguntas, mas ouvia o que Rachel falava.

Quando a mãe de Rachel telefonou naquela noite, ela se sentiu aliviada ao ouvir que sua filha parecia otimista. O telefonema da noite seguinte não foi tão positivo. No primeiro dia do programa de exercícios, Rachel tinha deixado de gostar da fisioterapeuta. Após concordar em, ao menos, tentar fazer os exercícios, Rachel percebeu que simplesmente não conseguia fazê-los.

"Ela ficava dizendo, você consegue, não desista, continue, como se eu não estivesse querendo fazer os exercícios. Eu simplesmente não tinha força, e ela não me ouvia."

Rachel conseguiu ficar quatro dias na enfermaria. No quinto dia, estava sentada no saguão compartilhado quando outra paciente ficou muito aflita. Ela se agachou em um canto e começou a gritar após se desentender com um membro da equipe de funcionários. Rachel telefonou para a mãe naquela noite e pediu para voltar para casa. O médico foi chamado para vê-la antes de ela ir embora.

"Ele achou que podia me convencer a ficar. Qual é a política dessa unidade, de qualquer forma, perguntei a ele, fazer bullying até a pessoa melhorar? Eu nunca deveria ter sido internada nesta enfermaria."

Fazia um ano agora e, enquanto ouvia a história de Rachel, eu sentia compaixão pela vida tão difícil que ela levava e pelo pouco progresso que fizera. Mas, ao mesmo tempo, me perguntava o que ela esperava que eu fizesse de diferente. Com esses questionamentos, perguntei a Rachel se ela conseguia passar da cadeira de rodas para o sofá para ser examinada.

Eu mal acabara de falar e já percebera que Rachel não conseguiria fazer o que eu pedira. Mesmo com meu apoio e o do pai, ela não conseguia suportar o próprio peso para se levantar do sofá. Essa não era uma situação incomum em uma clínica neurológica geral, onde muitas pessoas estão imobilizadas por diferentes razões. Em geral, examino pessoas no sofá se elas não conseguem sair de lá. Outras vezes, mantenho-as sentadas em suas cadeiras. Porém, no caso de Rachel, ela nem sequer tentava. Era uma demonstração vívida. Cada tendão de seu corpo estava rígido pelo esforço. Todos nós na sala ficamos nervosos, esperando para pegá-la se ela caísse. Eu me perguntava se seria possível que Rachel precisasse de mim para compartilhar a experiência da tarefa impossível que eu tinha apresentado. Talvez ela sentisse que não havia me convencido ainda. Eu me lembrei que exagerar para convencer não é o mesmo que exagerar para enganar. Alguns pedidos de ajuda, se não tiverem sido ouvidos anteriormente, são mais altos do que outros.

Por fim, Rachel demonstrou piedade. Enquanto eu a examinava na cadeira, perguntei:

"Você concorda com o diagnóstico de síndrome de fadiga crônica?"

Os médicos são como seus pacientes. São nos lapsos fortuitos entre as questões formais que podemos encontrar a verdade do que desejamos saber. Eu procurava um lapso, mas estava prestes a saber que tinha entendido mal.

"Não", ela disse com firmeza. "Você ouviu o que eu disse? Não tenho síndrome de fadiga crônica, tenho ME. Fadiga é algo que todo muito tem. A palavra é um insulto. A fadiga acontece se você vai para a cama tarde ou se exercita demais. Você descansa e depois se sente melhor. Não estou cansada. O que sinto não tem nada a ver com fadiga. Sinto como se alguém literalmente tivesse drenado toda a vida de mim. A morte deveria ser um progresso comparado com o que sinto. Não tenho síndrome de fadiga crônica, tenho ME!"

"ME, você está certa, desculpe."

"Você não consegue ver como as coisas estão ruins para mim?" perguntou ela.

Por tudo que ela havia me contado e feito para me convencer, eu não a havia deixado fazer o suficiente.

"Eu lhe garanto, Rachel, que sei o quanto as coisas estão ruins para você. O que não tenho certeza é como posso ajudá-la. Li os resultados de seus exames, ouvi o que aconteceu com você e concordo com o diagnóstico de ME. Não estou convencida de que mais exames possam fazer alguma diferença.

"Não quero fazer mais exames. Quero um tratamento. Ouvi falar sobre o interferon, que é usado para tratar pessoas com esclerose múltipla e pode ajudar pessoas com ME. Quero que você o receite para mim."

"Lamento muito, Rachel, mas o tratamento de que você fala é muito perigoso e não está autorizado para uso com ME. Não há a menor chance de eu poder receitar interferon para você."

"Não importa se você acha que ele é perigoso. Sou eu que estou me arriscando, não você." Rachel tirava da bolsa um jornal e algumas revistas, e seu movimento tinha um novo vigor.

"Veja como Rachel está incapacitada. Você diz que acredita nela. Se acredita, então sabe que ela não tem nada a perder", seu pai acrescentou. A mãe ficou sentada de um lado, com um lenço colocado sobre o rosto.

"Lamento. Não tenho opção."

"Você quer dizer que o serviço de saúde não pagará pelo remédio", disse o pai com raiva.

"Posso ir aos Estados Unidos e pagar por ele, mas eu não deveria precisar fazer isso. Deveria ter direito ao tratamento aqui", disse Rachel.

"Interferons não estão autorizados para uso com ME em nenhum país. Lamento."

Rachel pensa que tenho acesso a um tratamento, mas não quero lhe dar. Ou pensa que ela é uma vítima de um serviço de saúde que não tem fundos suficientes. Mas não é uma questão de dinheiro ou do que o sistema de saúde pública pode ou não fornecer. Aproximadamente 250 mil pessoas no Reino Unido e pelo menos 2 milhões de pessoas nos Estados Unidos têm ME (ou síndrome de fadiga crônica, como também é conhecida). De certa forma, cada uma delas estará à mercê do médico que consultam; algumas serão dispensadas, algumas passarão por exames inadequados, algumas receberão receitas de antidepressivos e outras serão encaminhadas para terapias alternativas. É possível que as pessoas que procuram médicos particulares ou praticantes de medicina alternativa, em qualquer país, possam receber a sugestão de exames desnecessários e terapias cuja eficácia ainda não foi comprovada. Em sua página na internet, um médico particular faz uma afirmação não interpretável de que ele trata ME alterando o "terreno biológico" do paciente. Outros oferecem injeções de magnésio ou suplementos vitamínicos. Tudo isso é placebo, na melhor das hipóteses, ou prova de locupletação, na pior delas. Mas, além das variações na prática de médicos particulares, não há diferença no tratamento de ME em países desenvolvidos. Rachel não receberá a prescrição de terapias imunomoduladoras, não importa onde vá procurá-las.

Assim, às vezes, os pacientes convencem seus médicos a tomarem decisões com as quais não concordam. Posso não ser capaz de fazer Rachel melhorar, mas eu podia protegê-la do perigo de outros tratamentos e investigações inapropriados. Ela, porém, tinha opiniões fortes sobre sua doença e como deveria proceder, e era difícil se opor a isso.

"Você acredita que há problemas imunes graves nas pessoas que sofrem com ME?", perguntou ela.

"Acredito que ME é uma doença incapacitante grave, que ninguém ainda conseguiu explicar completamente."

"Isso não", disse o pai de Rachel e virou-se para ela. "Estamos perdendo tempo mais uma vez."

A mãe de Rachel deixou escapar um gemido profundo que falou por todos na sala. Todos sentimos o desespero de percorrer uma estrada difícil sem nenhuma recompensa ao final. Rachel escalava uma montanha, e todas as vezes em que pensava ter chegado ao topo, descobria que não tinha. Eu me preocupava se ela nunca chegaria ao destino, porque esse destino não existe. As pessoas têm procurado por ele há séculos.

A síndrome da fadiga crônica (SFC) tem sido explicada de várias maneiras e já recebeu muitos nomes diferentes. Seu ancestral do século XIX era chamado de neurastenia. A neurastenia era uma síndrome com uma longa lista de sintomas, muitos dos quais são muito familiares: fadiga crônica, dor nos nervos, dor nas articulações, depressão, dificuldade para dormir, ansiedade, impotência, dor de cabeça. Uma característica muito específica era que as pessoas que sofriam com esses sintomas não se sentiam renovadas após uma boa noite de sono, embora muitos dormissem uma grande parte dos dias. Os pacientes apresentavam uma forma muito grave de exaustão, mas nenhuma fraqueza física era encontrada nos membros para explicá-la. As primeiras descrições mais completas da doença foram feitas em 1869 por George Beard, um médico norte-americano muito conhecido. Beard defendia que a neurastenia era uma doença orgânica, imaginando que havia esgotamento dos recursos nos nervos periféricos ou no cérebro em função do uso excessivo deles. A neurastenia atacava o bem-sucedido e o intelectual quase como se eles tivessem, literalmente, exaurido o sistema nervoso pelo uso excessivo de suas faculdades mais elevadas. Era uma doença moderna atribuível ao ritmo acelerado da vida na última metade do século XIX. Ali estava uma doença que vitimava a elite.

A neurastenia tinha muito em comum com a histeria. Ambas foram definidas com base em sintomas que não podiam ser explicados sob o ponto de vista médico, os quais levavam à incapacidade, mas não à morte. Elas não apresentavam provas objetivas para serem consideradas doenças. Mas a neurastenia também tinha uma característica própria. Enquanto a histeria era vista, certo ou errado, como uma doença em grande parte de mulheres, a neurastenia era uma doença que predominantemente, embora não exclusivamente, afetava os homens. E a fraqueza dos nervos acabou sendo mais robusta do que sua irmã histeria. Quando os médicos europeus que haviam defendido a histeria começaram a desaparecer, a neurastenia agarrou a oportunidade para dominar o mundo. No início do século XX, a neurastenia tinha se tornado a *maladie à la mode* em Paris, enquanto que em Londres, na Harley Street, rua dos médicos e clínicas mais famosos, ela se tornou um dos diagnósticos mais frequentes.

Junto a esse novo diagnóstico, surgiu a possibilidade de novos tratamentos. O mais famoso deles — ou vergonhoso — era a cura pelo descanso, tratamento desenvolvido pelo neurologista da Filadélfia, Weir Mitchell. As pessoas que sofriam de neurastenia eram submetidas a um tipo de descanso artificial, no qual não podiam se mexer, ler, conversar nem ser estimuladas. Os pacientes não podiam ficar em pé e tinham que usar o urinol na cama. O descanso extremo era combinado com uma dieta forçada de alimentos gordurosos e durava meses a fio. Muitos médicos fizeram uma fortuna com esse tipo de "cura".

No devido tempo, no entanto, a neurastenia seguiria a trajetória da histeria de Charcot. À medida que se entendia mais a fisiologia do sistema nervoso, a ideia de uma fonte de energia finita e esgotável pelo uso excessivo não era mais viável. Ficou igualmente óbvio que a cura pelo descanso de Weir Mitchell era tão ineficaz quanto custosa. Mas o que lançou uma nova luz com mais intensidade sobre a neurastenia foi a percepção esclarecedora de que os membros das classes menos favorecidas, e até as mulheres, tinham tantas chances de serem afetados quanto os homens ricos e bem-sucedidos. Isso foi de encontro a tudo o que se entendia sobre a exaustão de nervos supostamente acarretada pelo uso excessivo de um intelecto superior. Os neurologistas que tinham lutado tanto para apreender a doença logo a abandonaram com o mesmo fervor. Quando os ricos e bem-sucedidos rejeitaram o rótulo, toda a sociedade fez o mesmo.

A neurastenia tornou-se menos importante como diagnóstico, embora não tenha desaparecido completamente até pelo menos a segunda metade do século XX. Ela ainda espreitava os consultórios dos neurologistas; às vezes, tratava-se como uma doença orgânica e, outras vezes, era um eufemismo para depressão. A fadiga não desapareceu, claro, sendo apenas reclassificada. Alguns pacientes neurastênicos ganharam o rótulo de melancólicos, outros tiveram os sintomas atribuídos a infecções, ao uso de substâncias químicas ou a uma lista de queixas físicas diferentes.

Em meados do século XX, o conceito de síndrome definida por fadiga havia sumido do arsenal de diagnósticos dos médicos. Levaria uma série de eventos aparentemente desvinculados ocorrendo em partes diferentes do mundo para vermos a fadiga crônica ressurgir com todas as velhas controvérsias intactas.

Em 1955, no norte de Londres, uma doença misteriosa assolou os pacientes do Royal Free Hospital. Logo a doença se espalhou para as enfermeiras e os médicos. Mais de duzentas pessoas foram abatidas, e o hospital foi forçado a fechar por dois meses. Os pacientes apresentavam uma doença parecida com gripe seguida de dores musculares, cansaço, dores de cabeça e lapsos de memória. As características clínicas da doença sugeriam aos médicos que os pacientes sofriam de alguma inflamação inexplicável do cérebro e dos nervos. O termo encefalomielite miálgica foi aplicado. Nenhuma causa foi identificada e ninguém morreu. Essa epidemia foi a origem do rótulo ME.

Em seguida a essa epidemia, casos semelhantes começaram a aparecer individualmente ou em pequenos números em todos os lugares. Os cientistas investigaram uma variedade de vírus diferentes e de outros organismos, na tentativa de encontrar uma explicação. De vez em quando, ao longo de muitos anos, em uma explosão de excitação, uma nova *causa* era encontrada. E cada uma delas era rapidamente refutada. Depois, em Incline Village, Nevada, em 1984, o Centre for Disease Control [Centro para Controle de Doenças] foi chamado quando 120 pessoas, em uma população de 6 mil, ficaram misteriosamente doentes. Nenhum paciente possuía um quadro idêntico ao de outro. Cada um tinha sua própria mistura de sintomas, e muitos incluíam tontura, falta de sensação, dor nas articulações e cansaço. A princípio, não havia explicação, mas depois, após exames exaustivos, descobriu-se que uma grande porcentagem tinha anticorpos no sangue que sugeriam exposição ao vírus Epstein-Barr (EBV, na sigla em inglês). Um elo tinha sido criado entre a fadiga crônica e o EBV, que duraria até hoje. O fato de que a maioria da população adulta não sofre de fadiga crônica, mas que teria sido exposta ao EBV em algum momento de sua vida e, portanto, também portará o anticorpo para o vírus, não reduziu nem um pouco o entusiasmo dos investigadores.

A década de 1980 foi a época em que a fadiga crônica se tornou a síndrome da fadiga crônica. Um ataque real ocorreu. Os jornais e os programas de televisão floresceram com histórias que mencionavam a doença incompreendida pelos médicos. Pessoas que tinham sofrido por anos encontraram uma explicação, até mesmo uma solução. E o velho debate sobre a neurastenia começou a sério mais uma vez: ela era mesmo uma doença de verdade?

A síndrome da fadiga crônica é definida, em termos mais simples, como uma fadiga devastadora que se prolonga por pelo menos seis meses, que debilita a pessoa e que não pode ser explicada por doença psiquiátrica ou outra doença física. ME é sinônimo de síndrome de fadiga crônica e é o termo favorito de alguns pacientes, sobretudo no Reino Unido. Incluir ME/SFC em um livro preocupado em primeiro lugar com a descrição dos que sofriam de doença psicossomática é apressado, para dizer o mínimo. Uma discussão ferrenha enfureceu por décadas aqueles que a consideram uma doença puramente orgânica e os que a viam como psicologicamente motivada.

É tentador ser obtuso neste ponto, esconder a opinião sobre o assunto entre as opiniões de outros profissionais. Essa é uma questão muito controversa, seja qual for a posição que se assuma. Dizem que um dos primeiros especialistas em SFC no Reino Unido recebeu ameaças de morte regulares por sua posição sobre a doença. Ele é responsável pelo maior número de estudos científicos sobre SFC e, no entanto, é acusado de desencorajar a pesquisa na área. Ele criou o programa de tratamento mais eficaz e ao mesmo tempo tem sido difamado por encorajar a negligência de pacientes e por deixá-los morrer. Ele é a pessoa no Reino Unido que mais tem levado a sério essa doença e tem dedicado muita de sua carreira para resolver o enigma. No entanto, é acusado justamente do oposto. Seu pecado é ser psiquiatra e ter enfatizado a importância dos mecanismos psicológicos no desenvolvimento e na perpetuação dos sintomas de fadiga crônica.

Não serei obtusa. Acredito que os fatores psicológicos e as questões comportamentais, se não são a causa toda, pelo menos contribuem de forma significativa para prolongar a incapacidade que ocorre na síndrome de fadiga crônica. Tenho certeza disso? Não, ninguém tem. Mas sou influenciada pela falta de provas para afirmar que se trata de uma doença orgânica. As pessoas que sofrem de ME/SFC, em geral, não têm qualquer elemento físico objetivo para explicar sua fadiga. Elas foram comparadas àquelas com esclerose múltipla antes de a doença ter sido entendida de forma apropriada. Sua situação também foi comparada com a das vítimas de Aids que morreram antes do vírus responsável por ela ter sido descoberto. Mas, mesmo antes das placas de inflamação responsáveis por danificar as células nervosas terem sido descobertas no cérebro para explicar a esclerose múltipla, havia prova objetiva de deterioração neurológica que confirmava a natureza física da doença. Mesmo antes do HIV ter sido descoberto como a causa da Aids, havia vários exames de sangue e outras anormalidades que não deixavam dúvida quanto a base física da doença.

Sempre há muita preocupação entre as pessoas que sofrem de ME/SFC, de que sua condição específica simplesmente não tenha sido descoberta ainda. Os médicos também têm a mesma preocupação, de ter deixado passar alguma pista. Na verdade, estudos de acompanhamento de longa duração com pacientes com ME/SFC mostram que, se o diagnóstico original foi feito de uma maneira sadia na primeira vez, seria excepcionalmente incomum para um diagnóstico orgânico emergir posteriormente. Os mesmos estudos também mostram que a recuperação total da síndrome é muito rara. Em geral, a doença continua com força total, mas nenhuma evidência de doença orgânica jamais é encontrada.

A Organização Mundial de Saúde classifica ME/SFC como uma doença neurológica. Para um neurologista, trata-se mais de uma classificação prática do que uma indicação de doença neurológica. Na verdade, os neurologistas estranham o termo encefalomielite miálgica. A encefalomielite, em sua interpretação literal, significa inflamação do cérebro e da medula espinhal, e é uma doença que os neurologistas veem regularmente, tanto causada pelas infecções virais quanto pelas doenças autoimunes. Os pacientes afetados ficam, com frequência, muito debilitados e confinados em unidades de tratamento intensivo, e frequentemente a doença é fatal. Prova contundente da presença dessa inflamação é vista em exames por imagem, de pulsão da medula e de sangue. Não há evidência de inflamação no cérebro nem na medula espinhal de quem sofre de ME/SFC, e o uso de um nome impróprio cria uma barreira entre os pacientes e os neurologistas. Não há também qualquer prova convincente de uma doença muscular ou dos nervos como causa. A maioria dos neurologistas, portanto, não trata pessoas com ME/SFC. Não é questão de descrença na validade do sofrimento do paciente, mas ao contrário, os médicos não acreditam que possam ajudar. Nos meus primeiros anos de residência médica em neurologia, encontrei muitos pacientes com ME/SFC, mas mais recentemente neurologistas se distanciaram dessa doença, e é mais provável que os pacientes procurem ajuda com imunologistas ou endocrinologistas. Atualmente, não tenho pacientes para o propósito de diagnóstico ou tratamento de ME/SFC, mas muitos dos que apresentam transtornos dissociativos têm uma história de ME/SFC e há algo muito interessante nesse fato.

Muitas pessoas com ME/SFC citam publicações científicas nas quais elas confiam e que acreditam em uma causa orgânica para a doença. Na verdade, uma variedade de estudos científicos demonstrou anomalias reproduzíveis em uma gama de investigações diferentes realizadas em SFC. Várias infecções virais foram implicadas na causa. Certamente, há provas de que a ME/SFC possa ser ocasionada pela exposição a um agente infeccioso. Mas, uma vez que a infecção tenha sido eliminada, não há forma de explicar como a síndrome de fadiga crônica se desenvolve, exceto talvez se considerarmos a vulnerabilidade psicológica daqueles afetados e sua resposta comportamental à doença original.

Alguns estudos mostraram irregularidades no sistema imunológico das pessoas com ME. As pesquisas, entretanto, são contraditórias, e os resultados não são consistentes entre os pacientes. Portanto, não fornecem uma explicação coerente para os sintomas que afirmam produzir. Mais recentemente, os cientistas ficaram interessados no eixo hipotálamo-pituitária-adrenal (HPA) que, como vimos, ajuda a controlar nossa resposta ao estresse. Nas pessoas com ME/SFC, foi demonstrado que há disfunção nesse caminho, então talvez os pacientes não possam reunir uma resposta hormonal suficiente ao estresse quando são solicitados a fazê-lo. Isso pode explicar por que eventos estressantes, tanto psicológicos quanto físicos, podem despertar uma doença e por que aqueles afetados não podem se recuperar quando confrontados com o estresse. Mas novamente há controvérsias, pois nem todos os estudos concordam e nem todos os pacientes mostram uma anormalidade hormonal.

Nem mesmo um único estudo científico fornece uma explicação absoluta ou um exame diagnóstico para ME/SFC. O que todos fazem é confirmar a realidade física da doença, que sistemas do corpo não estão funcionando como deveriam. Eles são prova de que mesmo que a causa seja psicológica, os sintomas não são imaginados.

Então, trata-se de um transtorno de somatização? A ME/SFC é uma doença por si mesma que não tem sido tradicionalmente descrita como tal, mas isso não significa que elas não tenham um denominador comum com os transtornos psicossomáticos. Ela se manifesta como vários sintomas inexplicáveis do ponto de vista médico. Os pacientes de ambos os transtornos apresentam comportamentos semelhantes e crenças em doenças, e nenhum leva à comprovação de doença orgânica, ainda que se espere muito. Os pacientes de ME também têm muitas características que pertencem ao diagnóstico de depressão, que por sua vez pode se manifestar como cansaço e dificuldade para dormir, por exemplo.

E, claro, a ME/SFC e os transtornos psicossomáticos estão ligados pela mesma pergunta: eles são reais? Faça essa pergunta às 250 mil pessoas que sofrem de ME/SFC no Reino Unido. A vida delas está devastada por essa doença. A realidade do quanto esse problema destrói a vida não pode ser questionada. A questão que nós, os não afetados, devemos responder para nós mesmos é: podemos dar a uma incapacidade que tem suas raízes em fatores comportamentais ou psicológicos o mesmo respeito que oferecemos a uma doença física? Se a resposta é sim, então nenhuma das outras controvérsias importa mais.

É importante reconhecer que as pessoas com ME/SFC têm boas razões para defenderem seus diagnósticos. Muitos profissionais da área médica e leigos não veem essa doença nem como psicológica nem como orgânica. Muitos consideram a ME como uma não doença, sendo mais uma falha da personalidade do que uma queixa médica. Embora a doença não seja comum, muitos de nós terão encontrado alguém que está afetado por ela e, nesses encontros, suspeito de que alguns de nós tenham tido momentos de cinismo.

Assim, Rachel critica as atitudes dos outros, e por que ela não criticaria, se existe tanto julgamento a respeito? Mas, ao mesmo tempo, a força da defesa que as pessoas reúnem contra o paradigma psicológico para essa doença pode ser um problema. Às vezes, algo mais fortemente humano e comum, como a tristeza ou o estresse, é negado, e o médico fica desconfiado de algum subterfúgio ou de que algo esteja sendo escondido. Ouvi com muita frequência de meus próprios pacientes: "Tive uma vida maravilhosa até ficar doente, quase nunca tinha razão para me sentir estressado." E penso, como pode ser? Nunca tive um dia em minha vida em que não me sentisse estressada de forma alguma. E meus pacientes que têm um diagnóstico de uma doença orgânica, tal como epilepsia, são muito abertos em admitir o quanto o estresse afeta a doença deles. O estresse torna tudo pior — epilepsia, diabetes, asma, enxaqueca e psoríase são exacerbadas por ele. Então, por que esse não seria o caso dos transtornos de somatização ou da SFC? A rejeição categórica do estresse por esses sofredores nos diz alguma coisa? É possível que muitos pacientes se preocupem com o fato de que, se admitirem que têm qualquer dificuldade na vida, o médico se agarrará a isso como o culpado para sua doença e perderá a capacidade de manter uma mente aberta. As pessoas com transtornos conversivos são, muitas vezes, reconhecidas por terem alexitimia, uma perda da capacidade de interpretar o próprio estado emocional. Pergunte a alguém com transtorno dissociativo como ele se sente, e você pode obter a resposta "cansado" ou "frio" — nenhuma resposta contém a totalidade de seus estados emocionais. Talvez aqueles que negam o estresse o façam porque não sentem estresse, eles o converteram em outra coisa.

Felizmente, ME/SFC não é uma doença comum. O transtorno somatoforme, em sua definição estrita, também é raro. As manifestações motoras de um transtorno conversivo, tal como a paralisia e as convulsões, só afetarão alguns de nós. Essas doenças são a ponta do espectro dramático e, às vezes, bizarro, mas na outra ponta desse espectro reside um conjunto mais corriqueiro de sintomas somáticos que muitos de nós experimentarão muitas vezes na vida. Transtornos somatoformes afetam uma em cada cem pessoas, mas sintomas somáticos transitórios, que resultam em doença sem incapacidade de longa duração, afetam uma em quatro pessoas da população.

Uma grande porcentagem de pessoas que procuram clínicas de gastroenterologia sentem dores abdominais recorrentes, e não há doença gástrica a ser encontrada. A síndrome do intestino irritável (SII) é uma explicação comum. Como a SFC, ela não é bem compreendida, e a possibilidade de um mecanismo psicológico associado a ela não é sempre facilmente aceito pelos que sofrem com ela. Mas há uma relação forte entre a presença de sofrimento psicológico e a SII, mesmo que essa não seja a única causa. Os pacientes com SII muitas vezes apresentam uma gama de outros sintomas somáticos. Eles têm uma incidência maior de ME/SFC, apresentam uma taxa maior de doenças na infância e uma taxa maior de consultas médicas. Muitos dos pacientes que vejo com transtorno conversivo, particularmente aqueles com transtornos dissociativos, têm um diagnóstico anterior de SII, e essa associação mais uma vez me dá motivo para refletir. E, assim como os pacientes com ME/SFC, as pessoas com SII têm uma taxa muito alta de depressão e ansiedade.

A fadiga pode ser comum, mas a dor é o sintoma psicológico mais recorrente e é representado em todo tipo de clínica hospitalar. Na clínica reumatológica, dores sem explicação nas articulações e nos músculos são vistas frequentemente. A fibromialgia é um transtorno bastante frequente. Ela se apresenta como dor muscular generalizada e é diagnosticada quando há prova de dor em 11 dos 18 tecidos moles potenciais. A fadiga também é uma característica onipresente. A fibromialgia tem tanto em comum com a ME/SFC que muitos médicos agora consideram os dois transtornos como manifestações da mesma doença.

A dor chega ao neurologista como dor de cabeça. Dor de cabeça crônica é cada vez mais chamada de enxaqueca crônica, e os nomes antigos, como dor de cabeça de tensão, estão deixando de ser usados. E, no entanto, antidepressivos, intervenção psicológica e exercícios de relaxamento continuam sendo padrão no tratamento — o que é revelador em si mesmo. A dor de cabeça crônica vem acompanhada pelo transtorno de humor e por todas as características comuns de ME/SFC e SII.

Em todo tipo de situação clínica há igualmente casos de transtornos somatoformes potenciais que se apresentam como dor. Na clínica cardiológica, há dor no peito que não é cardíaca. Na clínica ginecológica, há dor pélvica e abdominal. Na clínica urológica, há dor no trato urinário. Mas, enquanto a dor é o sintoma somático mais comum, ela está longe de ser o único. Os médicos que tratam do aparelho respiratório veem pacientes com falta de ar inexplicável. Os dermatologistas veem coceiras e erupções que rapidamente vêm e vão. Os oftalmologistas veem pessoas com visão turva, os otorrinos veem pessoas com perda de audição. A ME/SFC, em sua definição completa, não é muito comum, mas a fadiga crônica que não atende aos critérios para SFC responde por uma em dez consultas a um médico de família. Os transtornos dissociativos são raros na comunidade mais ampla, mas uma em cinco pessoas que comparecem a uma clínica de epilepsia apresentam na verdade transtornos dissociativos em vez de epilepsia. Trinta por cento dos que vão a uma clínica reumatológica sofrem com alguma dor que a medicina não consegue explicar. Cinquenta por cento dos que vão a uma clínica geral têm sintomas que também não conseguem ser esclarecidos. Sessenta por cento das mulheres que vão a um ginecologista têm sintomas para os quais nenhuma causa é encontrada. O impacto de nosso bem-estar emocional em nossa saúde não é um problema insignificante. Desejo apenas poder convencer Rachel disso.

Samuel Johnson afirmou que as algemas do hábito são em geral pouco sólidas para serem sentidas, até que se tornam fortes demais para serem partidas. Existem maneiras de ajudar Rachel, mas ela precisa estar disposta a desistir de algo e a mudar alguns padrões de comportamento. Então, digo a ela que, embora discordemos em alguns pontos, há uma coisa na qual ambas acreditamos: ela está piorando em vez de melhorar.

Ela diz que sim.

"Se concordamos com isso, então podemos concordar também que a maneira atual de lidar com sua fadiga não está ajudando você?"

"Sim."

"E se esse é o caso, então o que temos a perder se tentarmos um caminho diferente?"

"Depende do que seja."

Não consegui convencer Rachel a considerar outra coisa além de medicação para o tratamento da fadiga. O único tratamento que comprovadamente oferece pelo menos algum benefício àqueles com ME/SFC é um programa de exercícios controlados e a Terapia Comportamental Cognitiva (TCC). Rachel estava certa: TCC não é mágica, é um trabalho árduo, não ajuda a todos, e ela já havia tentado isso antes. Lembrei-a de que, se alguém que tem diabetes não melhora com as primeiras injeções, a pessoa não abandona o tratamento, mas tenta uma dose maior. Se alguém com asma não melhora com uma nebulização, essa pessoa tentará uma segunda vez. A ME/SFC não é diferente disso, algumas pessoas melhoram com uma rodada do tratamento e algumas precisam da segunda. Rachel não se convenceu. Enquanto falávamos, eu estava ciente de que ela não queria realmente um tratamento melhor; ela queria um diagnóstico melhor. E por que ela não deveria querer? A ME/SFC é uma doença debilitadora, o tratamento é trabalhoso e lento, o resultado é, muitas vezes, medíocre, e por tudo isso, exceto sua família, ela obteria muito pouca compreensão e solidariedade.

O rótulo diagnóstico que um médico oferece ao paciente tem muitas implicações. Junto a um diagnóstico vêm um tratamento e um prognóstico.

"Você tem gastroenterite. Tome esses comprimidos e dentro de uma semana você deve melhorar. A maioria das pessoas se recupera e o problema não é, em geral, recorrente."

Uma vez que você saiba o que está errado, pode transmitir isso aos amigos e colegas. Você sabe o que esperar em seguida e quando poderá se recuperar. Um rótulo valida nosso sofrimento, tanto para nós mesmos quanto para os outros. Se tenho tosse e nariz escorrendo e digo às pessoas que estou com um resfriado, isso significa que não me sinto bem, mas que nada disso é tão ruim assim. Mas, sem prova alguma em que me basear, exceto em como me sinto, eu poderia, ao contrário, escolher falar com as pessoas que estou gripada. Eu elevei meu sofrimento. E se eu acrescentar outra palavra, "gripe masculina"? A doença toda foi transformada novamente.

Neurastenia, histeria, melancolia, depressão, síndrome da fadiga crônica, síndrome de disfunção imunológica e fadiga crônica, encefalomielite miálgica, gripe de yuppie: todos esses rótulos impactam a forma como um paciente recebe seu diagnóstico, como eles progridem e também como são recebidos pelo mundo. Se você passou um ano em casa, perdeu o emprego e seu relacionamento, não é difícil entender que o rótulo "gripe de yuppie" não sintetiza a experiência. Vejo isso em minha clínica regularmente quando digo a um paciente que seus ataques não são devido à epilepsia. Em meus primeiros anos como médica, muitas vezes chamei transtornos dissociativos por outro nome comum, ataques psicogênicos não epiléticos. Usando esse rótulo eu tinha muitas conversas que eram mais ou menos assim:

"Os ataques que você tem são chamados de ataques psicogênicos não epiléticos."

"Então agora eu sou louco, não é?"

"Você sabe que não é isso que quero dizer."

"O que eu digo ao meu chefe?"

"Diga que você tem ataques. Você não precisa dar detalhes."

"Eles vão querer um relatório médico."

"Vou escrever o relatório com cuidado e se houver algo que você queira que seja confidencial, diga."

Então, o paciente consultaria o psiquiatra antes de nos encontrarmos novamente.

"Ele me disse que o nome apropriado para os ataques é 'transtornos dissociativos'. Por que você simplesmente não me disse isso?"

O nome transtornos dissociativos mudou várias vezes ao longo dos anos desde que me formei. Por um longo tempo, eles foram chamados de "pseudotranstornos". Pseudo: algo que finge ser o que não é. Como você dá esse diagnóstico para um ente querido ou para seu chefe? Agora, "ataques não epiléticos" é uma expressão comumente usada. Em minha experiência, esse rótulo diz muito sobre o que *não* está errado e muito pouco sobre o que *é* que os pacientes sentem ao irem embora sem nenhum diagnóstico.

Por muitos anos, preferi o termo "ataques psicogênicos não epiléticos". Ele reconhece os ataques e os fatores psicológicos que podem atuar como deflagradores. Se um paciente consegue aceitar o componente psicogênico da doença, é muito mais provável que ele se recupere totalmente. Porém, mais recentemente passei a ver que às vezes o uso da palavra "psicogênico" pressupõe e expõe. Então, agora digo: "Você tem transtornos dissociativos." Trata-se de um rótulo diagnóstico que é descritivo em vez de humilhante ou crítico. No entanto, quando uso esse termo, tenho uma preocupação constante. O nome é um escudo que protege o paciente da crítica dos outros, mas ele também permitiria que uma pessoa esconda algo de si mesmo? Embora psiquiatras e neurologistas entendam o termo dissociativo, a maioria das pessoas não, e ele pode, inadvertidamente, reforçar a convicção de que uma doença é física na origem. Isso pode preservar a dignidade em face do sofrimento, mas quanto mais alguém nega o diagnóstico psiquiátrico e imagina um paradigma físico específico para explicar uma doença, mais prolongada essa doença se torna.

Talvez seja hora de parar de mudar os rótulos e começar a mudar as atitudes em relação à doença psicológica.

A hipocondria é outro rótulo comum aplicado a pessoas cujos sintomas a medicina não explica.

Daniel tinha 23 anos. Aparentava, de maneira geral, uma boa forma física. Nunca havia tido qualquer doença significativa. Ele me procurou porque sentia dores de cabeça e as descreveu como uma pequena dor aguda na nuca, "como algo escavando embaixo do crânio". A dor de cabeça não era forte o suficiente para exigir a ingestão de analgésicos nem para fazê-lo interromper suas atividades. Mas ela o preocupava. Um conhecido tinha morrido de repente de hemorragia cerebral.

Eu ouvi toda a história de Daniel, e a dor de cabeça que ele descreveu não tinha nenhuma característica de uma hemorragia cerebral.

"Se não é hemorragia, pode ser um tumor?"

Novamente, muito improvável.

"Acho que é um tipo de dor de cabeça benigna, Daniel. Por que você não espera algumas semanas? Cuide-se, beba água, evite álcool, faça um pouco de exercício físico e provavelmente ela irá embora antes que você se dê conta.

"Acredito que não seja nada sério, mas eu acreditaria mais se você fizesse uma tomografia do cérebro."

"Não acho que você precise de uma tomografia, Daniel."

"Vai me fazer sentir melhor."

O que Daniel não sabia era que isso podia muito bem fazer com que ele se sentisse pior. Há um equilíbrio terrivelmente delicado na investigação de sintomas que parecem benignos. Deve-se investigar para descartar uma causa física se for necessário, mas a linha até onde as investigações devem chegar é muito tênue. *Primum non nocere.* Primeiro, não faz mal algum. Se você investiga e encontra algo por acidente, o que você faz? E quando é que você nega o pedido de mais exames?

Sempre que sou confrontada com esses dilemas, penso em uma paciente chamada Eleanor. Ela fora diagnosticada com epilepsia, mas essa doença não havia sido seu ponto de partida. Desde a adolescência, Eleanor sofria de muitas queixas que a medicina não explicava. Ela fazia vários exames, e nenhum indicava qualquer anormalidade. Então, após anos de dor crônica nas costas e nas articulações, Eleanor começou a reclamar de dores de cabeça. Sua médica a encaminhou para um neurologista, dizendo-lhe que suas dores de cabeça não eram graves. A médica aconselhou algumas mudanças no estilo de vida, mas Eleanor simplesmente não conseguiu abandonar a ideia de que as dores de cabeça tinham uma causa sinistra. O neurologista concordou em providenciar uma tomografia para dar a Eleanor alguma paz de espírito. Não foi bem-sucedido. A tomografia não mostrou um tumor cerebral, mas um aneurisma de cinco milímetros, uma vulnerabilidade na parede de um vaso sanguíneo que era como um pequeno balão. Os níveis de ansiedade de Eleanor ficaram maiores do que nunca.

O tipo de dor de cabeça que Eleanor descreveu não podia ser causado pelo aneurisma, então essa havia sido uma descoberta casual. Provavelmente o aneurisma esteve lá por anos, e Eleanor podia ter vivido feliz sem jamais saber que tinha um. Mas agora ela sabia.

Se um aneurisma arrebenta causa uma hemorragia cerebral, mas nem todo aneurisma arrebenta. Em aproximadamente 5% das autópsias realizadas em pessoas que morreram por outras razões, um aneurisma assintomático casual não rompido é encontrado. Não há razão para acreditar que o aneurisma de Eleanor alguma vez tivesse sangrado, então o tratamento não era automaticamente recomendado. Mas Eleanor não podia viver com a sensação de ter uma bomba-relógio sobre sua cabeça, esperando para explodir a qualquer momento.

Eleanor foi levada para a seção de raio X e recebeu anestesia. Quando adormeceu, o radiologista introduziu um cateter em sua virilha, através dos vasos sanguíneos do abdome, até chegar aos do cérebro. O radiologista conseguiu seguir o progresso em uma tela, colocou a ponta do cateter na ponta do aneurisma e começou a injetar. Ia enchê-lo com uma espiral de platina para torná-lo inofensivo, mas o procedimento não deu certo; ele provocou o rompimento do aneurisma. Eleanor teve um derrame hemorrágico grave do qual nunca mais se recuperou totalmente. Ela ficou paralisada de um lado e passou a ter ataques epiléticos.

Ninguém jamais saberá se, sem o tratamento, o aneurisma teria rompido em algum momento no futuro. Ou se, sem o exame, Eleanor teria vivido toda sua vida feliz e sem nunca saber que tinha um aneurisma.

Tomografias são formas tão sofisticadas e sensíveis de obter imagens corporais que não é incomum esse tipo de exame fazer descobertas que não causariam, necessariamente, doenças. Somos tão diferentes por dentro quanto somos por fora. Às vezes, por exemplo, exames detectam pequenos cistos que estiveram presentes desde o nascimento e que são inteiramente inofensivos. Mas, se você faz uma tomografia do cérebro para ficar tranquilo e tal cisto é encontrado, você se sentiria melhor ou pior?

Muitos resultados de investigações são mal-interpretados pelos médicos. A doença de Lyme, um dos diagnósticos de Rachel, é outro exemplo muito bom disso. Essa doença é potencialmente muito grave, mas muitos médicos não interpretam bem os resultados dos exames. Nos Estados Unidos, onde a doença do carrapato é endêmica em certas áreas, esse mal é comumente diagnosticado. Um estudo analisou pacientes que procuraram uma clínica de doença de Lyme e mostrou que 60% haviam recebido o diagnóstico errado. Foram expostos sem necessidade ao tratamento, levados a acreditar que tinham uma doença grave, sendo privados do verdadeiro diagnóstico e do tratamento correto. A doença de Lyme pode causar muitos sintomas imprecisos, incluindo dor e fadiga. Em pessoas com doenças psicossomáticas, ela pode fornecer uma explicação mais palatável para seus sintomas do que uma explicação psicogênica.

Exames de sangue, raios X, todo exame implica algum risco. Alguns são particularmente difíceis de interpretar e, portanto, ficam abertos a erros. Realizar um exame não é um procedimento benigno, então fiz um acordo com Daniel.

"Por que você não dá um tempo para essa dor de cabeça passar naturalmente primeiro? Beba mais água, coma alimentos mais saudáveis, durma mais e espere um mês. Se você não melhorar, podemos discutir novamente a realização do exame.

Quando Daniel saiu, eu sabia que a consulta não tinha ido bem, porque ele parecia uma criancinha que não tinha sido satisfeita. Eu me perguntava se ele procuraria outro médico para pedir o exame. Dois dias depois, minha secretária recebeu um telefonema: Daniel não conseguia mais esperar para fazer a tomografia. Eu poderia fazer o pedido? Fiquei relutante, mas pensei que Daniel não ficaria tranquilo enquanto não fizesse o exame, então preenchi o pedido de tomografia. Mesmo enquanto realizava o procedimento, perguntava-me se eu não estaria cometendo um erro. No dia seguinte à tomografia, Daniel telefonou perguntando pelo resultado. Tudo estava normal. Fiquei tão aliviada quanto ele, mas por razões diferentes.

Um mês depois, Daniel e eu nos encontramos novamente para ver como ele estava se sentindo. Ele estava feliz porque o exame indicava normalidade, mas agora queria saber se não havia um tipo mais sensível de exame que ele pudesse fazer. A dor de cabeça não tinha piorado, mas ele estava preocupado se alguma coisa poderia não ter sido vista. Ele destacou um ponto simples na parte de trás da cabeça, onde se localizava a dor. Contou-me que sentia algo escavando ou arrebentando aquele ponto do crânio.

"Sinto algo pressionando meu cérebro." Ele me pediu para apalpar o ponto, e eu lhe disse novamente que não sentia nada de estranho. Enquanto conversávamos, ele sem perceber colocou a mão na cabeça por alguns segundos. Assegurei que o exame que ele havia feito era muito sensível e não mostrara nada que pudesse causar preocupação. Com o consentimento dele, encaminhei-o a um fisioterapeuta para que fizesse exercícios de relaxamento. Enquanto saía, ele parecia, novamente, um menininho perdido. Senti como se minhas palavras tranquilizadoras o tivessem desequilibrado. Perguntei-me o que seria preciso para ele acreditar em mim, mas, se eu soubesse, teria feito.

Nós nos encontramos novamente. A dor estava um pouco menor, mas ainda permanecia. Daniel havia feito mais pesquisas e, como sabia que pressão arterial alta causava dores de cabeça, comprou um aparelho de pressão em uma farmácia local. Na consulta, trouxe uma lista detalhada das leituras de sua pressão arterial, feitas durante a semana anterior. Todos os dias, ele registrou, ao menos trinta medições. Algumas delas pareciam um pouco altas. Expliquei a ele que as leituras não estavam altas o suficiente para provocarem dor de cabeça e, além disso, o tipo de dor que ele tinha era muito diferente do tipo causado por pressão alta. Daniel aceitou que a dor em sua cabeça não estava relacionada à hipertensão, mas gostaria de consultar um cardiologista para discutir sua pressão arterial.

Todos nós agimos um pouco dessa maneira — nos preocupamos com algo que pode não acontecer —, mas alguns transformam essa preocupação em um tipo de hábito. E, quando isso acontece, a expectativa da doença pode destruir a vida de tal maneira que, quando a doença é de fato detectada, é quase um alívio. É muito normal se preocupar com a saúde de vez em quando. Como médica, sou solicitada pela família, por amigos e por conhecidos a dar minha opinião sobre alguma doença.

"Quanto tempo normalmente leva para nos recuperarmos de uma infecção viral? Duas semanas é muito tempo?"

"Minha filha escorregou e bateu a cabeça com força no chão. Como eu sei que ela está bem?"

"Olha esse caroço, o que você acha?"

Embora seja normal buscar certezas de que está tudo bem, algumas pessoas podem se ver perseguindo todo sintoma que surge, até que a perseguição em si, e não o sintoma, leva à incapacidade para funcionar de forma plena no mundo. Esse é o drama dos preocupados.

As pessoas que sofrem de hipocondria, cujo termo moderno é *ansiedade com a saúde*, podem se encontrar tão obcecadas com sua saúde e com a expectativa de terem uma doença que suas vidas são quase tomadas por essa obsessão. Nos transtornos conversivos ou transtornos somatoformes, a incapacidade é causada pelo sintoma físico real, tal como fadiga paralisante, fraqueza, convulsões e assim por diante. A ansiedade com a saúde é muito diferente disso. Não há incapacidade física. Os sintomas em si podem ser inócuos. Não é o sintoma que incapacita, mas a ansiedade relacionada a eles.

Ao contrário dos transtornos conversivos, nos quais o paciente pode se sentir emocionalmente bem, na hipocondria esse não é o caso, sendo a vida tomada pela ansiedade. Qualquer dor, por menor que seja, ou um momento de tontura, é imaginada como algo maior. O hábito do autoexame pode se desenvolver. Aquela marca vermelha em meu braço mudou de ontem para hoje? Quantas vezes fui ao banheiro? Todo sintoma monitorado é mantido na memória, sendo perpetuado. E todo exame solicitado traz o pensamento de uma doença vindo à tona.

Tentei explicar a Daniel que eu temia que seu verdadeiro problema fosse a ansiedade com relação à saúde. Sua família e amigos disseram que ele estava obcecado sem razão, ou seja, ele já havia ouvido essa opinião antes. Daniel já perdera mais de seis meses acreditando em uma causa grave para sua dor de cabeça. Nada fora descoberto, mas todo o seu tempo havia sido tomado por ela. Disse-lhe que me preocupava o fato de ele poder ficar preso em um ciclo vicioso por anos se sua ansiedade não fosse tratada, e que eu gostaria que ele procurasse um psicólogo especializado em terapia comportamental cognitiva. Daniel poderia aprender a responder diferentemente às mudanças percebidas em seu corpo. Ele concordou em procurar o terapeuta.

Daniel podia aprender a fazer as coisas de forma diferente?

Considere o padrão normal de Daniel: ele sente uma dor nas costas e suspeita imediatamente — não, ele *sabe* — de algo muito sério. Ele pesquisa sobre dor nas costas na internet e fica chocado com a lista de possibilidades, já imaginando o câncer se espalhando pelos ossos. Quando está no chuveiro, examina seu corpo para encontrar o lugar de origem do câncer. Ele não consegue encontrar nada de errado, mas se pergunta se isso não é pior. Talvez ele não seja capaz de fazer quimioterapia se não souber onde o câncer se iniciou, então agenda uma consulta urgente com seu médico, que tenta tranquilizar Daniel, afirmando que a dor nas costas não é nada. Daniel falta o treino de futebol naquela noite com medo de exacerbar o problema, tenta descansar, mas não consegue dormir. Ele espera 72 horas antes de ligar novamente para seu médico, que, dessa vez, concorda em pedir um raio X. Daniel faz o raio X em seu hospital local e, no caminho, percebe que a dor se espalhou para um lugar entre as espátulas. Após tirar o raio X, pergunta à radiologista se há algo anormal, e ela responde que o resultado será enviado para o médico. Enquanto deixa a sala, ele vê a radiologista analisando a imagem no computador. Ela está apontando para a tela; para o quê? Todos os dias da semana seguinte, Daniel telefona para o consultório do médico para saber o resultado. A secretária informa que o resultado ainda não chegou. Ela estaria com medo de lhe dar uma má notícia? Não é possível que seja preciso uma semana para fazer um laudo de um raio X normal, ele pensa. Enquanto espera pelo resultado, Daniel mantém um diário sobre a evolução da dor: começa com três em dez e agora está em seis. Uma semana depois, ele consulta o médico novamente, e este lhe diz que o raio X está completamente normal. "Mas isso é impossível", diz Daniel. Seu clínico fala para ele ir para casa e parar de se preocupar, mas Daniel não consegue parar. Ele ainda não recebeu uma explicação satisfatória para sua dor e deseja consultar outro médico e fazer mais exames.

Se Daniel aprendesse a reagir de forma diferente aos seus sintomas, o padrão podia ser mais parecido com o seguinte: Daniel sente uma dor nas costas. Por um momento, fica muito preocupado, mas depois se lembra de que a maioria das pessoas tem dores de vez em quando, e em jovens elas raramente são graves, desaparecendo na maioria das vezes. Ele acompanha a dor por um momento. Não é grave, e ele se lembra de que, de maneira geral, está bem. Decide então continuar seu dia normalmente conforme praticou com seu psicólogo. Ele não pesquisa na internet ou fala sobre o assunto com os colegas. Quando está no trabalho, percebe a dor novamente e sente a onda familiar de pânico, mas substitui o pensamento por algo relaxante e prazeroso, conforme também praticou com seu terapeuta, para poder continuar seu dia. Quando se pega pensando em telefonar para seu médico, puxa o elástico que colocou no pulso, o qual atua como um lembrete de que a maioria dos sintomas passa, e que eles não são causados por qualquer doença grave. Daniel tem um dia cheio no trabalho e, por quase uma hora, esquece a dor por completo, mas, à noite, ela retorna. Ele passa meia hora meditando e se sente melhor. Está inclinado a não ir, mas acaba indo ao futebol, como de costume. Mantém sua rotina normal por uma semana e, de alguma forma, a dor nas costas desapareceu. Ele não tem muita certeza de quando aconteceu. Nunca soube exatamente o que causou a dor, mas agora que ela se foi, isso não parece mais importar.

Mas, claro, não seria tão fácil assim. Daniel alimentou suas preocupações com a saúde por muitos anos. Antes de qualquer recuperação acontecer, mais certezas seriam necessárias. Menos de 24 horas após nossa última conversa, recebo outro telefonema dele, que gostaria de fazer mais uma tomografia antes de se consultar com o psicólogo. De certa forma, entendi o que havia acontecido. À luz do dia, sentado comigo em meu consultório e vendo seu exame normal na tela do computador, Daniel conseguira acreditar por um momento ao menos que tudo estava bem. Mas em casa, sozinho, à noite, no escuro, muito tempo se passaria até que ele pudesse aprender a manter a ansiedade sob controle.

8
CAMILLA

O exemplo mais marcante da maneira como os dois estados se entrelaçavam sem prestar nenhuma atenção um ao outro.
Sigmund Freud, *Estudos sobre a histeria* (1895)

Quando conheci Camilla, ela estava sentada na cama de uma unidade de videotelemetria. Ela era uma criatura pequena; eu parecia imensa ao seu lado. Acompanhada por uma equipe de médicos residentes e de enfermeiras, nós a cercamos e podíamos, com facilidade, fazê-la parecer ainda menor. Vestíamos nossas roupas de trabalho, e ela, camisola; nós vasculhávamos os prontuários, e ela ficava reclinada na cama. Mas, de alguma forma, Camilla mantinha um tipo raro de dignidade. No futuro, eu me perguntaria se não era esse autodomínio que tinha sido, o tempo todo, a fraqueza dela.

A vida de Camilla fora repleta de oportunidades desde o início. Não havia meio de antecipar como um único evento mudaria tudo. Ela se referia à sua família como "razoavelmente bem de vida". Seu pai era bancário. Sua mãe, aeromoça, deixara o emprego para começar uma família. Camilla teve uma vida feliz, uma infância bem aproveitada e, depois, uma adolescência independente. Mas seus pais estavam sempre lá esperando para lhe dar o apoio necessário. O resultado foi que Camilla cresceu equilibrada e confiante. Mas um pouco protegida demais, ela acrescentaria. Com 18 anos, foi aprovada para a faculdade de direito. Ela me contou que, quando foi entrevistada na universidade, falou sobre o bem que queria fazer, como ajudaria os que precisavam de defesa e como puniria os culpados.

"Acho que estava mentindo quando falei isso", disse ela. "Eu acabara de sair para o mundo. Não sabia nada sobre dificuldades na época e tive que inventar algo que eu achava que eles queriam ouvir."

Pode ter sido verdade que, quando Camilla tinha 18 anos, ela nunca tivesse conhecido as pessoas, que mencionou na entrevista, que precisavam de defesa, mas posteriormente ficou provado que sua previsão estava correta.

Sua criação havia sido isolada e protegida, mas isso não significava que ela não tivesse a capacidade de olhar para fora de si mesma. Ela estava interessada no mundo ao seu redor, gostava de política e de assuntos internacionais. Pareciam remotos enquanto ela vivia em casa, mas a vida universitária ajudou a transformar o mundo mais amplo em algo real.

"Eu queria poder voltar no tempo", disse ela, "quando tudo parecia possível e eu pensava que podia resolver qualquer problema que encontrasse. A vida realmente tira essa esperança de você, não tira?"

Após se formar, Camilla conseguiu um trabalho em uma grande empresa de Londres, imaginando que faria uma carreira como advogada de empresas ou seguiria a carreira de bancária, como o pai.

"Acho que sempre duvidei se estava preparada para esse tipo de trabalho", ela me disse. "Mas continuei com ele por um tempo."

Ao longo dos anos seguintes, a vida de Camilla seguiu o curso traçado para ela. O empenho no trabalho a tornou respeitada. Com 24 anos, ela se apaixonou por um colega de trabalho, Hugh. Os dois tinham 27 anos quando se casaram.

"Hugh e eu casamos com a mesma idade de meus pais", ela me disse.

Um ano depois, mudaram-se de um apartamento pequeno no centro de Londres para uma casa grande, mas modesta, apropriada para uma família. Os 15 anos seguintes trouxeram muitas mudanças na vida de Camilla. A família cresceu com a chegada das duas filhas. Ela tomou uma decisão que nunca imaginara tomar no início de sua carreira: tirou seis anos de licença enquanto as filhas estavam pequenas.

"Não sou antiquada", disse ela. "Só queria que meus filhos tivessem a infância que eu tive: dias de verão com sol e lagos para brincar. Isso é do que me lembro, pelo menos."

Quando as filhas foram para a escola, Camilla decidiu voltar a trabalhar. Foi quando percebeu uma mudança.

"Eu não conseguia sequer pensar na ideia de voltar para um ambiente corporativo", disse ela. "Assim que tentei me imaginar em uma reunião, defendendo a posição do meu cliente, debruçada sobre montanhas de documentos, percebi que meu coração não estava ali. Soube que estava na carreira errada."

Hugh era sócio de uma grande firma de advocacia na época. Assim, sem pressão para retornar ao emprego remunerado, Camilla começou um trabalho como voluntária em um escritório de assistência jurídica gratuita. Mais tarde, ela diria que esse foi o trabalho mais recompensador que já teve. Ela havia encontrado uma causa em que desejava se envolver. Mais estimulantes para ela eram os casos de vara de família; casos de negligência, abuso, privação — ela estava ajudando pessoas a sobreviverem às experiências mais angustiantes. Após um ano de trabalho voluntário, ela recomeçou o processo de treinamento em direito civil. Camilla levou a compaixão da maternidade e as habilidades em negociação de seu treinamento em negócios para seu novo papel e se destacou rapidamente. Não demorou muito e ela estava totalmente qualificada e trabalhando quase tanto quanto fizera antes do nascimento das filhas. Seu novo trabalho exigia que ela trabalhasse muitas horas, às vezes viajando por todo o Reino Unido. No começo, ela se sentia culpada por isso, mas conversas longas com Hugh posteriormente a convenceram de que era possível ser mãe e ter uma carreira exigente ao mesmo tempo. As filhas tinham agora 9 e 11 anos, Hugh também trabalhava longas horas de casa quando precisava, e eles tinham a família estendida para ajudar se precisassem.

"A primeira vez em que precisei me ausentar de casa por uma noite, não consegui dormir, me senti uma péssima mãe. Mas quando cheguei em casa, as crianças tinham se divertido muito sem mim, tiveram muitos mimos e brincaram muito com a avó. Ficaria mais fácil para mim na próxima vez."

Foi em uma dessas viagens que Camilla se sentiu mal. Ela havia trabalhado em Cumbria por dois dias e estava pronta para voltar para casa. Acabava de sair de uma reunião quando se sentiu tonta e enjoada, e pensou que ia desmaiar.

"A reunião tinha sido um sucesso absoluto, foi um momento de júbilo. Não havia razão para aquilo acontecer naquele momento", disse ela.

Camilla sentou-se no banco de um corredor após dizer a um colega que se sentia estranha. O prédio estava aquecido demais e pessoas passavam enquanto ela se curvava para descansar a cabeça nas mãos. O colega que estava com ela foi buscar um copo d'água e, quando desapareceu, ela percebeu que sua mão direita começou a tremer. Em um minuto, o tremor passou para a mão esquerda. Camilla se recostou e encostou a cabeça na parede quando sentiu que o tremor estava ficando mais forte. Ela sentiu a intensidade de sua solidão. Estranhos passavam por ela, deixando um espaço ao seu redor, como se ela de repente tivesse uma doença contagiosa. Alguns paravam para olhar. Quando seu colega voltou, o tremor tinha se espalhado para as pernas a ponto de ela estar quase caindo do banco e seus membros tremerem descontroladamente. O coração estava disparado. Ela tentava pedir ajuda, mas não tinha voz.

Uma ambulância foi chamada. Quando chegou, Camilla estava deitada no chão, os olhos bem abertos, a respiração contida, os membros ainda se mexendo sem controle. Seu colega havia tentado colocar um casaco sob a cabeça dela, mas Camilla se mexia tanto que bateu com a cabeça várias vezes no chão. Naquele momento, estranhos tinham vindo ajudar; um segurou os ombros como se pudesse parar o tremor apenas com sua força.

Camilla lembrava-se vividamente daquele momento em que os socorristas se debruçaram sobre ela. Estava acordada e percebia o tremor, mas não tinha forças para dizer que conseguia vê-los e ouvi-los. Um paramédico falou com ela com um sotaque forte, e ela não conseguiu entender o que ele dizia.

"Era um homem grande", disse ela. "Ele ficou de joelhos e estava tão perto de mim que era possível sentir sua respiração em meu rosto. Eu ouvia a gentileza de sua voz, mas estava apavorada. Quando não respondi, ele se levantou novamente e colocou a maca no chão ao meu lado. Outro paramédico o ajudou a me levantar e colocar sobre ela. Lembro de estar bem ciente de que minha saia estava levantando e que todos me olhavam.

Camilla viveu uma jornada de dez aterrorizantes minutos até o hospital local. Por toda a viagem, seus braços e pernas bateram descontroladamente, suas costas arquearam, e sua respiração se alternou entre uma parada total e arfadas profundas. Ela estava certa de que nunca mais veria os filhos e o marido novamente. Quando chegou à emergência, foi levada para uma sala escura, onde um médico e uma enfermeira a esperavam.

"Eles pareciam estar em pânico, como se não soubessem o que fazer. A enfermeira agarrou meu braço para o médico tirar meu sangue. Algum tempo depois, mais pessoas vieram correndo até a sala. Era um caos. Por fim, três enfermeiras me seguravam. Elas me viraram e me deram uma injeção no bumbum. Não fez diferença alguma. Não ajudou."

Camilla tomou três injeções antes que o movimento dos membros se acalmasse, e depois foi lentamente perdendo a consciência. Quando acordou, estava deitada em uma sala diferente, tomando soro. Havia outra paciente em uma cama ao seu lado, uma idosa com respiração áspera. Um idoso sentado ao lado da cama da idosa segurava a mão dela.

"Eu me senti completamente desorientada. Como se tivesse ido para cama em minha casa e acordado em Nárnia. Tentei me sentar, mas me senti tonta e tive que deitar de novo. Olhei ao redor, procurando por minha bolsa para poder telefonar para Hugh, mas ela não estava lá. O idoso percebeu como fiquei aborrecida e decidiu chamar a enfermeira.

A enfermeira chegou alguns minutos mais tarde e disse à Camilla que ela havia sofrido um ataque. Contou que a equipe a estabilizou com medicação e que o médico a veria mais tarde. O colega de Camilla, que a tinha visto desmaiar, apareceu logo depois. Ele havia seguido a ambulância até o hospital e esperado lá até Camilla acordar. Enquanto isso, ele também havia telefonado para o escritório, em Londres, e obtido o número do celular de Hugh, mas não conseguira falar com ele. A bolsa de Camilla estava com seu colega, que a devolveu quando ela acordou. Assim que pôde, Camilla telefonou para o escritório de Hugh e foi informada de que seu marido estava em uma reunião, mas que iam procurá-lo com urgência e dizer que telefonasse para ela.

Meia hora depois, quando o médico chegou, Camilla estava sozinha e ainda não havia conseguido falar com Hugh.

"Eles me disseram que eu tive um ataque e achavam que eu podia ter um tumor no cérebro. Informaram que eu precisava de uma tomografia, mas que não podiam fazê-la ali. Eu teria que ir a outro lugar para fazer esse exame. Minha ida para outro hospital estava sendo providenciada, mas não era possível estimar quanto tempo isso levaria."

Logo depois, o telefone de Camilla tocou. Um Hugh em pânico estava do outro lado da linha. Ele disse que estava entrando no carro e estaria com ela em poucas horas. Falou também que a mãe dele cuidaria das filhas. Outro colega veio para ficar com Camilla enquanto ela esperava por Hugh, e antes disso passou no hotel em que ela estava hospedada para pegar suas coisas.

"Pela segunda vez, tudo que eu podia pensar era que esses estranhos viram minhas roupas íntimas. Toda a experiência era muito degradante."

Nas horas seguintes, Camilla teve mais três convulsões até que, por fim, seu colega foi solicitado a sair, e ela ficou novamente sozinha com as enfermeiras. Hugh chegou mais tarde naquele dia e, após ter visto Camilla, pediu para falar com o médico de plantão. Ele também foi informado de que era grande a probabilidade de Camilla ter um tumor no cérebro. Eles estavam tentando providenciar uma transferência para um hospital que tivesse tomógrafo, o que poderia levar vários dias. Hugh não hesitou: entrou em contato com seu seguro de saúde e conseguiu que sua esposa fosse internada em um hospital privado em Londres. Uma ambulância particular foi reservada e cancelada quatro vezes nos dias que se seguiram. Todas as vezes em que a transferência de Camilla era marcada, ela tinha outro ataque, e os médicos temiam que ela pudesse não sobreviver à viagem. Por fim, profundamente sedada e acompanhada por uma anestesista, Camilla teve autorização para viajar.

"Por seis dias, acreditei plenamente que tinha um tumor no cérebro. Fiquei tão aliviada quando peguei o resultado da tomografia. E agora... eu preferia que tivesse sido um tumor."

Camilla passou dez dias no hospital em Londres, fazendo uma série de exames. Nenhum deles foi conclusivo, mas por fim os médicos ficaram suficientemente convencidos de que ela tinha epilepsia e começaram o tratamento. Seus ataques desapareceram lentamente. Quando Camilla finalmente recebeu alta, seus filhos a esperavam ansiosamente na porta da casa para lhes dar as boas-vindas. Eles encheram a casa com cartazes e balões que diziam o quanto estavam felizes pelo retorno da mãe.

Camilla passou as duas semanas seguintes se recuperando. Os ataques acalmaram com o tempo, e ela ficou feliz em voltar à normalidade do trabalho.

Os 18 meses seguintes foram cheios de esperança que surgiram e sumiram. Os ataques, que a princípio pareciam tão bem controlados, continuaram a acontecer. E eles mudaram. No começo, ela ficava impotente, mas acordada durante a convulsão; com o tempo, porém, os ataques trouxeram uma perda profunda de consciência que ela achava particularmente angustiante. Seu médico aumentou a medicação e depois a mudou e mudou novamente. Cada novo remédio trazia um alívio breve, algumas semanas sem ataques, mas a melhora nunca se mantinha.

"Se tinha uma coisa que eu odiava mais do que outras nos ataques era a imprevisibilidade. Eles me perturbavam. 'Camilla... volte ao trabalho... tudo ficará bem', eles diziam. Mas estavam mentindo. Todas as vezes em que pensei que podia continuar minha vida, lá estavam eles.

Na verdade, Camilla continuou trabalhando. Ela nunca ficou longe do computador em casa e, durante as tréguas de sua doença, continuou viajando.

"As crises me perturbavam e eu as desafiava, mas no final elas venceram."

Quando os ataques continuaram sem parar, o neurologista ficou preocupado e a encaminhou para a sala de videotelemetria. Durante sua internação, ela havia sofrido vários ataques que levaram à revisão de seu diagnóstico.

"Lamento, mas acho que o diagnóstico original estava errado. Os ataques que vimos não são devidos à epilepsia; eles são ataques não epiléticos, eles têm uma causa emocional", ela ouviu.

Duas semanas depois, recebi uma carta de seu médico que dizia:

Essa mulher muito bonita soube que tem pseudoataques. Ela está tendo muita dificuldade em aceitar isso. Conheço Camilla há muitos anos, ela é muito inteligente, sensível e bem-sucedida, e compartilho sua dúvida com relação ao diagnóstico. Eu agradeceria se você pudesse recebê-la para que ela faça alguns exames.

Pouco depois, em seguida a uma semana de videotelemetria, Camilla, Hugh e eu nos reunimos para que eu pudesse lhes dizer que concordava com o diagnóstico de transtornos dissociativos.

"Ainda não acredito nisso. Não sou esse tipo de pessoa."

Que tipo de pessoa? Penso, mas não digo.

"Tenho um casamento feliz e dois filhos lindos; minha vida nunca foi tão plena ou recompensadora. Tive momentos em minha vida muito mais difíceis do que agora, por que então os ataques não aconteceram naquela época?"

"Não tenho certeza de que possuo uma resposta. Mas isso pode ser explorado e entendido, e você pode melhorar."

Camilla tinha fixado um olhar sem emoção em mim por toda a conversa. Ela me desafiava para eu desistir e mudar de ideia.

"Você entende como me sinto humilhada?"

Essa é a mais triste das verdades. Para Camilla, esse diagnóstico era mais como um insulto do que uma explicação do que estava errado.

"Isso pode acontecer com qualquer um. É uma doença, precisa de atenção e tratamento."

Na verdade, a humilhação que a doença provocava em Camilla se estendia para além das implicações do diagnóstico. Ela sofrera muitos ataques em lugares estranhos, cercada por pessoas que ela não conhecia. Durante um período em que os ataques pareciam ter cessado, ela tirou férias com Hugh e os filhos no Marrocos.

"Desmaiei em uma praça quando estava lá. Hugh estava em uma loja com as meninas, e eu estava sozinha pela primeira vez nas férias. Eu estava cercada por uma multidão de pessoas quando aconteceu. Não tive tempo para chegar a algum lugar menos movimentado, pois desmaiei bem onde estava, no lugar mais apavorante que eu podia imaginar. Um homem chamou um grupo de mulheres para me ajudar, então acho que tive sorte. Elas cuidaram de mim, mas foi horrível. Duas sentaram em mim. Eu estava batendo em todos os cantos enquanto elas me cercavam. As outras começaram um tipo de reza, um lamento em tom agudo, agitando os braços e gritando para os céus. Elas eram bem-intencionadas, suponho. Por toda a volta, homens e crianças se esticavam para ver o espetáculo."

"Isso deve ter sido horrível. Você parou de viajar?"

"Por que não viajar?", ela estava furiosa agora. "Você acha que ter um ataque na Inglaterra é menos degradante?"

Camilla me ajudou a lembrar como é se sentir impotente em um mundo *voyeur* e sem compaixão.

"Desmaiei na rua muitas vezes. Escolhi continuar a viver, não queria me esconder em casa. Muitas pessoas têm compaixão e são úteis. Elas podem tentar me segurar no chão, mas não fazem por mal, sei disso. Um casal tentou enfiar os dedos em minha boca em um tipo de tentativa de evitar que eu sufocasse. É nojento, mas, repito, eles estão tentando ajudar. Mas você sabe o que acontece o tempo todo? As pessoas me filmam com seus celulares e vão embora rindo."

Não parou aí.

"Certo dia eu estava em pé, do lado de fora de uma loja, conversando com Hugh ao telefone. Senti que ia ter um ataque. Às vezes, ele começa nos braços e tenho tempo de sentar, mas daquela vez começou nas pernas e simplesmente cai no chão. O tremor passava de membro para membro, mas eu continuava acordada. Um homem se ajoelhou e me perguntou se eu estava bem. Não consegui responder. E sabe o que ele fez? Ele pegou meu telefone celular e fugiu."

Imaginei a sensação de impotência que ela deve ter sentido.

"Outra vez, eu estava em um trem a meia hora de Londres quando tive um ataque. Carrego um papel em minha carteira e, se tenho tempo, pego para mostrar às pessoas. Não consigo falar, então no papel está escrito para não entrarem em pânico e me deixarem em paz. Meu corpo todo tremia quando mostrei o papel à pessoa sentada ao meu lado. Ele diz que tenho epilepsia mas estou bem, que o ataque vai passar sozinho e que não há necessidade de chamar uma ambulância. Um bando de benfeitores decidiu que seria melhor para mim ser tirada do trem. Eles me colocaram em pé e, em parte, me ajudaram a andar e, em parte, me carregaram até a saída mais próxima. Depois me colocaram na plataforma com minha bolsa e disseram ao chefe da estação que eu precisava de um médico. Eu estava desesperada para lhes dizer que me deixassem ficar no trem. Só queria ir para casa. Mas as palavras não saíam. O que meu bilhete dirá agora? Sou louca, fique longe porque pode ser contagioso?"

Mas não foi apenas a reação dos estranhos que acabou sendo um problema.

"Mesmo antes de me dizerem que esses ataques estavam em minha cabeça, as pessoas no trabalho disseram coisas terríveis para mim. Tive várias convulsões no trabalho. Um dia, eu estava deitada no chão e uma colega muito bonita estava me irritando, quando outro colega disse para ela me deixar em paz, que não havia nada errado comigo. Não podia acreditar, mas, depois que ele disse aquilo, comecei a perceber aquela atitude em todos os lugares. Algumas pessoas eram gentis, mas outras concluíram que eu estava ficando louca antes de eu mesma saber que elas estavam certas. Outra vez, havia uma reunião marcada e me disseram para não ir. Meus ataques podiam distrair as pessoas dos assuntos importantes a serem discutidos.

"Você sabe que a Lei de Discriminação por Incapacidade se aplica a essa doença?"

"Você não vê? Eu estava constrangida. Não queria fazer nada que atraísse mais atenção para mim. Queria cavar um buraco e entrar nele."

"Mas você não fez isso."

"Agora tenho de fazer. Não posso dizer isso a eles."

A revisão do diagnóstico de Camilla acrescentou outra dimensão à sua luta. Quando um paciente recebe um diagnóstico de transtorno dissociativo em dias ou mesmo semanas de sua aparição, eles frequentemente desaparecem quase no momento em que o diagnóstico é entregue. Não achei que Camilla seria tão sortuda: seu padrão estava estabelecido. Ela acreditara que sofria de epilepsia por quase dois anos, e agora esse diagnóstico estava sendo retirado. Seu sofrimento foi exacerbado pela natureza protetora de sua jornada.

"Ela pode ter uma segunda opinião?", perguntou Hugh.

Eu era a segunda opinião de Camilla.

"Claro, você precisa ter certeza de que o diagnóstico está correto. Preciso que fique no hospital enquanto retiro a medicação para epilepsia. Posso lhe pedir que faça apenas uma coisa enquanto ainda está aqui? Você poderia ver a psiquiatra, apenas para explorarmos outros caminhos?"

"Mas não tem nada na minha cabeça. Nada me incomodando. Enfrentei todos os problemas que tive na vida."

"Você pode estar certa, mas há muito pouco a perder nesse encontro."

Camilla concordou e, por um momento, ficamos sentadas olhando uma para a outra em silêncio.

"Tudo bem?", perguntei enquanto saía.

"Tudo bem", ela respondeu.

Assim que passei pela porta, ouvi:

"Acredito que coisas como essas podem acontecer com pessoas que passam por momentos de estresse, sabe. Vi coisas terríveis em meu trabalho, as reações catastróficas que as pessoas têm diante do estresse. Eu só não acredito que algo como isso pudesse me afetar."

"Pode acontecer com qualquer um."

"Você já teve algo parecido?"

"Não ao ponto de causar uma doença. Mas, como a maioria das pessoas, meu corpo reage ao estresse o tempo todo. Frequentemente sinto tonteira e vertigem quando estou preocupada com alguma coisa. Mas por que reconheço isso, não me importo. Penso nelas como amigas, meu sistema de alerta precoce."

"Você gostaria que eu fizesse amizade com meus ataques?"

"Pode parecer ridículo, mas eles podem estar lá para proteger você de outra coisa. Eles já podem ser seus amigos."

Às vezes, parecemos nos comportar de uma forma que nos traz infelicidade ou dano. Criamos discussões quando não há necessidade delas. Permanecemos em relacionamentos abusivos quando podíamos sair deles. Desistimos de nossas ambições aparentemente por razão nenhuma. Um comportamento que parece irracional pode fazer mais sentido se você puder apreciar o propósito a que ele serve. Às vezes, criamos conflitos com outros, porque a intensidade desse sentimento nos faz sentir menos sozinhos. Sentir que somos odiados é menos perturbador do que sentir que fomos esquecidos. Às vezes, estar com alguém é melhor do que sem ninguém. Às vezes, desistir é melhor do que fracassar. Às vezes, fracassar por causa de doença é melhor do que simplesmente fracassar. As substituições inconscientes que fazemos para nos proteger não fazem sentido quando não as entendemos por completo. Eu ainda não entendia os ataques de Camilla, mas isso não queria dizer que nunca os entenderia.

Quando é possível identificar a razão pela qual um indivíduo desenvolveu uma doença psicossomática, é muito mais fácil para o médico fazer o diagnóstico e para o paciente aceitá-lo e, portanto, se recuperar. As perguntas feitas com mais frequência — Por que comigo? Por que agora?

— são as mais difíceis de responder. Pacientes como Camilla enfrentam um diagnóstico cujos mecanismos e causas não podem ser completamente explicados pelos médicos. O desejo deles de terem certeza é comparado apenas com a falta dela.

Charcot, Janet e Freud concordaram em uma coisa em seus trabalhos sobre a histeria: os que desenvolvem o transtorno estavam vulneráveis por alguma razão. Charcot acreditava firmemente que a histeria era uma doença herdada, cujo início poderia ser provocado por um trauma. Essa teoria não foi comprovada, mas também não tem seu mérito totalmente desmerecido. Embora não haja provas atuais que apoiem a probabilidade de uma causa genética, vários relatórios concordam que pessoas com transtornos somatoformes são mais predispostas do que outras a terem um membro da família que também é afetado por eles.

Pierre Janet acreditava que a histeria ocorria como resultado de uma dissociação entre o consciente e o subconsciente. A ruptura seria causada pelo trauma e ocorreria em pessoas que estavam mentalmente fracas ou eram imperfeitas, estando, portanto, vulneráveis à fratura. Assim, elas eram defeituosas antes mesmo de a fratura ocorrer.

Freud concordou com o conceito de dissociação de Janet, mas não concordava com o fato de os pacientes serem mentalmente inferiores. Em contraste, com o ponto de vista de Janet, ele observou que muitos pacientes sob seus cuidados tinham uma inteligência superior. Em *Estudos sobre a histeria*, ele disse "o tipo mais grave de histeria pode coexistir com dons da natureza mais rica e mais original". Ele observou que suas pacientes eram restringidas pela sociedade e se questionou se era, de fato, falta de estímulo intelectual que as levava à histeria. Assim, uma oposição à opinião de Janet.

Mas para Freud não eram apenas as circunstâncias sociais restritivas que criavam a vulnerabilidade. Ele acreditava que grande parte da histeria era resultado de uma memória reprimida de um abuso sexual ocorrido na infância. Ele fundamentou sua teoria nas memórias de abuso que colheu de seus pacientes, em geral sob hipnose. Mais tarde, ele mudou de ideia quando, assim como nas últimas experiências com amobarbital, passou-se a acreditar que a hipnose produzia as condições perfeitas nas quais memórias falsas poderiam ser trazidas à tona. Apesar de seus detratores, Freud publicou vários ensaios que expandiram a "teoria da sedução" antes de revisá-la para dizer que as memórias que ele, a princípio, tinha considerado verdadeiras eram, de fato, fantasias. Ele acreditava que essas fantasias forneciam provas da existência da sexualidade infantil, e essa crença o levou a substituir a teoria da sedução pela teoria do complexo de Édipo.

A vulnerabilidade que eles descreveram podia ser herdada ou devido a uma fraqueza mental ou a uma história de repressão ou abuso. Alguns médicos ainda considerarem que certas pessoas são mais suscetíveis do que outras aos sintomas psicossomáticos. Os fatores que podem criar suscetibilidade são variados e numerosos, mas no caso dos transtornos conversivos e na maioria dos casos de transtorno somatoforme debilitante, o papel do abuso na infância é ainda considerado de grande importância.

Muitos neurologistas acreditam que quase todos os pacientes de transtorno conversivo que os procuram, particularmente aqueles com ataques dissociativos, foram vítimas de grave abuso sexual ou físico. Essa afirmação está parcialmente certa. História de abuso sexual é muito mais comum em pessoas com transtorno conversivo do que na população em geral, portanto sempre vale a pena considerar esse fato. No entanto, não é verdade afirmar que ela é encontrada na maioria dos pacientes. Os estudos variam, mas acredita-se que até 30% das pessoas que têm ataques não epiléticos sofreram abuso sexual. Isso significa que, pelo menos, 70% não sofreram. Se um médico aborda um paciente com transtorno conversivo com a convicção de que todo indivíduo foi vítima de abuso, ele estará errado em, pelo menos, sete casos em dez.

Às vezes, o tipo de experiência infantil que cria vulnerabilidade é sutil. Nem todos os abusos são tangíveis ou podem ser facilmente detectados por questionamento direto. É mais provável que uma criança ignorada ou negligenciada desenvolva sintomas somáticos à medida que envelhece do que uma que se sente amada e segura. Ter tido um pai distante e frio é um fator que tem sido particularmente associado ao desenvolvimento tardio de transtornos somáticos. Mas o impacto de um pai distante e indiferente não é facilmente mensurável, nem é fácil de detectar apenas por meio de perguntas à criança que agora se tornou um adulto.

Muitos médicos pensam que as pessoas com transtornos conversivos e somáticos têm um tipo especial de personalidade. Esse também pode ser um ponto de impasse no momento do diagnóstico. Se acreditamos que apenas um determinado tipo de pessoa tende a somatizar em resposta ao estresse, fazemos do diagnóstico uma afirmação sobre personalidade tanto quanto sobre doença física. Os que são vistos como o tipo *certo* de personalidade para apresentar um transtorno psicossomático receberão um diagnóstico com muita frequência, e os que são considerados do tipo *errado* não receberão nenhum.

Entretanto, o conceito de uma personalidade somatizante não está inteiramente errado. Algumas evidências sugerem que pessoas com personalidade ansiosa ou neurótica, que tendem a se preocupar ou a sentir raiva, culpa e depressão, são mais propensas a desenvolver queixas somáticas. Pode-se afirmar o mesmo sobre as pessoas que tendem a ser abertamente dependentes de outras, e das que veem outras como poderosas e bem-sucedidas e a si mesmas como desprotegidas. Um histórico de doença psiquiátrica também é encontrado em 50% dos pacientes, mas isso significa que também está ausente nos outros 50%. Portanto, uma determinada personalidade ou um histórico de problemas psiquiátricos aumenta suas chances de desenvolver um transtorno somático, mas isso não significa que a somatização seja o domínio exclusivo de um tipo específico de pessoa.

Em certa medida, somos todos vulneráveis, todos temos limites e, se formos levados a ultrapassá-los, qualquer um de nós pode desenvolver um transtorno psicossomático. O início de nossa vida ajuda a determinar tanto o limiar do limite quanto o que é preciso acontecer para que respondamos ao estresse com uma doença ou com sintomas psiquiátricos.

Quando a doença psicossomática ocorre, há muitas vezes um gatilho que coloca os eventos em ação. Charcot, Janet e Freud também estavam de acordo nesse ponto. Eles reconheceram que um fator desencadeante específico podia ser identificado antes do início dos sintomas. Mas o que conta como um desencadeante do evento? Algumas coisas são consideradas estressantes por qualquer medida. A perda de um ente querido é um ponto de partida comum para a doença psicossomática, sobretudo quando a perda foi, de alguma forma, trágica ou cheia de culpa. Um ataque sexual ou físico grave também tem sido comumente descrito como um precursor da doença.

No entanto, muitos eventos da vida não são facilmente categorizados como notícias puramente boas ou ruins, logo pode não ser fácil para o paciente admitir ou reconhecer o estresse. Estar esperando um filho pode ser uma notícia absolutamente feliz para o casal que ansiava por isso, mas pode ser um evento mais complicado para uma mulher de 24 anos que acaba de começar sua carreira. Para um bancário de 25 anos em Londres, a perda do emprego é algo que ele enfrentaria em algum momento de sua vida e em geral outro emprego surgirá no devido tempo. A demissão, para um trabalhador de fábrica de 50 anos em uma cidade pequena, é uma experiência e tanto. E o que é pior: o trauma pode ser difícil de quantificar se a pessoa não o reconhece como estresse na época. Mudar para uma nova e linda casa, imigrar ou obter uma promoção podem ser mudanças positivas em nossas vidas, enquanto, ao mesmo tempo, podem ser uma grande fonte de estresse.

A negação do estresse parece ser inerente aos transtornos conversivos. Se emoções desprazerosas têm, na verdade, sido convertidas em um sintoma físico, o paciente nem sempre está ciente de que elas ao menos existiam. Isso torna difícil para os cientistas estudar a associação entre estresse e o início dos sintomas. Para tentar estabelecer o tipo de fator desencadeante que pode levar à doença psicossomática, um grupo de cientistas comparou pessoas com um diagnóstico recente de transtorno conversivo com as que tinham sido diagnosticadas recentemente com uma doença orgânica. Eles não pediram que os pacientes identificassem um tipo de situação estressante, mas, em vez disso, pediram que mostrassem uma lista das mudanças de vida ou de possíveis traumas e registraram todos os eventos que haviam encontrado no ano anterior, independentemente de o paciente considerar ou não esse fato relevante ou estressante. Os pacientes com doença funcional tinham duas vezes mais probabilidade de terem experimentado um evento de vida significativo no ano anterior ao que adoeceram. Exemplos de fatores desencadeantes eram nascimento, morte, mudança de emprego, de casa, ser vítima de um crime, encontro com um antigo abusador, rompimento de um relacionamento, problemas financeiros e assim por diante.

Na prática clínica, procuro constantemente por esses fatores desencadeantes. Às vezes, há um fator desencadeante evidente, com o qual todos concordam. Quando é esse o caso, é muito mais fácil fazer o diagnóstico ser aceito, e ele oferece um foco para o tratamento. Mas muito frequentemente não há um evento específico que possa ser apontado. A causa pode ser nebulosa e, portanto, difícil de definir: talvez o estresse crônico de nível baixo, causado por moradia de qualidade ruim ou desarmonia conjugal duradoura, em vez de um grande episódio estressante. É muito provável que situações que nos fazem sentir aprisionados levem a doenças somáticas. Também pode haver uma série de fatores desencadeantes que se acumulam. Infelicidade moderada em um relacionamento coincide com insatisfação crônica no trabalho; preocupação com estabilidade financeira se soma à preocupação com o desempenho escolar dos filhos. Uma grande ansiedade nasce de várias *pequenas* preocupações.

Pensar em doença psicossomática como uma doença única, com uma causa única, é um erro. Ela é comumente mais associada a uma doença física, como a epilepsia. Esta, por sua vez, não é uma doença única: é um grupo de transtornos, e todos resultam em ataques. E, em cada caso, o motivo, o tratamento e o prognóstico são diferentes. Uma criança que tem epilepsia geneticamente determinada não pode ser comparada a um idoso que desenvolve epilepsia como resultado de um ferimento na cabeça. As mesmas regras não se aplicam, e também é assim com a doença psicossomática. Não se trata de uma doença única, há muitas causas distintas, e duas pessoas não podem ser fácil e diretamente comparadas. O ponto final pode ser semelhante, mas como se chega lá pode ser muito diferente.

Embora pareça verdade que uma causa psicogênica ou um fator desencadeante está presente em muitos pacientes que desenvolvem ataques repentinos — ou o mais evidente e dramático dos transtornos conversivos —, nem todo transtorno somático pode ser explicado dessa forma. Alguns surgem como resultado de atitudes disfuncionais para doenças e como uma tendência para atrair atenção e ajuda médica. Nesses casos, doença somática surge devido a um comportamento específico em vez de um evento ou trauma desencadeante.

A tendência para somatizar muitas vezes começa na infância. Dor abdominal recorrente é comum nas crianças, mas uma causa orgânica é encontrada em menos de dez por cento dos afetados por ela. Ela causa grande transtorno nas famílias e na vida escolar. Seu mecanismo é muito incompreendido: ela não leva ao desenvolvimento de doenças e está ligada à ansiedade e à depressão. É mais provável que crianças com dores abdominais recorrentes tenham algum familiar com uma história de doença crônica. Sua incidência é maior onde um dos pais sofre de múltiplos sintomas sem diagnóstico. Um histórico de ansiedade parental no primeiro ano de vida está associado às dores abdominais, bem como o histórico de um progenitor com características obsessivas ou neuroticismo.

Nem todas as experiências da infância que nos tornam vulneráveis aos transtornos somáticos podem ser classificadas como abuso. Algumas são quase o oposto. Excesso de atenção, sobretudo quando a criança está doente, pode também servir como um fator de risco para uma posterior e inexplicável doença física. Atitudes relacionadas a doenças e à saúde podem ser, em parte, aprendidas através de experiência: doenças crônicas, tanto em uma criança quanto em um membro de sua família, podem modular a forma como ela lida com doenças e responde ao estresse no futuro. A exposição prematura à doença crônica pode, inadvertidamente, motivar um comportamento doente e, como vimos, moldar a forma como doenças psicossomáticas se apresentam, com pacientes frequentemente apresentando sintomas com os quais se depararam anteriormente em outros.

Fatores comportamentais também podem ser importantes no desenvolvimento de dores crônicas e da síndrome da fadiga crônica. A origem principal de transtornos, como ME e síndrome do intestino irritável, pode não ser o estresse, mas ideias equivocadas sobre como responder às mudanças corporais e às doenças. A tendência para responder a cada sensação corporal, em vez de ignorar a maioria delas, como a maioria de nós faz, pode ser aprendida em uma idade muito tenra.

Na síndrome do intestino irritável (SII), uma explicação é que os sofredores têm mobilidade intestinal anormal e uma sensibilidade extrema a alimentos e estímulos. Outro argumento diz que SII é na verdade um transtorno de percepção, e que os afetados por ela são extremamente observadores de toda sensação interna e mudança em seus movimentos intestinais. Eles estão reagindo a sintomas que outros podem não perceber, e essas reações servem para aumentar os sintomas e a percepção deles.

Há um fator de risco maior para doença psicossomática que ainda não mencionei. Trata-se de uma única característica pessoal que é vista na maioria daqueles que desenvolvem uma doença crônica inexplicável pela medicina: ser mulher.

Mais de 70% dos pacientes com transtornos dissociativos e síndrome da fadiga crônica são mulheres. Transtornos somatoformes podem chegar a ser dez vezes mais comuns em mulheres. Esse desiquilíbrio tem sido reconhecido desde que os registros começaram. Como médicos, temos sido muito bons em fazer essa observação, mas não tão bem-sucedidos quando se trata de explicar o fenômeno. Nisso, fracassarei também.

Claro, devemos começar com o nome histeria, do grego *hysteria*, que significa útero. O útero fornecia uma explicação convincente como a fonte da histeria até o início do século XX. Os ovários também eram vibrantes ao comunicarem seu sofrimento para o resto do corpo, e o clitóris, se não fosse usado apropriadamente, também era extremamente suspeito. A tentativa de uma mulher se autogratificar podia levar ao excesso de estimulação dos nervos, e isso podia levar a qualquer lugar... Mas a falta de uso também podia ter o mesmo efeito. Apenas no século XX, quando as hipóteses orgânicas para a histeria eram lentamente retiradas, o interesse nos órgãos femininos começou a diminuir.

Embora a grande maioria de casos continuasse a ser de mulheres, os homens também eram afetados: Charcot apontou muito claramente que ele havia diagnosticado muitos homens com histeria. Ele observou que a pressão nos testículos podia produzir os mesmos efeitos benéficos nos homens que a pressão nos ovários produziam nas mulheres, abriu uma enfermaria para homens histéricos no Salpêtrière e afirmou que não considerava a histeria uma doença feminina. No entanto, todos os seus pacientes mais famosos, como os que desfilavam nas aulas de terças-feiras, eram mulheres.

Freud também tinha pacientes homens que eram histéricos. Ele não acreditava que a histeria afetasse apenas mulheres, mas sentia que elas podiam ter traços que as colocavam em risco. As mulheres tinham mais tempo vago e eram, portanto, mais propensas a devaneios, os quais podiam levar a associações patológicas. Ele não pensava, como Janet, que a vulnerabilidade delas era devido à fraqueza. Mas, mais uma vez, muito embora Freud não considerasse a histeria um problema exclusivamente feminino, ele não ajudou a contestar essa impressão, pois todos os pacientes descritos em detalhes em *Estudos sobre a histeria* eram mulheres.

Mais de cem anos se passaram desde as histéricas de Charcot e Freud. Os homens tinham epidemias histéricas, mas recebiam rótulos próprios. A neurastenia foi o primeiro, mas os britânicos que voltavam da Primeira Guerra Mundial também exibiam muitos dos sinais de histeria de Charcot. Um novo diagnóstico foi criado para eles: trauma de guerra. Mesmo considerando essas irrupções de histeria masculina, a percepção de que ela é uma doença feminina não mudou muito até hoje.

Sempre lembrarei de um dia, no início de minha formação como neurologista, quando o assunto foi colocado nitidamente em foco para mim. A equipe com a qual eu trabalhava havia acabado de receber um jovem com espasmos musculares bizarros em um dos pés. O problema começara após ele ter sofrido um pequeno ferimento na perna enquanto trabalhava. Desde então, ele não trabalhou mais. Gradualmente, seu pé tinha se contorcido em uma posição que dificultava andar. Ele foi amplamente examinado. Todos os exames estavam normais. Quando chegamos ao ponto em que não havia mais nada a fazer, perguntei-me se o problema poderia ser psicossomático. Em resposta, o médico de meia-idade para quem eu trabalhava voltou-se loquazmente para mim e para o grupo de estudantes femininas que estava comigo e anunciou que o problema não podia, de forma alguma, ser psicogênico, uma vez que o paciente era homem, e transtornos psicogênicos eram transtornos de mulheres jovens.

Mesmo agora, anos depois, como médica experiente, esse ponto de vista retorna repetidas vezes. Uma vez, fiz um diagnóstico categórico de ataques dissociativos em um homem de meia-idade, e o médico que havia solicitado minha opinião deixou claro que eu não podia, absolutamente, estar correta.

"Homens não têm ataques psicogênicos", afirmou ele, reproduzindo quase exatamente, pensei, as palavras do médico francês Jean-Baptiste Louyer-Villermay em 1819: "Um homem não pode ser histérico: ele não tem útero."

Talvez Louyer-Vilermay estivesse sendo simplesmente literal quanto ao sentido de "histeria". Mas talvez estivesse demonstrando uma atitude que também foi sugerida como um fator contribuinte, quando se trata da natureza aparentemente feminina dos transtornos psicossomáticos: médicos são relutantes em dar esse diagnóstico para homens. Certamente, nos séculos XVIII e XIX, quando os médicos eram quase exclusivamente homens, e mulheres eram consideradas o sexo inferior, parece provável que esse tipo de preconceito fizesse sentido. Embora tais atitudes sejam menos frequentes e menos evidentes hoje, elas ainda vivem no século XXI. Alguns estudos clínicos mostram que os médicos tendem a se empenhar menos na busca pela causa da dificuldade em explicar sintomas físicos quando os pacientes são mulheres; é mais provável que rótulos, tais como emocionalmente perturbada ou histriônica, sejam mais atribuídos a mulheres do que a homens.

Acredito que o domínio masculino da medicina tenha exercido seu papel em moldar a doença histérica, mas percebo que também não estou sendo sincera. A maioria dos pacientes que diagnostico com transtorno conversivo é composta por mulheres. Mesmo quando o atendimento não é feito por um homem, ainda teremos as mulheres como a maioria de pacientes. A razão é muito difícil de determinar.

Um fator importante é que as mulheres são mais vulneráveis a alguns eventos traumáticos que, acredita-se, acionam esses transtornos. Em 2012, na Inglaterra e no país de Gales, dos 6.634 crimes de abuso sexual reportados cometidos contra crianças, 5.156 envolviam meninas. Da mesma forma, as mulheres adultas são mais propensas a serem alvo de abuso físico do que os homens. É mais provável que elas se encontrem ameaçadas, presas ou vitimadas — apenas os tipos de estresse inescapáveis que são entendidos como causadores de doença psicogênica.

Uma teoria alternativa envolve diferenças no que é considerado socialmente aceitável no comportamento de homens e mulheres. As mulheres são autorizadas a mostrar suas emoções, enquanto os homens devem ser fortes. É mais socialmente aceitável que uma mulher pareça fraca e busque ajuda. Os homens simplesmente ignoram. Isso pode resultar no desenvolvimento de uma cultura em que as mulheres são mais propensas a reportar seus sintomas e a buscar ajuda, enquanto os homens tendem a ignorá-los.

Os transtornos psiquiátricos, tais como ansiedade e depressão, também afetam muito mais mulheres do que homens. Mas os homens não têm menos estresse em suas vidas; assim, superficialmente, a maior incidência de depressão, transtornos somáticos e conversivos em mulheres podem sugerir que os homens lidam melhor com a vida do que as mulheres. Mas talvez essa visão possa ser mudada se também examinarmos outras diferenças de gênero. As mulheres consomem menos bebida alcoólica e têm menos problemas relacionados ao álcool do que os homens. Homens tendem mais a usar bebidas alcoólicas como automedicação para o estresse. Também são mais propensos a explosões de agressividade ou comportamentos de alto risco, serem presos, machucarem os filhos e terem casos extraconjugais. Assim, talvez, a questão não seja que os homens lidem melhor ou reclamem menos, pelo contrário: cada um deles sofre, mas de formas diferentes. Diante disso, as mulheres internalizam seu sofrimento, e os homens exteriorizam.

As complexidades das doenças crônicas inexplicáveis nunca terminam. Mas, qualquer que seja a causa do que nos adoece, deve haver todo um conjunto de razões para não melhorarmos.

Peter perdeu o emprego com 50 anos. Ele havia trabalhado para a mesma companhia desde que deixara a escola. Começara dirigindo uma camionete e foi promovido para uma posição em vendas. Ele esperava trabalhar lá até chegar aos 65 anos, e então ele e sua esposa Liz se aposentariam e fariam as coisas que tinham esperado para fazer. Peter calculou que a hipoteca estaria totalmente paga nessa época, deixando-os com a liberdade de pegar seu carro e sair por todo o Reino Unido, algo com que ele sempre sonhara. Liz tinha os próprios sonhos. Ela nunca tinha visitado os Estados Unidos e queria levar os netos a Nova York.

De repente, Peter, que nunca tivera um dia de ócio na vida, perdeu o emprego. Estava desempregado e não era empregável. Não tinha instrução ou treinamento formal. Vivia em uma cidade de tamanho modesto, onde mais homens perdiam seus trabalhos do que encontravam novos empregos. Liz trabalhava tanto quanto o marido: ela era supervisora em um supermercado. Não gostava muito do emprego, mas ele servia ao seu propósito. Quando Peter foi demitido, o salário dela era suficiente para cobrir os pagamentos da hipoteca, mas sobrava pouco mais para qualquer outra coisa. Ela aumentou suas horas de trabalho, esperando que essa fosse uma medida temporária. Ainda assim, o dinheiro era curto. Peter e Liz começaram a gastar o dinheiro que tinham na poupança. Liz viu a economia para ir a Nova York sumir.

Três anos se passaram, e Peter não encontrou outro emprego. Ele sempre fora um homem orgulhoso e agora estava desmoralizado, sentado em casa, a mulher no trabalho, suas economias sendo dilapidadas. Liz ainda trabalhava longas horas e voltava todas as noites para um marido diferente daquele com quem se casara. Agora era um homem deprimido, sem sede de viver. O relacionamento, que sempre fora forte, começou a ruir. Liz estava exausta e começou a se sentir deprimida e a sofrer de dores de cabeça debilitantes. Então, no final de um dia particularmente duro, ela desmaiou no trabalho. Peter recebeu um telefonema dizendo que ela havia sido levada às pressas para o hospital local e estava em coma. Quando Liz acordou, uma hora mais tarde, Peter estava ao seu lado, segurando a mão dela. O médico lhes disse que eles acreditavam que Liz tinha sofrido um ataque.

Peter e Liz ficaram arrasados. Como a vida deles podia ter ficado ainda mais difícil? O que tinham feito para merecer aquilo? Eles rezavam por uma recuperação rápida.

"Vamos perder a casa se eu não puder trabalhar", Liz disse.

Ao longo da semana seguinte, Liz sofreu vários ataques e precisou permanecer no hospital. Ninguém convencia Peter de sair de seu lado. Com o tempo, Liz foi finalmente diagnosticada com epilepsia e começou o tratamento. Quando recebeu alta do hospital, foi aconselhada a ficar longe do trabalho por mais uma semana até se sentir melhor. Após o diagnóstico, uma porção de coisas começou a fazer sentido para ela. A epilepsia era a razão para ela ter tanta dificuldade em lidar com situações difíceis. Era a razão para ela se sentir deprimida.

Os ataques de Liz não foram controlados imediatamente. O médico lhe informou que isso era esperado. Ele ajustaria as medicações até que tudo melhorasse, mas poderia levar alguns meses. Liz tirou licença do trabalho, mas continuou a receber o pagamento integral. Peter, que havia tido muito pouco a fazer até então, encontrou um propósito para sua vida nos cuidados com a esposa. Após seis meses, Liz ainda não tinha se recuperado totalmente. Ela foi autorizada a deixar o trabalho e a receber pensão por invalidez. Uma assistente social e terapeuta ocupacional ajudou Peter e Liz com as adaptações da casa à epilepsia. Peter tinha medo de deixar Liz sozinha. Uma vez que ainda não tinha conseguido encontrar trabalho, ele se tornou o cuidador pago da esposa, e parou de procurar emprego.

Um ano e meio depois, quando Liz ainda não respondia à medicação da epilepsia, ela foi encaminhada para videotelemetria, e foi quando eu disse a Liz que ela não sofria de epilepsia.

Naquele momento, virei a vida de Peter e Liz de cabeça para baixo. O diagnóstico de transtorno dissociativo ameaçava toda a segurança que o diagnóstico de epilepsia tinha inadvertidamente oferecido. A presença dos ataques de Liz fortalecera o relacionamento deles, permitindo que Liz evitasse um emprego extenuante e fornecendo à família o apoio social e psicológico de que eles tanto precisavam. Se eu retirasse os ataques de Liz, eu a colocaria novamente trabalhando longas horas em um trabalho mal pago, no qual ela voltaria todas as noites para um marido desanimado e deprimido que tinha mágoas dela. Liz não escolheu seu diagnóstico, ele lhe foi dado; abrir mão dele significava abrir mão de muita coisa.

Claro, eu tinha mudado o diagnóstico de Liz, mas eu não a tinha curado, e os ataques continuavam. Isso foi o que tentei dizer a ela.

"Não estou dizendo que não há nada errado, Liz. Apenas que não é o que pensávamos inicialmente. Os ataques ainda são um problema sério."

Mas Liz desconfiava de que os transtornos dissociativos não trariam as mesmas recompensas de uma doença orgânica, e ela estava certa. O mundo se importaria menos com o sofrimento de Liz agora, que sua natureza era desconhecida. Seus ataques eram tão dolorosos e destruidores como sempre foram para ela, mas os outros não veriam da mesma forma. Sua incapacidade seria minimizada. Liz não estaria mais doente, ela seria apenas fraca. Ela colocaria seus benefícios em risco. A família e os amigos a veriam de forma diferente. "Sai dessa, Liz." Em um mundo ideal, o casal obteria o apoio social e psicológico de que precisava, e Liz poderia aprender a achar a situação mais fácil e melhor com o tempo. No mundo real, porém, onde apenas doenças *de verdade* contam, Liz não necessariamente obteria ajuda e poderia não melhorar.

A doença pode trazer recompensas que assumem a forma de solidariedade, cuidados carinhosos, recompensa financeira ou o afastamento de um problema. Não é frequente a busca por uma recompensa, mas há ganhos que podem manter a pessoa inconscientemente presa à incapacidade. Talvez você não esteja lidando bem com algumas situações em seu trabalho. Você tem uma apresentação grande para fazer no futuro próximo e acha que não está preparado. Coincidentemente, você desenvolve uma dor nas costas e precisa tirar uns dias de folga. Seu chefe faz a apresentação para você. Inadvertidamente, sua doença foi uma recompensa. O que acontecerá da próxima vez em que houver algo no trabalho que você precise enfrentar?

Seu marido raramente passa os domingos em casa. Apesar de todos os seus protestos, ele em geral sai para jogar golfe, e você fica sozinha cuidando dos filhos. Um fim de semana, você não se sente bem e precisa ficar na cama. Extraordinariamente, ele fica em casa para ajudar. A doença conseguiu o que nada mais havia conseguido.

Tais recompensas, embora não de maneira consciente planejadas, podem reforçar a doença. Às vezes, apesar de tudo que se perde com a doença, há também algo que se ganha. Pode-se até mesmo ser difícil abrir mão da incapacidade se o ganho com ela for suficiente. Mas isso também é um processo inconsciente.

Por um longo tempo após eu começar a atender pessoas com transtornos conversivos, acreditei que, se eu pudesse entender os três fatores — vulnerabilidade, fator desencadeante e ganho —, teria a chave para a recuperação do paciente. Em muitos casos, isso acabou sendo verdade. Onde foi possível entender a causa e os fatores mantenedores, foi muito mais fácil para o paciente aceitar o diagnóstico, iniciar o tratamento e se recuperar. Assim aconteceu com Jo.

Muitos de meus pacientes são mulheres jovens e, por isso, quando uma mãe me parou no corredor do hospital e perguntou se eu me lembrava da filha dela, não consegui fazê-lo de jeito nenhum.

"O nome dela é Jo", ela me disse.

Senti um desconforto me invadir, que se manifestou com manchas vermelhas que começaram no pescoço e se espalharam por todo meu rosto. Eu simplesmente não conseguia lembrar.

"Você a viu há mais ou menos seis meses."

"Desculpe..."

"Estou aqui hoje com minha outra filha", disse ela. "Ela está na clínica de epilepsia. Eu vim procurar você por causa de Jo. Você a atendeu na unidade de videotelemetria e diagnosticou ataques não epiléticos."

Agora, estou com o peito apertado, uma sensação inegável de que meu dia estava ficando repentinamente pior.

"Eu só queria dizer a você que você mudou a vida de Jo. Você realmente a ajudou. Eu queria agradecer."

Respirei aliviada de repente, senti meus músculos relaxarem e havia uma grande chance de que uma lágrima pudesse cair ali na hora. Eu tinha certeza de que algo horrível estava acontecendo, mas ouvi o oposto disso. O alívio combinado com o prazer que senti me dominaram por um momento, e não consegui ouvir tudo que ela disse em seguida.

"Ela deixou o emprego quando percebeu que ele a fazia mal e decidiu estudar fisioterapia. Acabou de se formar. Ela está muito mais feliz, morando em Edimburgo agora. Ela realmente queria que eu dissesse a você o quanto está bem."

"Estou tão feliz em saber. Muito obrigada por se preocupar em me contar."

Após ela ter ido embora, voltei para meu consultório com uma sensação de que meu coração estava aos pulos, um sorriso disfarçado no rosto. Mas eu ainda não me lembrava de Jo. Sentada em minha cadeira, digitei o nome dela no computador. Eu só precisava de alguma informação para me lembrar de tudo.

Jo tinha chegado à emergência com uma convulsão prolongada, sendo medicada com diazepam pelo funcionário de plantão. Ela havia sido diagnosticada com epilepsia seis meses antes e, desde então, tinha sofrido dez ataques. Sua irmã fora diagnosticada com epilepsia e, como isso pode ser genético, presumiu-se que esse fosse o caso dos ataques de Jo. Todos os resultados dos exames dela tinham apontado normalidade, mas isso acontece frequentemente entre os ataques de alguém com epilepsia. Foi prescrita uma medicação para a doença, mas não parecia ter ajudado, pois os ataques começaram a ocorrer mais vezes, levando Jo à emergência. Um neurologista foi chamado e, após ver Jo, concluiu que ela precisava de uma segunda medicação para epilepsia e lhe deu uma receita, orientando-a a voltar para casa. Se Jo tivesse ido para casa, sua história poderia ter terminado muito diferente, ocasionando anos de medicação em quantidades crescentes antes que alguém questionasse o diagnóstico original. A mãe de Jo me daria o crédito por sua melhora, mas o que aconteceu em seguida foi, provavelmente, muito mais importante. Era política do hospital solicitar que uma enfermeira especialista em epilepsia visse os pacientes como Jo antes que eles fossem embora para casa. A enfermeira discutiria o diagnóstico e o tratamento em mais detalhes e aconselharia Jo se fosse necessário. Mas, após sua avaliação, ela não deixou Jo ir embora; ela me telefonou.

"Sei que o especialista disse que essa garota tem epilepsia, mas eu não acho."

"Por que não?"

"Não consigo dizer, é que não parece epilepsia. Você pode recebê-la?"

Mais uma vez, isso é medicina como arte. Há mais em uma história do que fatos. Na maneira como ela é contada. Um estudo científico publicado no periódico *Epilepsy & Behavior* em 2009 examinou a linguagem das descrições dos ataques e descobriu uma diferença na forma como se fraseia a descrição dos que têm epilepsia e dos que têm transtornos dissociativos. Um linguista especialista pode, assim, ouvir o áudio de uma consulta e ajudar a prever o diagnóstico, mesmo sem saber nada sobre epilepsia. Ou uma enfermeira especialista, experiente e empática, pode falar com o paciente na emergência e fazer o mesmo. Eu confiei em sua avaliação.

"Está bem, vamos admiti-la para fazermos alguns exames de videotelemetria."

Três dias depois, tínhamos vistos dois ataques de Jo, e o diagnóstico de transtorno dissociativo foi dado. O estágio seguinte no processo também não foi meu, embora eu recebesse o crédito seis anos depois. Jo concordou em se consultar com um psiquiatra. Nos trechos informais entre consultas, eu já tinha percebido alguns fatos que podiam estar aborrecendo Jo, mas o psiquiatra me ajudaria a ver a história toda.

Jo era uma jovem de 25 anos, linda e encantadora. Era fotojornalista e trabalhava em um jornal importante, um grande feito para uma pessoa de sua idade. Ela vivia com um grupo de amigos em Londres, na mesma cidade onde fora criada e, assim, vivia perto de sua família. Martha, irmã de Jo, tinha desenvolvido epilepsia aos 15 anos. Por toda a adolescência de Martha e com 20 e poucos anos, ela sofreu ataques frequentes. Jo era três anos mais jovem, e a doença da irmã tinha ocupado um lugar importante em sua infância. Mais tarde, a epilepsia de Martha fora controlada, mas ela ainda era monitorada de perto.

Jo era *a sortuda* da família. Ela não tinha epilepsia, era criativa e inteligente e não decepcionara os pais. Durantes os anos na escola, adorava fotografar, foi autodidata na arte e montou sua própria sala escura em uma parte da garagem de casa. Depois que terminou a escola, estudou formalmente fotografia jornalística antes de passar um ano viajando, e voltou com um grande portfólio. Imediatamente, criou sua própria página e começou a enviar seu currículo para os editores dos jornais locais e nacionais. Antes de receber um convite para realizar uma entrevista em um jornal importante, ela foi muito rejeitada, mas, por fim, recebeu a oferta de um estágio com perspectivas de emprego permanente se ela se saísse bem.

Os sinais de aviso estavam lá desde o primeiro dia, mas Jo os tinha subestimado. Ela havia acabado de ser apresentada ao seu departamento quando ouviu um homem sussurrar para outro: "Ela tem a saia para o cargo."

Nos três primeiros meses, Jo escondeu o desconforto que sentia enquanto trabalhava. Ela nunca tivera qualquer dificuldade para conviver com pessoas, então pressupôs que a situação melhoraria quando a conhecessem melhor. Seus colegas falavam com ela carinhosamente; assim, quando seu desconforto não passou, ela se convenceu de que o estava imaginando. À medida que o tempo passava, no entanto, tornou-se impossível ignorar o fato de que algo não estava certo. Suas fotografias eram constantemente criticadas. Como um membro iniciante da equipe, ela não esperava que sempre fosse ser elogiada por seu trabalho, mas parecia que ela não conseguia fazer nada certo. Um estagiário que tinha começado a trabalhar na mesma época que Jo teve várias de suas fotografias usadas no jornal. Jo não sentiu que podia reclamar. Talvez o trabalho dela não fosse simplesmente tão bom quanto o dele e ela não tinha capacidade de ver isso.

Um dia, quando teve certeza de que havia produzido um trabalho publicável e este fora desconsiderado novamente, ela conversou com o editor sobre o assunto. Não pretendeu ser depreciativa, mas, durante uma longa conversa, ela se viu destacando uma fotografia publicada tirada por seu colega e perguntando a seu editor por que a outra fotografia era superior à dela.

"Não precisa ser traiçoeira, mocinha. Inveja não é uma qualidade atraente."

Jo não gostou do que a frase sugeria e respondeu com veemência.

"Não estou sendo traiçoeira. Você está comparando meu trabalho com o de outros no departamento, e eu estou fazendo o mesmo. Não estou me comportando diferente de você. Só estou pedindo para me ajudar, apontando o que torna uma fotografia melhor do que outra."

Ele não respondeu. A conversa terminou com uma sugestão firme do editor de que ela mudasse de atitude. Houve uma clara deterioração da situação depois disso. Os colegas começaram a excluí-la das reuniões. As tarefas mais desafiadoras e interessantes eram oferecidas a outros, e ela se sentiu sendo deixada de lado lentamente. Mas essa era a carreira com a qual ela sonhara por anos, e da qual não desistiria com facilidade. Ela começou a trabalhar duas vezes mais. Não adiantou.

Certa manhã, Jo chegou ao trabalho às 7 horas para participar de uma reunião semanal, mas descobriu que o escritório estava vazio. Quando as pessoas começaram a chegar atrasadas, ela descobriu que a maioria dos funcionários do departamento, incluindo os estagiários, havia jantado em um restaurante local na noite anterior, um exercício de reforço de vínculo, tradição da empresa. A reunião de manhã havia sido adiada por causa disso. Assim que Jo percebeu ter sido excluída, soube que ia chorar. Foi ao banheiro, repreendendo-se por se importar com aquilo. Uma secretária a encontrou casualmente no banheiro e informou ao chefe dela que ela estava aborrecida. Mais tarde, ela foi chamada a comparecer em seu escritório.

"Explosões de emoções no local de trabalho realmente não são apropriadas."

Depois disso, Jo sentiu que estava afogando. Tudo que fazia ou dizia parecia estar errado. E, no entanto, muito embora soubesse que, logicamente, não seria mantida no cargo quando seu estágio terminasse, ela não podia desistir da esperança de que a justiça venceria no final e o trabalho árduo, por fim, seria notado. Ela temia que, se não virasse a situação a seu favor, não conseguiria uma boa referência e sua carreira estaria terminada antes mesmo de ter começado. Sua família estava tão orgulhosa de seus feitos que Jo não conseguia suportar pensar em lhes contar o quão ruim a situação tinha ficado. Ela não podia suportar pensar que seus colegas de trabalho, que não estavam lhe dando uma chance, podiam vencer, e foi tomada por um sentimento avassalador de estar presa em uma armadilha. Um dia, ao se arrumar para o trabalho, ela teve o primeiro ataque.

O crédito foi de Jo quando lhe dissemos que ela sofria de transtorno dissociativo. Não demorou muito para ela entender que o sentimento de estar em uma armadilha era como algo fervendo em seu interior, algo que tinha sido libertado. Ela fora incapaz de admitir para seus amigos e familiares aquilo que considerava um fracasso e, assim, quando a situação chegou ao limite, seu corpo pediu socorro por ela, usando uma expressão de sofrimento que ela conhecia há muito tempo. O psiquiatra encaminhou Jo para a terapia, e ela reavaliou sua vida, fazendo mudanças que desejava fazer sem considerar como elas seriam percebidas pelos outros. No encontro com a mãe dela, eu soube que Jo tinha tomado as decisões certas.

Eu deveria ter lembrado de Jo quando encontrei sua mãe, porque ela era um exemplo de como as coisas podem ir bem quando o sistema funciona como deve. Nem todo diagnóstico de epilepsia estará correto — trata-se de um diagnóstico que depende de uma história clínica, cuja avaliação está aberta a erro. Quando ficou claro que Jo não estava melhorando com o tratamento para epilepsia, o diagnóstico foi revisto, um diagnóstico correto foi feito e o tratamento adequado foi iniciado. Setenta por cento dos que sofrem de transtorno dissociativo continuam tendo ataques, sobretudo aqueles que não obtêm o diagnóstico rápido o suficiente, os que não têm nenhuma causa subliminar encontrada ou onde não há psiquiatra apropriado para fornecer atendimento.

A medicina é uma carreira cheia de altos e baixos. Quando trabalhamos com pessoas que têm transtornos dissociativos, as histórias de sucesso às vezes podem ser difíceis de se obter. Muitos pacientes nunca foram atendidos por um psiquiatra e, na maioria das vezes, eu não soube onde as histórias deles terminaram. Jo tinha se recuperado por completo quando entendeu seus ataques. Sinto-me muito encorajada ao ouvir o quanto ela estava bem.

Com o tempo, Camilla também me faria sentir assim, mas não até ela ter entendido algo muito difícil.

Camilla permaneceu no hospital por mais duas semanas após o diagnóstico ter sido confirmado. Durante essa época, monitorei o progresso dela enquanto retirava a medicação para epilepsia. Ela continuou a lutar contra a crença de que seus ataques não ocorriam devido à epilepsia, mas manteve a dúvida calmamente e com dignidade. Sua serenidade me perturbou. Ela falava de negação. Eu queria que ela gritasse comigo, me desse uma demonstração de emoção que eu pudesse entender e à qual pudesse responder. Mas, se havia algo oculto, Camilla não conseguia atingi-lo, nem eu. Se eu a tinha aborrecido com um diagnóstico, ela não conseguia sentir isso — ou não conseguia mostrar o sentimento. Logo comecei a achar que eu estava errada. Todas as vezes em que nos encontramos, Camilla me dizia que acreditava que emoções podiam fazer mal, mas isso não estava acontecendo com ela. Era algo que acontecia com os outros.

Alguns transtornos somáticos acontecem de modo traiçoeiro, sem grandes dramas para explicá-los. Alguns acontecem por uma razão que é óbvia, e outros por causa de algo secreto. A dissociação envolve uma separação: uma parte da mente não está ciente da outra, memórias do passado são mantidas afastadas das do presente. Em minha última reunião com Camilla, soube o quanto essa separação de consciências pode ser absoluta.

Camilla tinha parado com toda a medicação para epilepsia sem sofrer nenhum efeito danoso. Os ataques continuavam, mas ainda não havia provas para sugerir que qualquer um deles ocorria devido à epilepsia. No dia em que ela iria para casa, encontrei-me com ela e com seu marido para uma última conversa. Eles se sentaram à minha frente, na ponta da cama de Camilla.

"Há mais alguma coisa que você gostaria de perguntar antes de ir embora?", indaguei.

"Só o que sempre pergunto." Camilla riu. "Se isso é verdade, por que está acontecendo comigo?"

"Você sabe que não sei a resposta para isso. Deve levar tempo para entendermos."

"Eles acontecem em qualquer lugar, assistindo à televisão, lendo. Não há um padrão."

"Às vezes, acho que é útil pensar no primeiro ataque. Às vezes, ele é o que nos diz mais. O primeiro ataque pode ter sido desencadeado por algo, e depois todos os outros podem ter sido espontâneos, sem seguir um padrão e, portanto, nos confundindo. Seu primeiro ataque aconteceu em Cumbria, não foi? Você pode pensar em algo que tenha acontecido lá, mesmo que seja pequeno?"

"Eu tive uma reunião muito bem-sucedida. Não havia nada."

O marido de Camilla sentou-se ao lado dela, segurando sua mão. Ele agora parecia frisar o cenho e olhar para a esposa como se estivesse confuso.

"Querida?", disse ele.

Não era carinhoso, era uma pergunta.

"O quê?" Camilla voltou-se para ele.

"Você sabe que esse não foi o *primeiro* desmaio?"

"O quê?", disse Camilla de novo.

O início do relacionamento deles foi comovente. Hugh sabia que se casaria com ela desde o primeiro dia em que se conheceram. Camilla afirmou que ele a conquistara. Eles participavam do mesmo grupo social durante toda a faculdade, e a amizade sobreviveu à dispersão dos colegas. Os dois conseguiram empregos em Londres e começaram a passar tempo juntos. Eles se apaixonaram, como Hugh tinha dito que aconteceria. Hugh afirmou que desejava pedi-la em casamento logo no início do relacionamento, mas esperara quase dois anos por senso de decoro. Um ano após o pedido, eles se casaram.

Camilla e Hugh trabalhavam longas horas e decidiram esperar antes de começar uma família, embora ambos desejassem ter o maior número de filhos possível. No entanto, com dois anos de casamento, eles interromperam seus melhores planos com a chegada do primeiro filho não planejado, Henry. Camilla tirou licença-maternidade por um ano e depois voltou ao trabalho. Ela adorava passar o tempo com Henry, se maravilhava com todas as pequenas mudanças. Seu retorno ao trabalho tinha sido relutante.

Um sábado, quando Henry tinha 18 meses, Camilla havia combinado um encontro com uma amiga, também mãe, no parque. Era um dia de brincadeira para Henry, e uma chance de Camilla colocar a conversa em dia. A caminhada até o parque levara 15 minutos. Sentado em seu carrinho, Henry conversava animadamente consigo mesmo por todo o caminho.

Na entrada do parque, Camilla encontrou outra amiga. Elas se cumprimentaram e começaram uma conversa casual, sobre escolas, dias de brincadeira e babás. Enquanto caminhava, Camilla enxergou a mãe, com quem havia combinado de se encontrar; ela empurrava a filha no balanço, perto da cerca que limitava o parque. Henry deve tê-las visto também, pois começou a gritar alto, lutando para ser tirado do carrinho. Camilla lhe disse para sossegar, que eles não iriam no balanço se ele fosse desobediente, e virou o carrinho para a direção contrária ao parque. Henry gritou novamente, arqueou as costas e chutou para todos os lados.

"Melhor a gente ir", Camilla sorriu e se inclinou para se despedir do filho da amiga, que agora parecia estar perto de começar um ataque de raiva como o de Henry.

O que Camilla não havia percebido foi que, ao virar o carrinho, ela havia soltado o freio, sem acioná-lo novamente. Henry ainda lutava para tirar as tiras de segurança e, ao fazê-lo, o carrinho começou a andar para frente. A calçada estreita tinha um pequeno declive, e não demorou muito para o carrinho chegar à rua. Nesse ponto, se Camilla tivesse notado, ainda poderia ter alcançado o carrinho e o puxado de volta. Mas ela não percebeu e, quando o carrinho rolou para o meio-fio, ele tombou para frente, no meio da rua, junto com Henry. A amiga de Camilla, que estava de frente para a rua, viu primeiro. Ela deixou escapar um grito e se jogou na direção de Henry. Camilla se virou a tempo de ver o carro virar a esquina, frear, mas não conseguir parar, e viu o carrinho de seu filho desaparecer embaixo das rodas.

"Tudo pareceu irreal. Eles disseram que desastres como esses acontecem em câmera lenta, mas não foi assim. Foi rápido, como se o carrinho tivesse simplesmente desaparecido... pow."

O motorista do carro parou rapidamente. Camilla correu para a rua e deitou no chão, tentando pegar seu filho. O carrinho estava preso na parte de baixo do carro. Estava dobrado de tal forma que ela nem conseguia ver Henry.

"Havia tantos gritos, eu, minha amiga, o motorista, que levei minutos para perceber que eu não conseguia ouvir qualquer som vindo de Henry."

O corpo de bombeiros levou vinte minutos para tirar Henry de baixo do carro. Quando Hugh chegou, os dois viram a expressão do bombeiro quando entregou o corpo sem vida do filho deles para os paramédicos. Camilla e Hugh não foram autorizados a ir na ambulância, e seguiram imediatamente atrás no carro da polícia. Camilla estava em pé na porta da emergência, observando os paramédicos fracassarem em ressuscitar seu filho. Uma enfermeira, ao vê-los ali, apressou-se em levar o casal à sala de espera. Meia hora mais tarde, eles receberam a notícia de que nada poderia ser feito. Os médicos acreditavam que Henry provavelmente teve morte instantânea. Naquela noite, Camilla desmaiou e teve o primeiro ataque.

Quando perguntei a Camilla quantos filhos ela tinha, ela não contóu sobre Henry. Ela não tinha mencionado esse fato para nenhum dos médicos ou enfermeiras com os quais esteve durante qualquer de suas internações hospitalares, e minhas perguntas não haviam sido suficientemente diretas para acharem coisas ocultas.

Camilla não esquecera Henry, nem o dia em que ele morreu. Sua vida seguiu adiante, ela teve dois outros filhos, mas nunca o esqueceu. Havia uma fotografia dele pendurada em quase todos os cômodos da casa. Ela teria nos contado sobre ele se tivéssemos perguntado, mas, na ausência dessa pergunta direta, ela acreditou que tinha que lidar com sua perda e não mencionou nada. Se tivéssemos perguntado, ela teria nos contado que era sortuda por ter tido Henry em sua vida, mesmo que apenas brevemente, e que ela era sortuda por ter seguido adiante e dado à luz dois outros filhos saudáveis, quando outras pessoas não tinham nenhum. Ela não esquecera Henry, mas sua perda havia sido superada. Era isso o que ela teria dito.

Até o dia em que ela estava em pé em uma reunião e Henry surgiu em sua mente. A reunião tinha ido bem. Ela havia defendido com sucesso uma mãe e um filho, cuja casa não era segura. Ela se sentia feliz até pensar em Henry.

"Ajudei a salvar uma criança, mas não pude salvar a minha." Ela afastou o pensamento rapidamente.

Cinco minutos depois, ela teve o segundo ataque.

Camilla depositara sua dor em um lugar de seu cérebro ao qual não tinha acesso. Ela sabia que perdera um filho, mas tinha esquecido a dor dessa perda. Sua dor estava trancada em uma caixa em sua cabeça, e os ataques eram o monstro que protegia essa caixa. Eles serviam a um propósito, e somente quando o segredo deles foi revelado é que os ataques desapareceram.

9
RISO

Sua visão se tornará clara apenas quando você puder olhar dentro de seu próprio coração.

Carl Jung, *Memórias, sonhos e reflexões* (1961)

Não posso imaginar uma pessoa que conheça Maria e não goste dela. Maria tem 50 anos, mas um temperamento infantil que cativa a todos. É a terceira vez que ela se interna sob meus cuidados e a terceira vez que traz consigo George, seu urso de pelúcia. Ele é quase tão velho quanto Maria, que nem sonharia em deixá-lo em casa. Maria também não anda sem uma fotografia que a mostra sorrindo de orelha a orelha ao lado de seu jogador de futebol favorito, que conheceu durante um trabalho voluntário na entrada de uma mansão. Foi lá que apertou a mão do ídolo, David, que gentilmente parou para que pudessem tirar uma fotografia juntos. Maria me conta a história desse encontro quase todas as vezes em que me vê. Se questionada, Maria marcaria isso como o melhor momento de sua vida.

"E quanto à época em que o Manchester ganhou a liga?", perguntei uma vez.

Aqueles foram bons tempos, mas conhecer David foi melhor.

"Todas as garotas vão ficar com inveja quando virem a foto", brinquei com Maria, que sorriu.

Maria era uma criança saudável até o dia em que teve seu primeiro ataque epilético, aos 5 anos. Os ataques continuaram até ela ter 14 anos. Durante o tempo em que o cérebro de Maria devia estar amadurecendo, ele foi interrompido por convulsões frequentes. Como resultado, a inteligência de Maria também não avançou, e ela foi diagnosticada com uma dificuldade moderada de aprendizagem.

Embora os pais de Maria tivessem lhe fornecido um lar amoroso, tiveram uma atitude antiquada de autossuficiência que não permitiu que tirassem proveito de todos os serviços que podiam estar disponíveis para Maria enquanto ela crescia. Como consequência, ela passou grande parte da vida em casa com a mãe, isolada de outros com a mesma idade. A aprendizagem de Maria foi interrompida de todas as formas pelas internações hospitalares frequentes. No momento em que deveria estar aproveitando a vida, Maria estava deitada em um leito de hospital ou em casa. Ela passou muito pouco tempo na escola e saiu sem qualquer qualificação e com pouquíssima capacidade para enfrentar a vida. O que Maria sabia aprendera com a mãe. Quando a mãe cozinhava, Maria observava e remexia as panelas. Quando a mãe limpava a casa, Maria a seguia carregando produtos e espanadores. Quando as amigas da mãe faziam uma visita, Maria se deliciava colocando um avental e agindo como garçonete. Maria raramente saía e nunca fez amizades fora da família. A paixão pelo futebol veio do pai, que sempre que era possível a levava para ver uma partida. O passeio de que Maria mais gostava era ir semanalmente com a mãe à igreja.

Maria era filha única e tinha poucos interesses. Isso nunca importou muito porque, como era o centro das atenções dos pais, Maria era bem-cuidada e nunca estava sozinha. A insustentabilidade da situação nunca foi percebida por ninguém até que a mãe teve o primeiro derrame. Ela se recuperou bem naquela ocasião, mas a possibilidade de morte ficou evidente, assim como a necessidade de fazer planos que contemplassem o que Maria faria caso os pais não estivessem mais presentes. As equipes de trabalho social especializadas em dificuldades de aprendizagem providenciaram uma vaga para Maria frequentar um centro diurno. Também organizaram um trabalho voluntário semanal. Seus pais investiram em um fundo para que Maria sempre tivesse condições financeiras. Quando ela estava com quase 40 anos, sua mãe sofreu o segundo derrame e não resistiu. Maria e o pai perderam o rumo por um tempo. Quando Maria tinha 42 anos, seu pai faleceu.

Desde então, Maria vive sozinha na casa de sua família. Graças às medidas financeiras tomadas pelos pais, Maria recebe a breve visita de uma cuidadora todas as manhãs e tardes. A maior parte dos dias ela tem atividades, tanto no trabalho voluntário quanto no centro. O trabalho que Maria prefere é o voluntário, realizado em um supermercado e em uma mansão. No supermercado, Maria tem muito prazer em dizer um oi bem alto para todos que se aproximam e em entregar a cesta de compras. Nem sempre ela gosta quando o oi não é respondido. Uma vez, ela seguiu um cliente até o interior da loja, por um corredor, porque ele deixou de responder ao seu cumprimento. Depois disso, ela perdeu o emprego por um tempo, até a intervenção de uma assistente social, que pediu à gerente uma segunda chance para Maria.

"Se eles não dizem oi, não posso dizer nada", ela me disse.

"Nem todo mundo é tão amigável e feliz quanto você, Maria, então precisamos lembrar disso", respondi.

"Minha assistente social disse que algumas pessoas estão ocupadas demais para dizer oi."

Na verdade, suspeito de que Maria alegre o dia de muita gente. Para todas as pessoas que não respondem há outras que até param durante o cumprimento. Todos que conhecem Maria sabem que ela sempre pode levantar o assunto futebol e desconfio de que muitas conversas animadas aconteçam na porta daquela loja.

Aos 45, Maria teve seu primeiro ataque depois de trinta anos. Ela estava tomando medicação para epilepsia desde a adolescência. Como tentativas de retirada da medicação na infância tinham resultado em ataques, achou-se prudente que Maria continuasse com remédios por toda a vida. Uma segunda-feira de manhã, como de hábito, a cuidadora de Maria foi visitá-la e a descobriu caída no chão da sala de estar, com uma queimadura que ia do cotovelo ao pulso, ocasionada por fricção no tapete. Maria voltou a si quando a cuidadora a sacudiu, mas sem saber por quanto tempo estivera deitada no chão. Maria foi levada para o hospital e fez exames que apresentaram um resultado normal. O exame de sangue apontou um baixo nível da medicação para epilepsia no sangue, e os médicos passaram a temer que, na ausência de supervisão nos fins de semana, Maria pudesse ter se esquecido de tomar os remédios.

Depois disso, Maria sofreu alguns desmaios em meses não consecutivos. Seu médico aumentou a dosagem dos remédios e uma cuidadora passou a visitá-la nos fins de semana para conferir se Maria tomava a medicação. Como os ataques continuaram, Maria foi levada para a sala de videotelemetria para que se pudesse ver o que acontecia durante os desmaios.

Na primeira internação de Maria no hospital, ela passou a maior parte do dia em pé, na porta do quarto, chamando as enfermeiras que trabalhavam no setor. Os conectores colocados em sua cabeça para registrar as ondas cerebrais durante um ataque não permitiam que ela vagasse pelo corredor ou pela enfermaria. Ao ficar em pé, chamando as pessoas na porta, ela fez amizade com outros pacientes e logo havia pessoas visitando seu quarto o dia inteiro.

No dia anterior à alta de Maria, soube que ela tinha sido encontrada deitada no chão da sala. Assisti ao vídeo para ver o que tinha acontecido. A noite era um momento tranquilo para Maria, havia poucos funcionários na enfermaria e outros pacientes estavam com visitas. Maria ficou andando de um lado para o outro, ora sentando para assistir à televisão, ora caminhando até a porta e chamando alguém que não a atendeu. Ela ficou nessa agitação por quase uma hora quando eu a vi pegar algumas revistas e jogá-las no chão. Depois, ela foi até a porta e consegui ouvir um grito a distância. "Socorro, socorro." Ela voltou para o quarto e, usando a cama como apoio, se abaixou com cuidado até o chão. Deitou-se quieta, com os olhos fechados, mas ninguém veio vê-la. Após um minuto ou mais de espera, ela se levantou outra vez e fez o mesmo, andando até a porta e gritando por socorro. Dessa vez, quando voltou para o quarto, também pressionou o botão de alarme antes de se deitar de novo no chão e fechar os olhos. Apenas quando ouviu as enfermeiras chegarem é que ela começou a tremer. As enfermeiras eram muito experientes e reconheceram na hora que o ataque de Maria não poderia ter relação com a epilepsia. As profissionais falaram com ela e a tranquilizaram, dizendo que estava segura. Uma delas se ajoelhou ao lado de Maria, acariciou o braço dela e lhe disse que tudo estava bem. Quando não obteve resposta, a segunda enfermeira começou a falar.

"O jogo vai ser daqui a pouco, Maria, você não vai querer perder, vai?"

Os olhos de Maria estavam bem fechados, mas seu rosto se abriu em um sorriso parcialmente reprimido.

"David vai jogar hoje?" A enfermeira sabia que Maria estava bem.

Nesse instante, era possível ver os dentes de Maria por trás do sorriso.

"Não tenho certeza se vão ganhar. Eles não têm jogado bem", a enfermeira acrescentou.

Isso foi demais para Maria, que abriu os olhos imediatamente.

"Claro que vão!"

O tremor parou, Maria levantou de novo e começou um debate animado sobre futebol.

Com a ajuda de uma enfermeira, ajudei Maria a sentar para conversar a respeito dos desmaios. Sua inocência interrompeu a conversa antes que ela tivesse começado de fato. Uma infância de epilepsia tornou impossível para ela considerar qualquer explicação alternativa, e nossa conversa logo acabou quando Maria caiu no chão e começou a tremer. O tremor não parou até eu deixar a sala.

No dia seguinte, o psicólogo visitou Maria, mas ficou claro que ela não conseguia manter uma conversa sobre ataques não epiléticos de modo que fizesse algum sentido. Então, começamos a procurar outras formas de ajuda.

Contatei o médico dela e a emergência de seu bairro para explicar o diagnóstico. Em geral, quando Maria desmaiava, era levada às pressas para o hospital em uma ambulância. Uma vez lá, Maria recebia medicação e, em uma oportunidade, chegou a ser internada na unidade de terapia intensiva porque o ataque não parou nem com a medicação. Com frequência, em uma situação tão extrema, as convulsões não epiléticas são confundidas com epilepsia, e o tratamento é iniciado, causando mais dano do que benefício. No caso de Maria, isso significaria o risco de apresentar graves efeitos colaterais, por ela receber medicação desnecessária. Possíveis complicações também poderiam ameaçar sua vida, por ela estar em uma unidade de tratamento intensivo e com ventilação, sujeita a infecções pulmonares ou coágulos sanguíneos. O que estava acontecendo com Maria não oferecia perigo, ao contrário do tratamento. Ao garantir que o diagnóstico fora bem comunicado para todos os médicos envolvidos com seus cuidados, senti que eu podia ao menos ter certeza de que eles pensariam bem antes de intervir tão agressivamente quando um novo ataque ocorresse. Ela podia ser tratada apenas com amor, atenção e tranquilidade.

Também voltamos a colocar Maria em contato com a assistente social. Apesar do trabalho voluntário e dos passatempos, Maria estava passando diariamente longos períodos sozinha. Os assistentes sociais ajudaram Maria a encontrar um serviço de proteção, alguém para quem pudesse telefonar à noite, quando as coisas ficavam sossegadas demais em casa. A infância de Maria fora repleta de amor, mas a vida adulta era solitária e Maria não sabia comunicar o que sentia. O que Maria fizera no hospital teve muito pouco efeito. Seu primeiro desmaio na idade adulta provavelmente teve origem na epilepsia e foi causado por não ter tomado o remédio, exatamente como seu médico suspeitara. Porém, de alguma forma, aquele ataque tinha inadvertidamente agido como um lembrete. Em sua solidão, Maria voltara para algo da infância que tinha lhe trazido algum benefício na época. Quando Maria se deitou no chão, seu cérebro lembrava um tempo em que uma menininha tinha um ataque e a mãe vinha correndo.

Penso em Maria quando preciso me lembrar que não há uma única solução para a doença psicossomática. Procurar por uma é o mesmo que procurar pela cura da infelicidade. Não há uma resposta única porque não há uma causa única. Às vezes, você precisa apenas entender a que propósito a doença está servindo, encontrar o que está faltando e tentar substituir essa falta. Se a doença parece estar ajudando a resolver o problema da solidão, então tratamos a solidão e a doença desaparecerá. Às vezes, é preciso descobrir onde está o ganho e dar atenção a ele. Se o problema residir nas respostas inadequadas às mensagens que o corpo envia, elas podem ser reaprendidas, quebrando os padrões do medo e da evasiva. Se houver um trauma específico que desencadeia a doença, é preciso abordá-lo. Não é vergonhoso pedir ajuda. Se não há explicação ou nada resolve, fale com um psiquiatra. O que você tem a perder? Só temos uma vida, por que não aproveitar?

Todos os meus pacientes são indivíduos com histórias pessoais para contar, com seu próprio conjunto de problemas e soluções. Embora os sintomas de seus sofrimentos possam ser muito semelhantes, os caminhos que os trouxeram até o meu consultório não são. Cada um deles me ensina algo importante e cada novo paciente me lembra de que há sempre mais a aprender. Mas, apesar de todas as diferenças entre eles, há uma coisa, uma única coisa, que todos compartilham: a confusão de sua jornada. Se os neurologistas sabem que os transtornos conversivos são muito comuns, por que a notícia é tão chocante para os pacientes? Se os sintomas psicossomáticos são tão onipresentes, por que somos tão mal preparados para lidar com eles?

Considere as estatísticas outra vez: em 2011, um estudo alemão mostrou que 22% das pessoas atendidas em uma unidade básica apresentavam algum transtorno de somatização. Um estudo realizado no Reino Unido examinou sintomas não explicados pela medicina em clínicas hospitalares e descobriu que eram comuns em todas as clínicas: em algumas delas, chegavam a representar mais de 50% dos atendimentos. Um estudo norueguês perguntou a mais de novecentos pacientes de um consultório de clínica geral se eles achavam que sofriam de envenenamento por amálgamas, síndrome do intestino irritável, candidíase, síndrome da fadiga crônica, fibromialgia, envenenamento eletromagnético ou intolerância alimentar. Cada um desses diagnósticos é considerado inteiramente inexplicável pela medicina ou apenas parcialmente explicado, e com um grande componente psicológico. Quase 40% dos entrevistados pensavam que podiam ter pelo menos um desses problemas. Nos Estados Unidos, onde seguro de saúde é caro e o sistema público de saúde é muito diferente do inglês, a prevalência de transtornos dissociativos, na maioria das clínicas de epilepsia, é de 30% — percentual muito semelhante à média encontrada na clínica de epilepsia do Reino Unido.

Agora vamos dar uma olhada no impacto disso no sistema de saúde. Em 2011, três clínicas gerais em Londres identificaram 227 pacientes com a forma grave de transtorno somatoforme, o mesmo de Pauline. Esses 227 pacientes constituíam 1% da população que frequentava a clínica — o que confirma que é uma condição rara. Esses pacientes procuraram as instalações de cuidados secundários 1.077 vezes em um ano. Cada um foi atendido vinte vezes por seu médico e fez inúmeros exames. Somente esses 227 custaram ao sistema de saúde público inglês mais de 500 mil libras em um ano. Quando esse valor era extrapolado para um custo estimado para pacientes semelhantes em toda a cidade de Londres, ele atingia 115 milhões por ano. Esse custo era apenas para Londres e para a forma mais grave de transtorno somático. Não há estimativa disponível para o grande número de pessoas que procuram o médico com formas menos graves do transtorno — possivelmente até 30% das consultas com um clínico geral todos os dias.

Se realmente desejamos que essa situação melhore, cada um de nós tem uma contribuição a fazer. Há espaço para a mudança em todos nós. Os médicos deviam temer menos esse diagnóstico, estarem mais dispostos a confrontá-lo e mais compassivos com os pacientes. As escolas de medicina que ensinam os transtornos a seus alunos geram médicos melhores. Os profissionais da área médica precisam parar de colocar esse diagnóstico sem qualificação no fundo de suas listas. Certamente, esse diagnóstico é o que sobra quando os exames são normais e os sintomas não se encaixam em nenhuma doença conhecida, mas por que isso deve desviar a atenção da incapacidade e do sofrimento que o problema causa? Em vez de aparecerem como uma nota de rodapé em um livro didático de medicina, os transtornos psicossomáticos deveriam ser reconhecidos como um diagnóstico sério em si. Mas a maior parte da sociedade, o público em geral — *você!* — precisa parar de considerar os sintomas desse tipo como menos "reais" do que aqueles associados a outras doenças. É aí que precisamos admirar Charcot. Apesar de seus erros, dos caminhos equivocados que tomou, ele atribuiu à histeria o mesmo rigor científico e o mesmo nível de interesse que conferiu a qualquer outra doença neurológica que estudou. É isso que todos podemos fazer de diferente — quando encontrarmos um paciente que esteja gravemente incapacitado com apenas sintomas inexplicáveis do ponto de vista médico, devemos tratar essa pessoa com o mesmo respeito que trataríamos alguém que tivesse qualquer outro diagnóstico.

Precisei de mais de vinte anos para sentir que cheguei minimamente perto de entender esses transtornos. Do ponto de vista pessoal, encontro certo conforto estranho ao reconhecer que meu corpo pode reagir dessa forma ao estresse. E, se meu corpo deseja me dizer algo, pretendo ouvi-lo. Alguns anos atrás, quebrei um osso do pé e tive de usar bota de gesso por um mês. Quando o gesso foi retirado, meu pé estava desfigurado e magro. Por duas semanas, manquei enquanto tentava me recuperar. Como era saudável, não conseguia aceitar que meu progresso fosse tão lento — deve ter alguma coisa errada. Será que a fratura não teria sarado direito? Marquei uma consulta com meu médico. Ele sugeriu que eu tirasse um raio X. O resultado ficou pronto naquela manhã, mas eu tive de esperar até o dia seguinte para pegá-lo. Fiquei fascinada ao observar como meus sintomas evoluíram durante aquelas 24 horas. Eu fora até o consultório de meu clínico geral na manhã anterior, uma caminhada levemente dolorosa de dez minutos. Ao longo do dia seguinte, comecei a sentir que meu pé estava enfraquecendo. Meu membro piorou e acabei o dia pulando em uma perna só, capaz apenas de colocar os dedos do pé afetado no chão para me equilibrar. Em minha mente, havia uma imagem vívida de um osso partido, as pontas expostas pela pressão que eu fazia nele. E, no entanto, muito embora eu lutasse para andar, ainda me lembro com nitidez de que não estava apavorada... porque eu tinha visto isso antes. Minha experiência não era tão diferente da descrita por meus pacientes. Eu sabia que não havia razão médica para meu pé se deteriorar tão depressa. Por um lado, eu percebia que meus sintomas não faziam sentido, por outro, eu reagia como qualquer pessoa podia ter reagido. Quando soube que meu raio X mostrou uma fratura bem cicatrizada, tive uma recuperação rápida — fui pulando em uma perna só até a clínica para pegar o resultado, mas voltei andando para casa.

Acredito na realidade dos sintomas psicossomáticos e imaginar que meus sintomas eram psicossomáticos me consolou o tempo todo. Eu era alguém que não estava acostumada à dor ou a qualquer tipo de incapacidade, mas meu conhecimento tinha sido útil para mim. Durante todo o tempo, esperei que meus sintomas fossem psicossomáticos porque, nesse caso, eu estaria no controle novamente e poderia esperar uma rápida recuperação. Não é vergonhoso se sentir assim.

Para atribuirmos uma causa psicológica a uma doença grave, é vital que acreditemos que isso seja possível e consideremos como a doença psicossomática muitas vezes pode ser levar a extremos. Para as pessoas aceitarem a realidade da doença psicossomática, elas devem aceitar o poder da mente sobre o corpo. Se aceitamos sem problema relatos de pessoas que usam a hipnose no lugar da anestesia, o efeito placebo, o uso de psicólogos do esporte, homeopatia e medicinas alternativas, o efeito da meditação, as dietas anticâncer e qualquer outro exemplo de como a mente pode influenciar o corpo, por que a ideia da mente reproduzindo sintomas físicos é mais difícil de ser admitida? Para todos os efeitos positivos que a mente possa ter, pode facilmente haver efeitos negativos. Não há por que resistir: a incapacidade por razões psicológicas está em todo lugar, ela pode existir e existe. É um problema comum que pode afetar qualquer um — nós mesmos, assim como pessoas que conhecemos e amamos.

Para a percepção pública mudar, cada um de nós precisaria aceitar aquela parte de nós que reage fisicamente ao mundo ao nosso redor. Se entendermos melhor a forma como nosso corpo perde controle — perda essa desencadeada apenas por um sentimento —, talvez mais reações extremas possam deixar de parecer tão inaceitáveis. Uma vez que todos somatizamos nossas emoções, quer reconheçamos ou não. Pense sobre o riso. Quando rimos, nosso diafragma se contrai reiteradas vezes, o ar é expelido de nossos pulmões e depois aspirado novamente com rapidez. Metade da laringe contrai e um som de aspiração ritmado é liberado. Os músculos faciais se contraem e a boca se abre. A pele ao redor dos olhos enruga. A cabeça vai para trás. Às vezes, o corpo todo participa, as mãos agarram o estômago, nos curvamos para frente e o corpo todo treme. Quando a sensação agradável atinge o ápice, água surge em nossos dutos lacrimais e escorre pelo rosto. Por um segundo, quase não conseguimos respirar, o coração acelera e o rosto fica vermelho. E, ainda melhor, é contagioso. Quanto mais sincero o riso, mais o olhar das pessoas ao redor é atraído para nós, e mais elas participam. Assim, mesmo sem saber o que provocou aquilo, estranhos são atraídos por esse evento.

Mas o riso comunica mais do que felicidade, ele é desencadeado por uma variedade de emoções. Ao lado do humor, ele pode também ocorrer como resultado de desconforto ou constrangimento social, ou ser uma expressão de intenção negativa, como escárnio. Na maioria dos casos, o riso é um mecanismo involuntário, mas pode ser insincero, falso.

Ninguém entende completamente o mecanismo pelo qual o cérebro produz o riso. Muitas partes são envolvidas, mas nenhum *centro de riso* foi identificado. É provável que o riso não seja um fenômeno único, que diferentes risos tenham diferentes causas e sejam gerados em diferentes partes do cérebro. É por isso que um riso insincero não é facilmente confundido com um sincero porque, embora sejam fenômenos relacionados, são diferentes.

Freud acreditava que o riso, assim como os sonhos, podia revelar nossos pensamentos mais secretos. A maioria de nós já riu quando não queria e, ao fazer isso, inadvertidamente, permitiu que outros soubessem algo que pensávamos em segredo. Muitas vezes o riso é involuntário, então, se examinarmos o que nos faz rir, podemos aprender algo sobre nós mesmos. As piadas nos permitem rir de coisas que não são, de modo geral, aceitáveis socialmente e isso em si é revelador.

O riso pode ser terapêutico. Ódio contido ou tristeza podem ser convertidos em riso e, ao fazer isso, liberamos uma tensão interna. O riso pode nos distrair. Se estamos sofrendo de estresse ou medo, podemos nos sentir melhor se reprimirmos ou negarmos esse sentimento e, em vez disso, buscarmos o riso.

E o riso pode dar errado. Às vezes, pode ser sinal de doença. O riso inapropriadamente mal controlado é visto como uma variedade de transtorno psiquiátrico e neurológico. Na mania, há um riso estridente que vai longe demais. As doenças que afetam o lóbulo frontal do cérebro podem causar riso inapropriado, caso em que o cérebro parou de ser capaz de distinguir entre situações que podem ser consideradas adequadas e inadequadas para o humor. Há também um tipo de epilepsia que se manifesta como nada além de um riso melancólico.

Como aceitamos facilmente essas diferentes facetas do riso! Trata-se da demonstração física de uma emoção, seu mecanismo é mal-entendido, nem sempre está sob nosso controle voluntário. O riso afeta o corpo todo, para a respiração e acelera o coração, serve a um propósito, alivia a tensão e comunica sentimentos. O riso é o sintoma psicossomático mais importante. É uma parte tão normal da experiência humana que todas as suas facetas são universalmente aceitáveis. Agora, tudo que temos a fazer é dar alguns passos curtos na direção de uma nova percepção. Se podemos chegar a desmaiar com o riso, não é possível também que o corpo possa fazer coisas ainda mais extraordinárias quando confrontado com desencadeadores ainda mais extraordinários?

AGRADECIMENTOS

Agradeço a Kirsty McLachlan — da David Godwin Associates —, que foi de suma importância no desenvolvimento da ideia desse livro. E a Becky Hardie — da Chatto & Windus —, que me ensinou muito e cujo trabalho árduo beneficiou o resultado da obra de maneira incomensurável.

Agradeço a meus pais, que sacrificaram muito para dar uma boa educação a todos os filhos. E a toda a minha família, Eithne, Aileen, Paul, Barry, Oscar, Aisling, Felix, Roisin, Ciara, Chloe, Daniel e Shaun.

Tenho uma dívida pessoal com todos aqueles com quem trabalhei e aprendi nos últimos vinte anos. Ainda assim, devo fazer uma alusão específica aos neurologistas e neurofisiologistas dos hospitais de Meath, Adelaide e St. Vincent em Dublin, que me inspiraram a seguir seus passos. Também às equipes de epilepsia do Royal London Hospital, National Hospital for Neurology e a Epilepsy Society. Agradeço especialmente a Jenny Nightingale, Adele Larkin, Vicki Kelmanson e Charlie Cockerell, que me permitiram desenvolver meu assunto de interesse em um ambiente incentivador. Também faço um agradecimento especial às equipes de neuropsiquiatria de cada um desses hospitais, que dão um tremendo apoio aos meus pacientes e a mim.

Mas, acima de tudo, agradeço a meus pacientes. Espero que este livro crie uma compreensão melhor de seus problemas.

ÍNDICE

a mente
    consciência 157, 187, 201
    relação com o cérebro 191-92
    o subconsciente 136, 18, 185, 202
ab-reação 92, 93, 140
acupuntura 86
aftas *ver* erupções cutâneas 201
AIDS *ver* HIV/AIDS
alergias e intolerância alimentar 33, 294
alexitimia 233
Alice 171-207
amígdala cerebelosa 187, 192
amnésia 93, 179
amok 200
Anna O. *ver* Pappenheim, Bertha
ansiedade com a saúde *ver* hipocondria
ansiedade 90, 234, 244, 246, 265, 266, 270
    ver também hipocondria
asma 26
ataques dissociativos 51, 53, 56, 123, 142-43, 148, 261, 269
ataques não epiléticos *ver* ataques dissociativos
ataques psicogênicos *ver* ataques dissociativos
ataques *ver* ataques dissociativos
    epilepsia 10, 21, 22, 27, 42, 44, 47, 86, 110-14, 121-23, 145, 151, 153, 157, 192, 202, 233, 253, 265, 272-78, 292, 294, 299
atenção 192
aversão à água 182

Beard, George 225
Berger, Hans 45-6
blefaroespasmo 178, 179

botox 102, 108
Brenda 18-21
Breuer, Josef 61, 181-85
Brouillet, André 116

Camilla 247-86
câncer 172-76, 194-99
câncer de mama 172-74
candidíase 201, 294
Cassandra (personagem mitológico) 97
CAT *ver* tomografia computadorizada
catatonia 92
cegueira 128, 136, 137, 165, 167
Charcot, Jean-Baptiste 116
Charcot, Jean-Martin 85, 114, 115
concentração, falta de 201
consciência 140, 183, 185, 186, 187
convulsões *ver* ataques dissociativos
cortisol 189
cura pelo descanso de Weir Mitchell

Daniel 238-45
decepção 146
definição psicogênica 23
depressão 32, 77, 192, 224, 226, 232, 234, 237, 262, 266, 270
derrames 72, 240
desencadeadores 44, 299
desmaio 11, 15, 44-5, 47, 110, 157, 188, 285
    ver também ataques dissociativos
diabetes 63
Diagnostic and Statistical Manual of Mental Disorders (DSM) 24

discriminação
  incapacidade 257
dissociação 140, 181, 185, 260, 282
distonia 101, 106, 108, 193
doença da tireoide 210, 304
doença de Lyme 215, 216
doença de Parkinson 117
doença do neurônio motor 117, 202
doença comportamental 190
doença
  definição 13
  e doenças psicossomáticas 14
doenças autoimunes 230
dor abdominal 206, 207, 265
dor de cabeça 175, 203, 227, 234, 239, 243, 272
dor facial 184
dor na perna 29, 39, 60
dor nas articulações 26, 32, 39, 70, 224, 227, 234, 239
dor nas costas 159, 195, 199, 239, 245, 274
dor no peito 71, 171
DSM *ver* Diagnostic and Statistical Manual of Mental Disorders

EBV *ver* vírus Epstein-Barr
eixo HPA *ver* hipotálamo-pituitária-adrenal
Eleanor 239-41
Eletroencefalograma 45, 110-11, 113, 122, 143-44
Elizabeth, Fraulein 198-99
emoção 50-51, 80, 87, 135, 153, 183, 186, 281, 299
  alexitimia 233
encefalite límbica 123
encefalomielite miálgica *ver* ME/SFC
enrubescimento 13
enxaqueca 10, 70-1, 234
  ver também dor de cabeça
epilepsia 10, 21, 22, 27, 42, 44, 47, 86, 110-14, 121-23, 145, 151, 153, 157, 192, 202, 233, 253, 265, 272-78, 292, 294, 299
erupções cutâneas 235
esclerose múltipla 10, 61, 62, 64, 68, 69, 75-9, 117, 192, 210, 213, 222, 229
espasmos musculares 268
esquizofrenia 192
estresse 12, 13, 18, 23, 25, 51, 79, 88, 90, 105, 136, 148, 174, 178, 188-93, 206, 209, 231-33, 258, 262, 271, 296, 299
excitação: efeitos físicos 183
experiência de vida, influência de 28

fadiga 16, 27, 73, 82, 89, 171, 191, 210-30, 294
  ver também ME/SFC
Fatima 70-4
feitiçaria 81, 85
fingir que está doente 163-4
formigamento *ver* membros, perda de
Freud, Sigmund
  e gênero de sofredores 268
  sobre o riso 298
  e irritação nasal 84
  resumo de trabalhos sobre histeria 85, 183-86
  citação 247
  sobre suscetibilidade 261
  sobre desencadeadores 263
funcional: definição 24

Galeno 9, 81, 188, 189
glândula pituitária 189
glândulas suprarrenais 189
Glover, Mary 81
gravidez 83, 84
Grisisiknis 201
Grosz, Stephen 29

herança 260, 261
hipnose
  e falsas memórias 93, 261
  e histeria 92, 118-19, 181-8¼
hipocondria 238-44
Hipócrates 80
hipotálamo-pituitária-adrenal
  eixo (HPA) 189, 231
histeria *ver* transtornos conversivos
HIV/AIDS 229
Hormônios
  e ME/SFC 231
  e estresse 231
hospício 82
humor, os quatro 80

ímãs 119
imagem de ressonância magnética

Índice

exames 88
infância
    e somatização 265
    e suscetibilidade 261
interferon 222, 223
inflamação nasal 84, 86

Janet, Pierre 85, 138, 260
Jo 275-81
Joan 157-58
Johnson, Samuel 235
Judith 149-59
Jung, Carl 287

Koro 200

lágrimas 9
leucemia 149-58
Linda 89, 90
lipoma 89
Liz 272-4
Londres: Royal Free Hospital 277
Lorna 203-7
Louyer-Villermay, Jean-Baptiste 269
lúpus 171, 210

Maine: francês saltador 201
Maria 292, 293
Mary 177-80, 200
Matthew 61-144
ME/SFC (neurastenia) 228-36
    e fatores comportamentais 229
    estudos de caso 224
    causas 230
    definição 228
    entendimento histórico 224
    e SII 233
    tratamentos médicos 236
    origens dos termos 228
    taxas de recuperação 229
mídia, influência de 201
memória 186
memórias falsas 93, 261
metaloterapia 119

narizes 84
negação 109, 124

neurastenia *ver* ME/SFC
neurologia
    trabalho de Charcot 117
    métodos diagnósticos para transtornos conversivos 89
    e dissociação 230
neuroplasticidade 193
Nevada: Incline Village 227
nitrito de amila 158

o cérebro
    aneurismas 240
    regiões do cérebro e consciência 187
    ressonância magnética 74-5, 78, 86-8, 110, 136, 187, 192-3
    e doenças psicossomáticas 191-3
    relação com a mente 191
    tumores 253
o clitóris, e histeria 267
o estômago, e histeria 81, 83-4, 181
o subconsciente 138-42, 181, 184, 187, 190, 202
o útero, e histeria 80, 82-5, 267, 269
olhos
    incapacidade para abrir 178
    ver também cegueira
orgânico: definição 27
Orwell, George 97
osteopatia 86
ovários, e histeria 120, 267, 268

Pappenheim, Bertha (Anna O.) 181, 185
paralisia
    e o cérebro 87-9, 94, 192
    estudo de caso 148, 192
    indução por sugestão 140
Paris: Hospice de la Salpêtrière 116
Pauline 29
percepção 191
    doença de 196
personalidade, e suscetibilidade 262
Peter 271
Pilowsky 190
pólio 117
problemas de visão 182
    ver também cegueira
pseudoataques *ver* ataques dissociativos

Rachel 209
raiva 109, 124, 200, 207, 223, 262
reações assustadas 18
recuperação 21, 15, 32, 43, 54, 95, 103, 124, 148, 246, 272
relações, abusivas 259
ressentimento, e histeria 158
riso 287

Salpêtrière *ver* Paris: Hospice de la Salpêtrière
Scott 159-62, 164
sensações
    percepção individual de 209
    perda de 26
sensibilidade a glúten 201
SFC *ver* ME/SFC
Shahina 97
Shakespeare, William 209
Shaun 109-14, 122-24
SII *ver* exame de ressonância magnética
SII *ver* síndrome do intestino irritável
simbolismo 183, 194, 199
simpatia 155, 188-89
síndrome da fadiga crônica 219, 221, 222, 224, 237, 294
    ver ME/SFC
síndrome de Munchhausen 156-57
síndrome do intestino irritável (SII) 233, 266, 294
síndromes associadas à cultura 200
sintomas inexplicados do ponto de vista médico 15, 231, 296
    definição 15
sistema nervoso 10, 21, 66, 75, 82, 83, 86, 89, 91, 150, 188, 189, 225
Slater, Eliot 146
somatização 25, 206, 231, 233, 263, 294
Stendhal 11

TCC *ver* terapia comportamental cognitiva
telepatia 45
teoria da doença social 190, 191
teoria da sedução 184
teoria do complexo de Édipo 184, 261
terapia comportamental cognitiva 168, 244

teste de atenção seletiva 125
testes médicos, perigo de 206
tomografia computadorizada 86
    exames (CAT/TC)
tomografias *ver* tomografia computadorizada
tosses 182, 236
transplante de medula óssea 150-52, 154
transtorno factício *ver* síndrome de Münchhausen
transtornos alimentares 294
transtornos conversivos (histeria) 157, 162, 164, 190, 192, 202, 233, 244, 261, 275, 294
transtornos dissociativos *ver* transtornos conversivos
transtornos neurológicos funcionais 26
    ver tralnstornos conversivos
transtornos psicossomáticos
    sintomas comuns 15
    definição 13
    termos médicos e classificação 13
    razões subconscientes para ficar doente 190
    suscetibilidade 261
    a maneira adiante 297
transtornos somatoformes
    definição 24-5
    e doença física 26
    transiente 234
tratamento
    ab-reação 92, 140
    histórico 71, 113, 149
    metaloterapia 119
    ver também hipnose; psiquiatria
trauma de guerra 268
tremor 191
tribo Miskito 201

unidades de videotelemetria 44, 247

vírus Epstein-Barr 277

Whytt, Robert, 171
Wittman, Blanche 114, 118

Yvonne 125

Este livro foi composto na tipologia Adobe Garamond Pro,
em corpo 11,5/17, e impresso em papel papel offwhite no
Sistema Digital Instant Duplex da Divisão Gráfica da Distribuidora Record.